JN114351

小さき人びと

小さき人びと

——折々の肖像

ピエール・ミション
千葉文夫 訳

水声社

フィクションの
楽しみ

アンドレ・ゲヨドンに捧げる

彼は不幸にも、小さき者たちこそが、
ほかの者たちよりも本物の人間だと思い込んでいる。

——アンドレ・シュアレス

目次

アンドレ・デュフルノー

身の程知らずのわが思いの起源に分け入ることにしよう。

そもそも私には、偉丈夫の大尉、若き傲慢な中尉、寡黙で手強い奴隷商人などの先祖がいたりするのだろうか。スエズ東方に野生状態に戻って暮らす伯父がいて、コルク帽をかぶり、ジョッパーズをはき、唇を苦々しくゆがめる紋切り型そのものというべきその人の背後に、分家筋の者たち、背教者の詩人、栄光や、暗い影や、記憶を背負い込んだ破廉恥きわまりない者たちが、つまり家系図の黒い真珠にあたる人びとが隙あらば登場しようと待ち構えているのだろうか。入植者もしくは船乗りに類する先祖がいるのだろうか。

私の話の舞台となる土地のどこにも、海岸線、海辺、岩礁などは見当たらず、遥か彼方から吹いてくる西風が栗林を覆う頃には、海風の塩の香は完全に失せ、たとえ気性の粗いサンマロの男や傲岸不遜なプロヴァンス出身の船乗りでも、海への誘いなど聞き取れなかったはずだ。その栗林の方は、少なくとも二人の男が、これを熟知し、たぶん俄雨が来れば木陰に避難し、ひょっとするとそこで誰かを愛し、そうでなくても夢想に耽ることがあったはずで、その彼らが見ず知らずの土地の林をめざして旅立っても、仕事を求めて苦労するばかり、夢など叶うはずはなく、たぶんさらに誰かを愛するだけ、あるいはその土地でただ死を迎える羽目になるだけのことだった。そのひとりは噂話を聞いただけ、ほんのわずかでも記憶がありそうなのは、もうひとりの方である。

一九四七年夏のある日のこと、母は私を腕に抱き、レ・カール〔クルーズ県の小村。正式名はサン＝パルドゥー＝レ・カール〕の家のマロニエの大木の下に立っていた。それは、厩舎の外壁、ハシバミの木々、木陰が邪魔になって見えなかった県道が急に視界に入るあたりだった。天気はよく、母はたぶん薄手の服を着ていたはず、私はまだ言葉がしゃべれない。県道に落ちた影がまず目にとまり、影の主は母が知らない人だった。男はたちどまる。そしてじっと見つめる。男は感きわまった様子で、母の体が少し顫え、尋常でない何かが生じて、昼日中の生き生きしたざわめきが宙吊りになる。やがて男は一歩前に進むと、自分の名を口にする。アンドレ・デュフルノーだった。

あとになってその男は言った、私を見たとき、まだ幼かった頃の母の姿に生き写しだと思ったと。母もまだ言葉がしゃべれず、か弱い存在だった頃、彼は家を出て行ったのだ。それから三十年が過ぎ、例の大木は昔のままの姿だったが、子供の方は、見た目は同じでも、別の人間だった。

それよりさらに時代をさかのぼる昔の話だが、祖母の両親が、孤児を引き取って農園の仕事を手伝わせたいと公共安定所に願い出たことがあり、その当時こうしたことがごく普通におこなわれていたのは、子供の保護という名目のもとに、いいことづくめの、贅沢できれいごとの鏡像を両親にさしだしてみせる、狡猾で自己欺瞞的な誤魔化しが横行する今とは別の時代だったからだ。あの頃は、子供に食事をあたえ、屋根の下に寝かせればそれで十分、あとは年長者とつきあいをかさね、困難を切り抜け、生き延びてそれなりの人生を送るのに必要な所作が習得できればよい、たとえ愛情に恵まれなくとも、若ければなんとかなるはず、寒さや苦労や過酷な労働も我慢できるだろうし、おまけに蕎麦粉のガレット、夕暮れ時の美しさ、パンのように芳しい大気が心の慰めになると考えられていた。

こうして曾祖父母のもとにアンドレ・デュフルノーが送り込まれてきた。彼が家にやって来たのは十月もしくは十二月の夜、雨に濡れ、肌を刺す寒気で耳が赤くなっていたと想像してみたい。おなじみのあの道を彼の足が踏みしめたのはこれが最初、そしてもはやこの先二度と同じ道を歩むことはないだろう。彼は例の樹木を、厩舎を、この辺りの地平線が空を切り取るありさまを、玄関ドアを見つめる。ランプの明かりに照らされ、見知らぬ人びとの驚き、感極まった様子、微笑み、無関心な顔が目に入る。そのとき彼が何を思ったのかは想像がおよばない。彼は座ってスープを飲んだ。彼は十年間その家にいた。

祖母が結婚したのは一九一〇年のことだから、この時点ではまだ未婚だった。彼女はこの子の面倒をみた。祖母の特徴となる、私にも馴染みがあるこまやかな愛情をもってこの子に接したのはまちがいない。一緒に畑で働く男らは善良であっても粗野であり、あとを愛情で補うのが彼女の役目だった。アンドレ・デュフルノーは家に来る前も後も学校に通うことはなかった。祖母が彼に読み書きを教えたのだ。(私の想像では、冬の夜、黒服を着た年若い百姓女が、戸棚の扉を軋ませながらあけ、上段に置かれている小さな「アンドレのノート」を取り出し、子供が手を洗って戻ってくるとそのそばに座る。方言によるやりとりが続くなかで、急に声が格調高くなり、言語をこのうえなく豊かな語に娶(めあわ)せようとして、明確に響きは豊かになる。子供は耳をそばだてて聞いている。最初のうちはおそるおそる、それから段々と気分を楽にして暗誦する。自分とおなじ階級もしくは種族の人びと、より大地の近くに生まれ、すぐに大地へと投げ返される運命の人びとにとってみれば、格調高い言語がもたらすのは威光そのものではなく、その裏にある喪失感と欲望なのだということを、彼はまだ知らずにいる。瞬間に囚われるのをやめることで、時の流れのきつさは弱まり、そして過去の苦悶が蒸し返されるなかで、ふと未来が立ち上がって見えたかと思うと、いきなり駆け出す。風に煽られ丸裸になったフジの蔓が窓にぶつかり、怯える子供の視線は地図の上をさまよう。)彼には案外と賢いところがあった。おそらく「飲み込みが早い」と言われたのではないか。そして私の先祖にあたる人びとは、昔の農民に特有の聡明で控えめな世間知をもって頭の良さを社会的身分に結びつけることで、彼のような境遇の子供には不似合いな能力を説明するために、あいまいな根拠のもとに、実はそうだったにちがいないと思える筋書きをもとにして物語を練り上げていった。こうしてアンドレ・デュフルノーは地方の田舎貴族の私生児だということになって、すべてが丸く収まったのである。

いまとなっては、貧しき人びとの揺るぎない社会的リアリズムから生まれた出自をめぐる突飛な噂話が彼の耳に届いていたかどうかはわからない。いずれにせよ結果は同じことになる。噂話を知っていたとすれば、そのせいで慢心が生まれる結果になり、実際にはそうではなかったとしても、私生児という境遇に由来する損失を取り戻そうと心に誓うことになったはずだ。噂話を知らなかったら、たぶん漠然とした尊敬の念、そしてもっと確かだったはずの異様ともいえる敬意をもって育てられるのは、その理由がわからない分、なおさら当然のことのように見えて、この田舎者の孤児に虚栄心が巣食うことになったはずだ。

祖母は結婚した。彼女の方が年上といっても、十歳も違わなかった。そして思春期に達していたその子にとっては、辛い話だったと思う。まさに祖父は、あえて言っておくと、陽気で、人づきあいがよく、鷹揚で、ごくありきたりの農民だった。一方その子の方は、人から好かれる性格だと祖母が言っているのを聞いた覚えがある。いっときの勝者となった黄色の口髭の男、そして髭を生やさず、寡黙で、ひそかに自分に好機がめぐってくるのを待つもうひとりの男、この二人はおそらく仲が良かったのだろう。なんとしても女が必要だった選ばれし者、そして女よりも大きな運命に選ばれた頑なる者、のべつまくなしに冗談を口にする者、そのうちに状況が好転して冗談が言えるようになるのを待つ者、大地の男と鋼の男、彼ら双方の力について偏見を交えずに言えばこうした違いになるわけだ。二人が狩に出かける姿が目に浮かぶ。彼らの吐く息が少しばかり宙に舞ったかと思うと、霧のなかにかき消え、森との境界のあたりで、彼らの姿が見えなくなる。春の夜明けに突っ立ったまま、手にする鎌を研ぐ音が聞こえ、その後はまた歩き出し、草が薙ぎ倒され、日が昇るのにつれて草いきれが強まり、太陽の光を浴びると我慢ならないほどになる。正午になって、彼らが仕事をやめるのもわかっている。彼らが飯を食ったり、おしゃべりをするために身を寄せる木立は私にもお馴染みのものだが、彼らの声が耳に聞こえてきても、話の中身は理解できない。

そうこうするうちに女児がひとり生まれ、戦争が勃発し、祖父は出征した。四年が経過し、そのあいだにデュフルノーは一人前の男になった。彼は女児を腕に抱いた。筆まめなフェリックスから定期的に送られてくる手紙の一通を届けにきた郵便配達夫が農場に通じる道に入ったところで、デュフルノーはエリーズに知らせに走った。日が暮れるとランプの灯りのもとで彼は遠い土地に思いを馳せるのだが、耳をつんざく戦闘の轟音をもって根こそぎ破壊される村々に彼みずから輝かしい名を与えるなかで、その土地には勝者と敗者が、将軍と兵士が、死せる馬と難攻不落の都市があるはずだった。一九一八年になるとドイツ軍の武器、海泡石のパイプを手にしてフェリックスが帰還したが、少しばかり皺の数が増え、出征時にくらべると語彙も豊かになっていた。デュフルノーにはその話を聞くゆとりはほとんどなかった。つまり今度は彼が出征する番だったのだ。

彼は都会を見た。上官の妻たちが車に乗り込む際には、その踝をじっと見つめた。絹で覆われた笑いさざめく生き物の耳を若い男たちの口髭がくすぐる音が聞こえた。それこそエリーズから学んだ言葉だったはずだが、まったく別物に思えたのは、この言葉を知り尽くしている連中がその隠れた道筋や谺(こだま)や手練手管に通じていたからだ。彼は自分が農民だということを思い知らされた。どんな苦しみを味わったのか、どんな場合に滑稽に見えたのか、彼が酔いしれたカフェがどんな名だったのかを知るよしはない。

彼がしたかったのは勉強だった。といっても、兵役の妨げにならない範囲でというわけだったが、それなりの結果は出した。祖母がよく言っていたように、能力があり、根が素直な子供だったからだ。彼は数学や地理の教科書を手にとってみた。貧しい若者が、煙草の匂いがしみついた鞄に詰め込んでいたものだった。彼は本をひらき、理解できぬ者のみが知る落胆を味わい、またその先に突き進む反抗心を知った。さらに、暗黒なる錬金術を試したあげくに、その思い上がりは高純度のダイアモンドに匹敵するものになったが、その理解こそが、ほんの一瞬だとしても、あいかわらず不透明な精神に光明をもたらす糸口になる。彼にアフリカという啓示を与えたのは誰だったのか、何かの本だったのか、それとも、より詩的かもしれないが、海軍歩兵隊の宣伝ポスターだったのか。嘘八百を口にする郡庁役人だったのか、砂に埋もれ、果てしない河を遡って深い森に分け入る俗悪な小説だったのか、顔と同じように黒く、また同じように超自然的に見える輝くシルクハットが、勝ち誇った様子で、輝く顔に混じる『マガザン・ピトレスク』誌の挿絵に、暗黒大陸のさまざまな姿を映し出す鏡を見たからなのか。彼の天命はアフリカの地に定まり、あの時代には「のるかそるか」を強引に迫る高慢な神に身を任せる覚悟があれば、自分との子供じみた約束を出発点にして、絢爛たるリベンジが果たせると思わせてくれる、それがアフリカという土地だったのだ。アフリカの地で、その神は羊の小骨を使ったギャンブルに夢中になり、土着民たちの木柱を薙ぎ倒し、巨大な太陽を思わせる鉛の砲弾をもって森を切り裂いたのだった。サハラの街々を囲む粘土の城壁の上で、蠅がたかる野心家たちの無数の首に賭けては負け続け、白人のキングのスリーカードを電光石火の早業で袖口から取り出し、水牛皮の袋に入れた象牙と黒檀のいかさま用サイコロをポケットに忍ばせ、サヴァンナに姿をくらませ、フランス兵の赤ズボンを履いて白いヘルメットを被る、彼と同じ道筋をたどり行方不明になる子供らは無数にいた。

アフリカは彼の召命だった。そして彼をアフリカに招き寄せたのは、野蛮なまでの一攫千金の夢というよりも、勝手に動く〈運命〉の手に身をあずける無条件降伏だったとまでは言えないとしても、さしあたって、そんなふうに思ってみたいのだ。よりよい社会的身分の獲得、強固な意志につらぬかれた切磋琢磨、自力厚生などといった御題目を真に受けて生きるには、あまりにも天涯孤独の身の上であり、救いがたいほど粗野であり、もとよりそんな生まれではなかった、そして酔っ払いが勢いにまかせて口にするように、よその土地にゆき、酔っ払いがぶっ倒れるように姿をくらます、そんなことだと思いたい。しかしながら、彼の話をしているように見えても、どうも私自身の話をしているようでもある。彼の出奔の理由について、といっても想像のおよぶ範囲であるのだが、これ以上に否定的なことは言わずにおこう。彼の地にゆけば、農民だって白人扱いだし、たとえ素性の知れない末子であり、母語から追放され、紛いものの言葉に頼らざるをえないにせよ、プウル族やバウレ族などの人びとに比べれば、それなりに母語の庇護がはたらいているのは確かなのだ。彼はそんな言葉を高らかに口にし、言葉は彼のうちに自分の姿を確認することになったのである。「棕櫚の庭のほうに、いと心優しき人びとのあいだ」で、彼はこの言語を娶(めと)ることになるだろう。その婚礼は、奴隷の民となったいと心優しき人びとの上に据えられるのである。この言語が彼に付与するすべての力のなかで比類なき価値をもつのは、つまるところ〈みごとな語り手〉の声が発せられるとき、ありとあらゆる種類の声をひとつに縫い合わせる力なのだ。

兵役が終わり、彼はいったんレ・カールの家に戻ってくると——たぶん、十二月のことだったはずで、たぶん雪が降って厩舎の塀に高く積もっていたかもしれない。私の祖父は、道に積もった雪をスコップでかき分けているところだったが、遠くの方から彼がやってくるのを認めると、顔をあげて笑顔を見せ、相手が近くに来るまで鼻歌を口ずさんでいる——、出奔の決意を告げたのであるが、その行き先はといえば、当時は海外領土と呼ばれ、粗野な青に染まり二度と戻って来れないほど遠くにある土地だった。つまり色彩と暴力のなかに躍り込み、海の向こう側へと過去を追いやるわけだ。目的地はコートジヴォワールだった。もう一つの目的は、これもまた一目瞭然、所有欲だった。「あそこでは、金持ちになるか、それとも死ぬのか、そのどちらかだ」と言い切ってみせた彼の得意げな様子について祖母が幾度となく話すのを私は覚えているが——そしていま私が想像するに、物語好きの祖母が、貧しい育ちの人間の告白が台無しにしてしまいかねない貧しき現実は切り捨て、それよりもはるかに高貴な、そしてあくまでもドラマティックな構図のもとに彼女自身の記憶を並べ替えながら、自分だけのために描いた絵、死ぬまで彼女の心のなかで輝き続け、なおも豊かな色彩を失わずにいる絵を蘇らせる一方で、だからこそ最初の情景は、時が経つにつれ、そして組み直された記憶の過剰な重みに耐えかねて消え失せてしまったと思う——それは私の想像では、グルーズ流の画風による《貪欲な子供の出奔》といった種類のものであり、アトリエの液汁ならぬ煙で燻された田舎家の大きな台所にいる女たちの肩掛けが大きく揺れ動き、粗野な男たちの手が無言のままに高く差し伸ばされ、激しい感情のうねりが表現されるなかで、アンドレ・デュフルノーは、長持に寄りかかって誇らしげに大きく脚をひろげて立ち、そのほっそりとした踝は十八世紀のストッキングのような白いゲートルにぴったり包まれ、手のひらを大きくひらいた腕は、青絵具に浸された窓に向かってさしだされている。だが、子供の頃の私は、これとはまるっきり異なる特徴のもとにこの旅立ちを考えたのだった。「金持ちになって戻ってくるさ、さもなければ向こうで死ぬまでだ」。記憶にとどめるまでもないはずのこの言葉は、祖母が時間の廃墟から繰り返し掘り起こしたものであり、その言葉が軍旗を高く掲げながら、昔と変わらずにそのつど新たに短い響きを轟かせるとしたのはむしろ私の方だが、本当のところは彼女に話をしてくれとせがんだのは、そんなふうにして旅立つ者の紋切型の例の台詞を飽きることなく何度でも聞きたいと思ったからである。彼が強風に向かってかかげる軍旗がはためくさまがまるで目に見えるようであり、それは十字に重ねた脛骨が描かれた海岸地帯の海賊の象形文字と同じくらい明白に、死という裏側の意味、あえて死に対置し、否応なくそれに身をまかせるほかはない偽りの富への渇き、つねに遠ざかる未来、運命にさからえばさからうほど逆に早まる運命の勝利を宣言していた。木霊と虐殺に満ち溢れた詩篇、めくるめく散文を読むときのように胸を締めつける慄えにわが身は顫えた。私にはわかっていた。自分は似たような何かをそこで摑み取ったのだと。おそらく時の切迫を強調しようと思っても、「適切な表現」をもって口あたりのよいものにしながらも逆に強調するやり方には馴れておらず、したがってその異様さを印象づけるのに、高級だと思い込んでいる選択肢から拾い上げるほかないとなれば、そんな人間の口から出た言葉は、まさにこうした点でたしかに「文学的」であった。だがことはそれだけで終わらない。まさしくそこに見出される表現、しつこく繰り返され、本質的で、単純に滑稽なその表現は、わが子供時代の魅惑的な声（セイレン）となった運命の一つのあり方をしめす表現——そして、私が知るかぎり、自分にとっての最初の体験のひとつ——であり、結局のところ、物心がついてこの方、手足が縛られたようにして、数々のセイレンの歌に私は身をまかせることになったのだ。この言葉は《天使のお告げ》であり、その意味がわからないまま《お告げがもたらされた女》のようにして私の体には顫えが走った。私自身の未来がそこに宿っている、でもそれをはっきり見ることはできなかった。まだ知らずにいたのだ、アフリカ以上に、文章行為そのものが、闇に沈んだ、誘惑的で、それにまた人の心を裏切る大陸であることも、作家なる種族が探検家以上にあくことなく破滅に向かうことも、砂丘と森林の代わりに記憶および記憶を詰め込んだ本の棚をもっぱら探索するにせよ、探検家にとっての黄金とおなじく、言葉という財宝を手に入れて帰還するのか、それとも尾羽打ち枯らしそこで命を落とすのか——そのせいで命を落とすのか——、という選択肢が物書きに向けられていることもまた。

こうして旅立ったのだ、アンドレ・デュフルノーは。「私の一日が終わった。ヨーロッパを離れる」。すでに海の風がこの男の内部に入り、肺に襲いかかる。彼は海を見つめる。彼がそこに見出すのは、帽子を目深にかぶる歴戦の強者ども、惜しげなく彼に体をさしだす漆黒の裸女たち、手が泥まみれになる労働、指に大きな指輪をはめる富める外国人たち、そして「バンガロー」なる言葉などだ。彼がそこに見出すのは、人びとの欲望の的、後悔の種である。さらには果てしない光の乱反射だ。言うまでもあるまい、彼は舷牆(げんしょう)に肘をついている。じっと動かず、ぼんやり遠くを見つめるその視線を追うと、その先には広々とした明るい水平線がひろがっている。ロマン派画家の手が動くようにして、海風は彼の髪を乱し、黒木綿の上着に古代風なドレープを描き出す。これまでお預けにしてきたわけだが、彼の肖像を描くのに絶好の機会が到来したのだ。わが家の美術館には、一点の肖像が所蔵されている。正確には、歩兵隊のブルーの制服を着て立つ写真像である。踝に巻かれたゲートル状の布は、先ほどルイ十五世風の長靴下だと私が形容したものにあたる。親指を腰のベルトに挟み込んでいる。胸を反らし、顎を持ち上げ、いかにも得意げな様子の立ち方は、もともと小柄な男が好むものだ。あえて言うと、彼によく似た作家がいる。若い頃のフォークナーの肖像写真を見ると、おなじく小柄で、昂然とした面構え、眠たげな様子などがよく似ている。どんよりしていても、真っ黒な瞳には火花を散らすような厳かな気配があり、口にした言葉が押し殺した響きのように聞こえ、生きた唇の毒々しさを打ち消す漆黒の口髭の下に隠れているのは、おなじく苦く歪んだ、そして微笑んでみせようとする口だった。彼は船橋を離れ、自分の寝袋の上に寝そべって、小説をいくつも書くのだが、その筋書きをなぞるようにして、そしてこれを裏切るようにして未来が到来する。彼は生涯でもっとも充実した日々を過ごしている。横揺れという名の柱時計は現実の時間を偽造し、時間は流れ、空間は姿を変える。デュフルノーは彼の夢想とおなじく活力にあふれている。彼の死はすっかり遠い過去になったが、私はその影をなおも手放そうとはしない。

それから三十年が過ぎて幼い私に注がれることになる彼の視線は、いまはアフリカの海岸に触れている。雨の襲来をうける潟の奥にアビジャンがぼんやり見える。ジードが実際に目の当たりにし、また本にも書き記したグラン＝バッサム〔コートジヴォワールの都市〕の砂洲は、一昔前の『マガザン・ピトレスク』誌の挿絵そのままだ。『パリュード』〔ジードの小説〕の作者は伝統的な鉛の様相をもって穏健に空を描いている。海の方はといえばイメージ豊かにお茶の色に染め上げられている。デュフルノーは歴史から忘れ去られた数多くの旅行者とおなじく、高波を避けるためにクレーンで波の届かぬところに吊られた大型ボートの中に入り込まねばならない。そのほかに灰色の大トカゲもいる。小さなヤギが、グラン＝バッサムの官吏らがいる。港に上陸する際に必要な書類の記入、潟を過ぎると、内陸に向かう行路に入り、相変わらず足元が不確かな道のりだが、小遠征、大遠征、種々様々だ。鈍色の現実の真っ只中に、輝くばかりの欲望が走る。粘液を吐き出す黄金色の蛇が眠るドームヤシ、灰色の樹林に降りそそぐ灰色の驟雨、意地悪な棘を逆立てる豪奢な名を持つ木々、賢者だという評判の醜い隠者、太陽の光、雨から身を守るにはあまりにも頼りないマラルメ的な棕櫚。森もやがて本のように閉じられる。主人公は偶然に身をまかせ、彼を追う伝記作者は仮説の危うさに身をまかせるほかない。

　長いこと音信不通の状態が続いたが、一九三〇年代になって、一通の手紙がレ・カールに届いた。これを配達したのは、その昔の戦争中に、まだ子供だったデュフルノーが農場の境のあたりで来るのを待っていた例の片腕のない郵便配達夫だった。（記憶に残るのは、退職して村の墓場近くにある白い小さな家に住み、猫の額ほどの庭に出てバラの枝を剪(き)り、わざと大きな喉声で愉快そうに話す姿だ。）たぶん季節は春、いまはボロ屑と化した毛布が日向に干され、水蒸気がたちのぼり、五月の陽気に誘われて、ほつれた中綿が笑顔を見せていた。荒々しいほど柔らかなリラの花房の下で、十五歳だった母は、すでに埋もれた子供時代を自分なりに作り直しているところだった。特定の作家を思い出すわけではなく、両親が感極まって涙するのを見て、藤色にそまり、教会を思わせる良い香りと影のなかで、まるで過去に引き戻されたようにして、彼女自身もまた密度が濃く、甘美で、文学的な感情に浸されていた。

さらに手紙が一年に一通、あるいは二年に一通というぐあいに間隔をおいて届き、ひとりの人間の生活について、その当事者が述べようとする事柄の輪郭をなぞってみせるのだが、おそらくそれは実体験だとその人自身が思い込んだものなのである。彼は木樵、「森林伐採者」として雇われ、いつのまにか農園主にまでなっていた。彼は金持ちになったのだ。こうした手紙に想像をたくましくしたわけではなく、切手も消印——ココンボ、マラマラッソ、グラン゠ラウ——も珍しいものだったが、すべて行方不明になってしまった。そこには、かつて自分が読んだことのないものが書いてあったような気がする。彼が手紙で語るのは、些細な出来事、ささやかな幸せ、雨季と戦争の脅威、本国の花のなかで接木に成功したもの、さらには黒人たちの怠惰、鳥類の輝き、パンの価格の値上がりなどの事柄だった。手紙のなかの彼は底辺にありながらも高貴だった。結びには親愛の情をあらわす言葉が欠かさずに記されていた。

私は彼が黙して語らずにいた事柄についても考えてみる。決して明かされることのない無意味な秘密——たぶん羞恥心からではなくとも、結局は同じなのかもしれない、彼が自由にしうる言語の素材は本質的な事柄を考えるにはあまりにも貧しく、彼の自尊心は手に負えないほど強く、大雑把な言葉では、本質的な部分の表現には届かない——、要するに滑稽な文面の周囲にそれでも見られる知的な萌芽、自分にはないものすべてに引き寄せられる恥ずべき快楽などである。われわれにはわかっている、摂理は変えられない。彼は志を果たせなかった。告白しようにも遅すぎたのだ。苦しみが永遠につづき、もはや執行猶予も再起の機会もありえないとわかっているとき、誰かに訴えても何の意味があるというのか。

そして一九四七年のその日がやって来る。またしても、この土地の道、樹木、空、あの地平線に浮かび上がる木々の姿、アラセイトウが茂る庭を見ることになる。主人公と伝記作者はマロニエの木の下で出会う。ただしいつだってそうだが、この対面はうまく行かなかった。伝記作者はゆりかごにいたのだから、主人公の記憶はまったくない。主人公の方は子供の姿を目にしてはいても、過去のイメージを重ねてみるだけだ。そのときの私が仮に十歳だったとしたら、緋色のマントを纏った東方博士が、とりすました態度で、世にも珍しい魔法のような品々、珈琲、カカオの実、インディゴなどを台所の食卓に並べるのを見ていたかもしれない。私が十五歳だったら、女たちや若き詩人たちを夢中にさせる「熱帯の国々から戻ったそれら獰猛な不具者」、暗い肌をして、焔と燃える瞳を持ち、言葉を巧みにあやつり、怒れる拳を振り上げる者の姿を見たかもしれない。つい最近のことならば、禿げ上がった頭を見て、コンラッドが描く入植者の中でも最も粗野な人間のごとく「野蛮さが彼の頭を撫でた」と考えたかもしれない。今の自分には、彼が実際に何者だったたか、いかなる言葉を口にしたのかはさておき、ここで述べ立てている事柄が頭にあるだけで、そのほかに何もない。結局のところ、すべては同じことになるのだ。

この日、つまり証言者となった私が何も見ないで終わったこの日のことはなおも書き続けられる。私にはわかるのだ、フェリックスが次々とワインのボトルをあけ——あの頃は手つきも確かで、しっかり栓抜きを握り、快音とともに栓を引き抜くことができた——ワインと友情と夏がかもしだす香りに包まれて幸せな気分になったことも、フェリックスの舌がなめらかに動き、フランス語で遠い土地のことを来訪者に尋ね、方言で昔の思い出を語ったことも、彼の小さな青い目に皮肉な感傷の輝きがあったことも、絶えず心が揺れて、過去への思いが強まり、口に出かかった言葉が砕け散ったこともまた。私が想像するに、エリーズの方は膝にかけたエプロンの窪みに両手をおいてデュフルノーの話に聞きいり、相手をじっと見つめ、驚きがさめやらぬまま、今は一人前になった男のうちに昔日の少年の姿を探すのだが、パンを切ったり、勢いよく言葉を口にしたり、瞬間的に鳥や光線を窓越しに目で追うところなど、かいまみえるしぐさは昔のままだと思ったりもしただろう。思わず地方の方言がデュフルノーの思考と同期し(一度たりとも方言が抜けることはなかっただろう)、その響きに満ちた日の光のなかに彼の思考を浮かび上がらせたのだ(長いこと響きは失われていたわけだが)。こうして、いまは亡き老人たち、思い通りにゆかない農作をめぐってフェリックスが味わった幻滅、行方不明になった私の父の話になったときは気まずそうだったが、そんなことを彼らは話し合ったのだ。家の正面の壁に這うようにしてフジの花が咲いていた。ほかの日々と同じようにその一日が暮れていった。夜になって、再会を約束して別れたが、また会う日が来ることはなかった。数日後、デュフルノーはふたたびアフリカに向けて旅立った。

その後一通の手紙が届いた。緑色の珈琲豆が数袋送られてきた時に一緒に届いたものだ。子供の頃の私はこの珈琲豆を飽きずに触るのが習慣となっていた。茶色の大きな紙袋から豆を取り出し、転がしてみてうっとりすることが何度もあった。祖母は時折、その袋が入っている戸棚の奥の方を整理しながら、「あら、デュフルノーの珈琲だわ」と言うのだった。しばらく袋を眺めているうちに、彼女の目の表情が変化し、それから「まだちゃんと飲めるかもしれない」と言葉を補うのだった。しかしながら、その口調には、「誰もこれを飲みはしない」と暗に告げる響きがあった。珈琲豆は例の一日の思い出、あの言葉の代わりとなる貴重な証拠だった。珈琲豆は聖像、もしくは墓碑銘のようなものだった。思い出に酔いしれるばかりだったり、忙しない生活が邪魔して思い出の本来の姿から逸れたりすると注意をうながすきっかけになるものだった。焙煎してあってすぐに淹れられる状態になっていたとすれば、その珈琲豆は俗なるものに転落し、香りだけの存在になっていただろう。珈琲豆はいつまでも緑色のまま、熟さぬ段階のままだったから、日を追うごとに昔の時間、彼方、海の向こうの土地といった性格を強めていった。誰かが珈琲豆の話をするときには声色が変わる、そんな対象のひとつだった。珈琲豆は文字通り、東方博士の贈り物となったのだ。

あの珈琲豆と手紙はデュフルノーの生きた証の最後のものとなった。その後、完全に便りが途絶えたが、だからといって、それが死を意味しているとは考えられず、またそうは思いたくなかった。

意地悪な運命の継母がどのようなかたちで鉄槌をくだしたのかについて、いくらでも仮説はある。ランドローバーが紅土(ラテライト)の溝にはまり込んで転覆し、血の色をした土のせいで血が流れた跡がわからなかったというのが私の考えだ。あるいは宣教師が子供の後について藁小屋に入ると、高熱にうなされる住人がいて、いまわのきわの息の喘ぐリズムにうながされ、汚れた顔を白い祭服で包んでやったということなのか。私には見える、氾濫した河川が溺死人らを押し流すのが、眠り込んだオデュッセウスの同伴者のひとりが屋根から転げ落ち、目覚めることなく押し潰されてしまうのが、そして指で触れようものなら、手だけでなく腕全体が瞬時に腫れ上がるほどの毒をもつ灰色の衣を纏う醜い蛇が。最後の瞬間、彼の頭にはレ・カールの家が浮かんだりしただろうか

きわめて小説じみた仮説、そしてまた私が思うに、いかにもありそうな仮説を祖母の口からじかに聞いたことがある。これについて彼女は「自分なりの考え」を持っていて、事細かな説明はなかったが、おおよそのところは私にも摑めた。放蕩息子の死についてしつこく聞き出そうとする私をはぐらかしながら、それでも、その当時プランテーションに漂う反乱の兆しについて不安げな様子でデュフルノーが話したことがあったと言うのだった。――そしてまさにその頃、最初の民族主義的な思想が恵まれない人びと、白人の圧政に虐げられ大地に身をかがめざるをえないだけでなく、そこから得られる果実を味わう機会をも奪われた人びとの心を動かしていたというのだ。おそらく幼稚かもしれないが、エリーズがひそかにデュフルノーは黒人労働者の手にかかって殺されたと考えていたのはいかにもありそうなことであり、そのとき彼女の頭にあったのは、ラム酒のボトルに描かれているように、遠い昔のジャマイカ海賊の血が混じる奴隷の姿だった。その猛々しい姿は、どう見ても友好的ではなく、彼らが頭に巻く

マドラスのスカーフのように血なまぐさく、彼らが身につける宝石類のように残酷なのだ。

人の話をすぐ信じる傾向がある子供だった私は、祖母の考え方をすんなり受け入れた。今もなおその説を否定はしない。祖母エリーズはデュフルノーに文字の正書法を教えるとともに、ドラマの前触れとなる仕掛けをつくり、場合によっては自分が妻になるかもしれないと意識しながらも、まるで母親のように彼を愛し、ひょっとすると自分の本当の出自は見かけとは別のところにあり、外見などいくらでも変えられるという考えを彼の心に植えつけることで、ちっぽけな庶民の運命の糸の結び目をこしらえたわけであり、そんな彼女はよき理解者として出奔への昂然たる挑戦を受け止めただけでなく、後世の噂話の渦のなかに彼を投げ入れる巫女ともなったのだ。エリーズはドラマの結末を書き記す役目も担っていたし、その役目をみごとに果たした。このようにして彼女が考えついた結末は、主人公の心の一貫したうごきに沿うものだった。他人にも自分にも出自を忘れさせることができずにいるだけの理由で《成り上がり者》と呼ばれる者たち、金持ちのなかに紛れ込み、帰る望みをなくした哀れな流浪の民すべてとおなじく、デュフルノーが貧しい人びとに対して情け容赦なくふるまったのは、彼らのうちに自分自身がそうあり続けるほかなかった姿を見るのが嫌だったからだということが彼女にはわかっていたのだ。穀物の種にまみれた黒人たちが、果実を育てるために勢力を使い果たすあの労働、鋤が掘り起こした土で泥まみれになった長靴、嵐が到来する、あるいはネクタイ姿の男が現れるときの不穏な空気、そのすべてがかつての彼の運命をなしていたのであり、彼がそれに愛着を覚えたのは、たぶん自分に馴染みのものを愛するのとおなじことだった。批判を跳ね返し、攻撃の道具となるほかに使い道のない中途半端な言語の危うさは彼特有のものだった。愛着を覚えていた労働と自分を辱めた言語を逃れようとして、なんと遠くまで来てしまったことか。彼は黒人たちの背中に罵声をあびせ、また耳もとで罵ったが、それはかつて誰かを愛したことを否定するため、あの黒人たちが愛し恐れていたものを自分もまた恐れていたと認めるのが嫌だったからだ。そして黒人たちは、運命の秤のバランスを元に戻そうとして、彼らから見れば千倍の恐怖に匹敵するような究極の恐怖を体験させ、彼らが受けた傷を全部足したにひとしい最終的な傷を負わせた。そして、恐怖に襲われた瞬間のその視線から永久に光を消し去り、彼もまた黒人たちと同類だと気づいたまさにその瞬間に、彼を撲殺したのである。

　彼の最期をめぐるこんな想像は、彼の生涯についてほぼ無知同然の状態と、ひそかに、そしてまた絶妙に調和している。エリーズの見立てからは、行動の統一感とは別種の、より昏（くら）く、ほとんど形而上学的で、ほとんど古代的と言ってもよい一貫性が引き出される。それは皮肉にして歪んだかたちであっても、人生がある種の欲望の反映であるのと同様に、「そこで金持ちになるか、または死ぬかのどちらかだ」という表現の反映であったのだ。この意気揚々たる二者択一は、神々について語る書物のなかでは、ただ一つの命題へと還元されていた。他者の労働によって富を得た者は、まさに彼らの手にかかって命を落とす、というわけだ。家臣らに殺される王のように、豪奢で血なまぐさい死があっての豊かさなのである。彼に富をもたらすのはただ黄金だけであり、そして黄金のせいで死ぬのだ。

　たぶん少し前の時代なら、グラン＝バッサンの戸口の前に蹲（しゃが）み込んでいた老女に尋ねてみれば、ひとりの白人の目が驚愕に大きくひらかれ、そして煌めく刃、鈍色の刃が体から引き抜かれる際のほんの微かな重みを覚えているという答が返ってきたかもしれない。そしてエリーズもすでにこの世にはいない。エプロンで拭われて真っ赤に輝くリンゴが目の前にさしだされたとき、幼い子供が浮かべた最初の笑顔を覚えていた彼女もまたいないのだ。リンゴと鉈のあいだに、起承転結を欠いた時間が流れた。日々の進行はリンゴの味わいをしだいに鈍いものに変え、鉈の刃を鋭くとぎすます。ここに私があえて書き記そうとしなければ、アンドレ・デュフルノーを、すなわち偽貴族であるとともに堕落百姓であり、素直な子供であり、たぶん残酷な人間でもあって、すでにこの世にいないひとりの年老いた田舎女がつくりあげたフィクションに痕跡を残すだけの強い欲望につらぬかれた男のことを記憶にとどめる者などいないにちがいない。

アントワーヌ・プリュシェ

ジャン＝ブノワ・ピュエッシュに

　ムリウーに暮らしていたごく幼い頃のことだが、病気になったり、そうでなくても不安な様子を見せるだけで、祖母が気を遣い〈お宝〉を取り出してくれることがあった。素朴な絵のついた凹んだブリキ缶の二つを私はそう呼んでいたのである。もとはビスケットが入っていた缶だが、やはり糧であっても、そのうちに別種の品々を入れるようになっていたものである。祖母が缶から取り出すのは、貴重品というべき品々であり、それにまつわる物語であり、小市民に受け継がれる記憶の数々だった。銅製の華奢な鎖がついた小さな飾りには複雑きわまる家系図が吊り下げられ、腕時計もあったが、先祖のひとりの時間をさしたまま動かなくなっていた。ロザリオの珠のように逸話が切れ目なく続くなかで取り出される貨幣には、王の横顔が刻まれているだけでなく、贈与の経緯と贈り主たる者の田舎めいた名が結びつけられていた。彼女が受け継いだのはごく少数の品々であっても、真偽不明の語り尽くせぬ物語が個々の品をいかにもそれらしいものに仕立てあげていたのである。黒いエプロンの上にエリーズが手をひらくとその窪みにあらわれる証拠品の放つ光は弱々しかった。傷のあるアメジストだったのか、それとも爪の部分が欠けた指輪だったのか。祖母の口からこぼれおちる神話は指輪の爪にもおよび、宝石類の純度を高め、宝石細工となった言葉を惜しげもなくまきちらし、奇怪なる祖先の名の連祷をもって、お馴染みの話が何度でも別の語りを呼び寄せ、結婚、死などの曖昧模糊たるモチーフを通して、強い光を放つことになるのだ。

二つの缶の一方の奥底には〈プリュシェ家のお守り〉なるものがあり、私のために、エリーズのために、二人だけの秘めた長話のために、それなりの役目を果たしたのである。

これは財宝のなかでもごく質素なものでありながら、とくに貴重なものだった。エリーズは他の品々を見せたあとで、必ずといってよいほどこれを取り出すのであり、あたかも家の守護神にとっての一番のお宝といったぐあいだった。そう思って改めて眺めてみると、その他のものと比べてみても、古めかしく、素朴で、無骨で、飾り気のないものだったといえる。これが目の前に出されると、出てくるまでの胸騒ぎ以上に、胸がしめつけられ、悲痛な思いに突き動かされることになるのだった。これをじっと見つめてもどうということはない。つまり言葉豊かなエリーズの物語に見合う決定的要素があるとはとうてい思えなかった。物語もそうだが、むしろなんの変哲もない点に心が苦しくなった。物品も物語も独自の高みに達していないのが狂おしい。たえず何かこぼれ落ちてゆき、それが何であるかが読み取れない。そしてあまりにも頼りない自分の読みが情けなかった。謎めいた何かが、蚤が跳ねるように消え去り、かつてそこに存在したものに神々しい安らぎがあるとかすかに示し、小さくなり、沈黙する。そうであってほしくはなかった。私の手は怖がってお守りから離れ、エリーズの手のなかに避難する。喉は締めつけられ、私はせがむように、彼女の目を探る。それも無駄、彼女は話し続けている。遠くを見ているが、いったい何を見ているのだろうか、怖くて自分の目で確かめられなかった。そして彼女がしてくれたのは、消えゆくものたち、つまり姿を見かけなくなる人びと、たえず逃げてゆくわれわれの魂、そして残された形見をめぐる話であり、話すことで親しい人びとの不在、死、忘却、旅出など、彼らの不在の埋め合わせがなされるのだ。彼らがいなくなった後に残る空白を彼女は切実な言葉で埋めようとするのだが、空白が歓喜と悲痛にみちたその言葉を呼び寄せるのは、蜂の巣が蜜蜂の大群を引き寄せるのとおなじであって、何もない穴があるからこそ、言葉はとめどなく増殖するのだった。彼女は自分のため、幼き証人のため、そして埋め合わせをしようと聞き耳を立てているにちがいない神のため、涙にくれ、この日までこれを手放さずにいた人びとみんなのために、相も変わらぬあの遺品の礎を築き、聖別化したのだが、それは彼女以前に、何世代にもわたって彼女の先祖にあたる女たちがしてきたことであり、また私自身もここで最後の試みをなそうというわけだ。

プリュシェ家は十九世紀の終わりに家系が絶えていた。私の知るところでは、アントワーヌ・プリュシェが最後のひとりだった。いつまでも息子のまま、そしていつまでも何事も成し遂げず、家名を遠い彼方に運び去り、家名を消し去ったのだ。誰も名乗るものがいなくなった名を遠縁の私にまで伝えたのがこのお守りだった。女らが大切にしてきたものであり、順繰りに手渡され、お守りは男らの頼りなさを補い、ある種の不滅の輝きをその末裔たる者にもたらした。もとより農作業に明け暮れ、たえず死と忘却に急きたてられる家では彼に与えられるはずのないものだった。

アントワーヌは消え去り、夢に似たものになった。どんな夢なのかはこれから語ることにする。彼には姉がいたが、この話には関係ない。エリーズが彼女の話をすることはなかったからだ。消されてしまった姉の名は知らない。おなじく彼女の結婚相手の田舎者の名も知らない。私が知っているのは、この夫婦にはマリーという名のひとり娘がいて、これがパラード姓の男と結婚したことだけだ。さらにこのパラードなる夫婦に、娘が二人生まれた。そのひとりカトリーヌは子孫を残さずに死んだ（私の先祖にあたるひとで記憶がある）。もうひとりのフィロメーヌはポール・ムリコーと結婚した。相手はレ・カールの家の者である。彼女はひとり娘のエリーズ、つまり私の祖母を産んだ。祖母はフェリックス・ゲヨドンと一緒になったが、生まれた子供は私の母だけ、そして母に出来た子供のうち、娘の方は早死にし、残ったのが私というわけだ。心に突き刺さるのは次の事柄だ。小さなベギン帽を頭にのせ、亜麻布の上っ張りを着た律儀なひとり娘ばかりのこの家系図にあって、アントワーヌの手を離れた後もなおその名を留めるこの遺品を男で所有したのは私が最初なのだ。歴代の女たちの肉体のなかにあって、私はアントワーヌという影のそのまた影のようなものだ。ずっと以前から——一世紀が過ぎている——私は彼の息子といってもよい位置にいる。産褥の床につく女たちと、墓に眠る先祖から離れたところで、ひょっとすると私たちは目配せしているのかもしれない。似た者同士の運命なのだ。両者ともに、およそ意志のかけらもなく、成し遂げられたものもない。

お守りというのは、幼児を抱く聖母の素焼きの像であり、ガラスと絹でこしらえたケースに入ったその姿は崇高なまでに無表情であり、封印されたケースの二重底の部分には、わずかばかりの聖人の遺物が収められていた。これが、すでに述べた家系の糸をつたって私まで届き、先ほど掲げた名のすべてとぴったり重なったのである。そして先ほど列挙した名は、シャトリュス、サン゠グソー、ムリウーなど、何箇所かに散ってはいるが、すべて墓石に刻まれ、灼熱の太陽、凍てつく夜のいずれを問わず、刻まれたその名に変わりはない。その一方で異なる肉体をもってこのいくつかの名のうちにかつて住み着いた者は誰もがこのお守りを頼りにしたのであり、必要不可欠な戦いに臨むときも、生きた巣穴でみずからの体をぶつけて出現と消滅が繰り返されるときも、この世に誕生するときも、この世を去るときも、お守りはその役目を果たしていた。というのも文字通りの意味でお守りなのだった。死の苦悶にあえぐ者の床にこれをもちこみ(外では炎天下のもとに刈り入れがなされる最中、シャツを汗まみれにして家に戻ってきた男たちが、危篤状態のひとのそばに寄り添い、しばし涙を流し、またもや外に出ていって、空をあおぎ、麦わら、そして埃のなかで労働を続け、酒が過ぎるとその分涙もろくなり、あるいは物悲しい冬に、死がありきたりで、丸裸で、ほとんど何の味わいもなくなったとき)、まだ最後の息がかろうじてあるとき、息を引き取る前に誰もが、ある者は怯えた様子で、またある者は凍りついた様子でこのお守りをじっと見つめ、これを胸に抱き、これに呪いをあびせたわけであり、マリーは押し黙ったまま昇天し、エリーズは私が見守るなかで三日三晩持ちこたえ、どちらの夫も身を震わせ、軽口をたたき、すでに息を引き取ったというのに、なおもそうと認めぬ様子でおしゃべりを続けたのだ。摑もうとしてももはや血の気が失せ、痙攣するだけになった手は、それでもお守りを摑んでいるにはちがいなかった。すでに墓の彼方では、邪悪な爪が打ち込まれた釘のようにねじ曲がり、深く食い込んで、びくともしなくなっているのに、墓の手前は、なおも最期の言葉と頑固な希望のようなものであり続けている。その昔、彼らがやはりパニック状態にあって、全力で抵抗しながら母の腹から出てきたときも（八月の収穫が燃え上がるとき、あるいは物悲しい冬に）おなじく何ものにも動じないこの物体が彼らを迎えたのだった。というのも、繰り返しその名が叫ばれるなかで、出産という女たちの仕事を手助けし、朦朧とした意識と痙攣のさなかにこの世に姿をあらわす新生児がかよわい叫びをあげるときもまた、そこに鎮座していたのはこのお守りであり、つまりは母が力一杯握りしめ、赤子が汚す対象として、永遠に処女のままに汗まみれになった人形、謎多き、力づけてくれる人形だったというわけだ。マリーはこれを胸に抱いて叫び（それ以前に彼女の母ジュリエットもまたそうした）、産み落とされた赤児、名前はもちろんのこと、いまだ顔らしきものすらないフィロメーヌが泣き声をあげるまで、その叫びは続く。その二十年後にはフィロメーヌがこれを胸に抱いて、寸分違わぬ叫び声をあげ、そのあとはエリーズが生まれるときに泣き叫び、そのエリーズが二十年後にはアンドレを生み、四半世紀後には、その彼女が最後にこの私をということになるが、そこで円環は断ち切られる。

トゥーサン・プリュシェとジュリエットの息子として、一八五〇年ごろ母の涙とともに生まれたアントワーヌは円環をつなぐ役目は果たせなかった。

彼はシャタンで生まれた。緑に恵まれながらも岩だらけの土地、毒蛇、ジギタリス、ライ麦の土地であり、シダ類が高く伸び、その上に青い影がアーチをなしていた。田舎家の窓からは子供の目でも苔がはびこり生彩が加わったサン゠グソーの鐘楼の低いドームが見えたはずだ。彩色木彫の守護聖人が、大昔の助祭の実直な祭服を着て、その扉の見張り番となり、土地の人間が「小さな牛」と呼んで敬う、寝そべった牡牛の黒ずんだ腹に箒を向けて追い出そうとする格好になっていた。助祭はグソーの素朴な人間で、紀元千年ごろの隠者だったのか、気性の激しい牧人だったのか、頑迷な注解者だったのか、いずれにしても始祖であるのは間違いない、牡牛の体に幾千もの針が刺さっているのは、笑いさざめいたり嘆いたり、不器用を絵に描いたような未婚の娘たちが恋人ができるように祈って、そしてより年上の女らが子がさずかるように願いつつすでに憂いをおびた手つきでそうしたからだった。私とおなじくアントワーヌもまた子供の頃に、この守護神のもとに連れてゆかれたが、父親の大きな手に握られたその小さな手は所在なげで、柔らかく、頼りなかった。父は声をひそめて、熱い息を吐く動物の群れがどうして冷たい木彫の像に服従するのか。怖れを知らぬ彩色像が暗闇のなかで、トンビが描く弧よりも居丈高で、ヒバリの航跡よりも決然とした羽ばたきをもって、夏の戸外に向けてひそかな支配力を発揮するのはどうしてなのか、説明不可能なはずの世界をささやくように説明するのだった。苔むすステンドグラスのせいで日光が遮られた教会内は闇の支配のもとにある。父親は最後は火打ち金を使った。蠟燭の焔のなかに無数の蠟芯がいっせいにきらめき、祭服が揺れ動いた。高く上げられたオークル色の手がひらいた。そしてあらわになったのだ、いつまでも終わるともなく、聖者のまなざしが、そして皮肉っぽく、しかも無邪気に、子供の上に降り注ぐのだった。

（おそらくは、それよりもずっと後、彼が十六歳か十八歳のころ、急に色気づいたいつもの遊び仲間とは距離をおき、幼い頃ふと記憶に強く残った事柄をもう一度その現場で確かめようとしたことがあった。確かめたかったのはこういうことだ。彼にとって重要だったのは――いずれにせよ家出したいという抑えがたい欲求、その場合も家を出る名目が聖性なのか辻強盗なのかはたいした問題ではなく、それから拒否と無気力――誰もが体験しうるような事柄、誰もが取るに足りぬ軌跡と欲望の破片をもって得たつもりになる太古から変わらぬ棘の刺し傷などではなく、圧倒的な欲望を秘めた孤独で子孫なき創始者、木彫のまなざしの聖者ただひとりの体験であった。この往古のグソーの僧侶、おそらく気性が荒く、絶望的なまでに無用であって、ひとり森にこもり、嘲り（あざけ）の言葉をあびせて彼を町から追い出した連中が赦しを乞いにやってくるのを燃える心で待ち続け、いまは聖者像となって、五つの教区の収穫を見渡し、未婚の娘たちの心を燃え立たせ、女たちを孕ませ、あげくの果ては放蕩息子どもに辻強盗へと向かう道をひらいたこの僧侶のように、そしていったんは火に灰をかぶせても、その残り火をまた燃えあがらせようとする者たちのように、すべてを所有する幸運にあずかろうとするには、まずはすべてを拒む必要があったというわけだ。ここでアントワーヌの姿を思い描くにあたって、あの決定的瞬間の忘れがたい顔は、誰も覚えておらず、究極の紋切り型表現しか見当たらない、要するに私が思い描くのはまだ髭も生えておらず、これが身納めと、いつものように闇に包まれたこの教会から出てくると、怒りと笑いで唇は引き攣っていたが、未来の栄光のもとに進み出るようにして、昼の光のもとに足を踏み出す姿なのである。）

シャタンでの子供時代について何を言っておくべきか。擦りむいた膝、日々の退屈をまぎらわせ、草むらをなぎ倒すためのハシバミの占い棒、古びていて「定期市の匂いがする衣服」、日陰で贅沢な時間を過ごすための方言の独り言、刈草の束の上の駆けっこ、井戸。家畜の群れはいつもと変わらず、地平線もいつものまま。夏の午後が雌鳥の金色の瞳に映り込んでいる。放置された荷車の梶棒が日時計の代わりに時を刻む。冬になるとこのあたりにはカラスの大群が押し寄せ、いっせいに啼きはじめて、風の強い赤い夕暮れを埋めつくす。子供は暖炉の火と結霜の音で夢みがちになり、鈍い動きで重そうな鳥を追い払い、凍れる大気のなかで叫ぶと湿った響きになるのに驚く。そしてまた次の夏がやってくる。

思うに彼の両親は年をとってからできたこの児を可愛がったはずだ。ジュリエットは黙っていることが多かった。彼女はパンを小脇に抱えて立ち止まる、戸口の敷居に桶をおき、敷石は冷たい水を飲み込んで濃い灰色に変わる。あるいは火を起こして頭を動かすと一方の頬は赤く輝き、もう一方の頬は暗く沈む。幼きイエス、小さな泥棒、プリュシェ家最後のひとりを彼女は見つめる。父親の体は大きい。畑に出ているときはとても小さく見えるが、戻ってくると、扉の枠にぴったりとその姿が収まる。日輪のように高く伸び、全身が暗い影になっている。肩に背負うのは牛の頸木なのか燧石銃なのか、子供に一羽のモリバト、一握りのエニシダをさしだす。思いやりがあるのだ。あるときは、アントワーヌにハンノキかヨーロッパヤマナラシの皮を剥いで呼子をつくってやる。大型ナイフの扱いは正確をきわめ、皮を剥いだ幹に樹液がきらめき、ゴツゴツした岩のような手に収まった呼子はペンのように軽く、鳥のように壊れやすい。子供は真剣な面持ちで夢中になって呼子を吹き、父親はすっかりご満悦だ。とどのつまり彼は無骨なのだ。

サン＝グソーにひとりいた学校教師は、じつは村の司祭だったかもしれないが、それなりの教養があり、知の普及に熱を入れていた。十一月から始まって、一月の厳しさを経て、三月の泥濘まで、子供は朝早く、薪を運び、僧衣と村の子供たちの疥癬の匂いが立ち込める室内にこもり、来る年も来る年も知識の断片を詰め込む。つまり言葉は果てしなく拡散し、しかも疑わしいものであること、仙人草の別名はクレマティスだということ、厩舎の扉に磔(はりつけ)になった像がある聖ヨハネの祝日の前夜に摘まれる草は聖ロクス、聖マルタン、聖女バルバラ、聖フィアクレの草と、またモウズイカ、マツムシソウ、アザミと同一だということ。方言は宇宙と外延を共有するわけではなく、フランス語にしたってその点では違いはないということ、ラテン語は天使のヴァイオリン以上のものであること、ラテン語は数々の存在を内部に含み、眠りの悦びと目覚めの悦びを名指し、樹木と境界に加えて救世主が受けた傷をも喚起し、それ自身もまた不完全なものであること、とどのつまり、そしておそらくは同じことなのだが、聖体器、指輪、ルイ金貨以外にこの世に貴いものがありうると知ったのだ。

私の勝手な想像は混じっていない。レ・カールの家の屋根裏にはエリーズが「シャタンの箱」と呼んでいたトランクがあり、そこにはプリュシェ家の貧しい痕跡が眠るままになっていた。『羊飼いたちのアルマナック』、結婚式の食事の献立、大樽に関する古い受領証書、何本かの蠟燭などに混じって、三冊の本が私には証拠品たるものとなり、場にそぐわないのに、みごとなまでにぴったりそこに収まる三冊の本には、宇宙全体が詰まっているとしてもよいほどで、思いがけないこの三冊にはアントワーヌ・プリュシェの名がページを埋め尽くすほど大きく、しかも不器用で、ごく単純素朴な書字で記されていた。その三冊とは、行商本の『マノン・レスコー』、破本状態の聖ベネディクトの戒律、小型の世界地図帳だった。

子供は成長し、いまや青年となっている。本は彼自身の所有物なのかどうかはさして重要ではない。相変わらず着ている服には定期市の匂いが染みついている。鳥打ち帽に隠れるように大きな昏い目が視線を斜めに逸らせる。それから、おそらくは極度に敏感な魂が、飢えて自分自身を貪るばかりの挫けやすい魂がある。父親とおなじく背が高く強健だが、腕は役に立たず、何かを抱きしめたりせず、破壊しようという思いをこめてぶらさがっている。墓石の匂いが染みついた教会にあって、聖者、無用者、福者が、計り知れぬ重さがある手を堂々とひろげ、種まきを見守っても、収穫は散々な結果になる。

要するに想像しなければならないのは、トゥーサンが息子のうちに何かしら気に入らないもの、身ぶり、言い回し、あるいはそれ以上に沈黙がひそんでいるのに気づくとき——時が経つにつれ、ますますその印象が強まる——がやってきたことだ。つまり不快なのは、犂を握るときにちゃんと力が入っていないとか、生活態度が軟弱だとか、完璧なライ麦と雷雨の影響を受けた小麦を見分けようとしない頑迷な目など、それにまた多様かつ不変の大地を見る目だっておなじく問題なのだ。おまけに父親というのは、猫の額ほどの畑を後生大事に守ってきた人間である。つまり父親にとってこの狭い畑は最悪の敵ともいえるものであり、背を伸ばして立ったままでこの死闘をやり続けたあげくに、それは生活の現場、つまり徐々に命をすり減らす現場となったわけで、自分がこの世に生まれる遥か以前から続いてきた終わりなき一騎打ちという共謀関係の真っ只中に生まれた者として、この呵責なき根深い憎悪をむしろ愛として受け入れていたのだ。これに対しておそらく息子の方は武器を投げ捨てたというべきだろうが、それというのも大地は彼の不倶戴天の敵などではなく、彼にとっての敵とは、たぶん空高くみごとに飛びまわるヒバリ、あるいは不毛で果てしない夜であり、あるいは定期市で買ったボロ服みたいに事物にまとわりつく言葉だったのだ。ならば何を相手に競い合えばよいというのか。

それから、あの恐ろしい夜がやって来た。それは間違いなく春だったはずで、月のない晩に干草が香り、空に夜鳴き鶯が舞う重たい魅惑があった。男らが（というのもアントワーヌもまたすでに成人男子となっていたのだから）、男らが家に戻ったのはだいぶ遅い時間だった。長柄の鎌のせいで脇の下が熱くなっていた。巨大な日輪が道の砂利の上に二人の影を投げかけ、長く伸びるその影がぶつかりあっていた。その夕べ、戸口に面したニワトコの大木の香りがただようあたりに、架空の観察者が身を滑り込ませてみると、家に入る彼らの姿が見える。汚れた鳥打ち帽を被った姿はいつも通り、首まわりは一様に日焼けしていて、父と一緒だとよくそんなふうになるように、どこか神話的な空気につつまれながら、現実世界にあってはまた別の二重の時間を歩んでいる。父親は考え直して、小便をしにニワトコの木のところに戻る。彼のまなざしは土色で、何か黒いものを噛みしめているようだ。戸口のドアがふたたび閉まり、辛抱強い夜が訪れる。蠟燭の焔が灯り、スープ皿にかがみ込んでいる親子三人の姿が窓越しに見える。ジュリエットが手にする玉杓子がしきりに動き、大きな蝶が怯えたように窓ガラスに衝突する。酒が、それにしてもかなりの量だが、父親のグラスだけに注がれる。突然、彼はアントワーヌを睨みつける。暗がりのなかで、その顔はインクのように黒い。少し風が出てきたのか、怖気づいたようにニワトコの散形花序が揺れ、首をうなだれ、窓ガラスに触れる。蠟燭の焔が明るさをます。アントワーヌのまなざしを覆うものがなくなり、あの傲慢さ、理由なき、苛立つ誇りが、無頓着な誇りがあらわれる。すると台所で誰かが大声で叫び出す。激しい身ぶりをともなう巨大な影が天井の梁に、階段の手すりに、椅子にぶつかって、崩れ落ちる。ニワトコの木のあたりで虚しく聞き耳を立てているのは誰なのか。分厚い壁を通り抜けるのは雷雨と太鼓の唸り音、子供らを泣かせ、犬たちを不安にさせる、凹んだ小石をかき混ぜるように狂ったざわめき、それに加えて極限状態にある古代的で破滅的な一家の異様な声だけだ。父親は立ちすくみ、手にした何かを高く持ち上げ、これを呪い、床に叩きつける。酒が入ったグラス、ひょっとすると本なのかもしれない。そして、大きな拳が力任せに孤独な真実をテーブルに叩きつけるが、その中身は聞き取れない。それは祖先を、虚しい死者たちを、免れることのできぬ不幸を物語る愚直な真実、恐怖に慄く真実なのだ。そして部屋の反対側の隅には、粗末な食器棚の脇に哀れな体を押し込め、影をなおも求める影となった母親がいるが、惨めに砕け散った陶器のかけらを拾い集めようともせずに、いったい何をしているのだろうか。たぶん彼女は泣いているのだろう、あるいは押し黙ったままでいる、あるいは祈っているのかもしれない。彼女にはわかっている。罪は彼女にあるのだ。最後は、昔ながらの家父長的な傲慢さそのものの、問答無用の昔ながらの身ぶりをもって、父親は右手を戸口の方に向ける。蠟燭の焔が弱まり、息子は立ち上がる。墓の蓋石がずれるようにして戸口のドアが開く。ニワトコの木に光があたり、静かに、いつ果てるともなく揺れているのが見える。アントワーヌの姿が一瞬戸口を背に浮かび上がり、逆光にさらされて暗い影となり、そのときニワトコの木にも父親にも母親にも彼の表情はわからない。夜鳴き鶯が空高く夜をおしひろげ、世界への通路をおぼろげに描き出す。つまり彼が踏みしめる苔むす道は青銅でできていて、彼の頭上にあって歌いかけるあの空は鋼鉄でできているのだ。彼は旅立つ。もはやここに居場所はない。そしていまなお、あそこでは何らかの出来事が織りなされている。相変わらず大声で罵り、急に押し黙り、頭を抱え込むのは父親、視界から消え去り、足音がしだいに小さくなり、そのうちにまったく聞こえなくなるのは息子、じっと動かずにいて、明確な輪郭がないのはニワトコの花々、ニワトコそのものと一体となって、夜の闇に姿が紛れ、香りのように薄らいでゆくのは亡霊的な観察者、一八六七年の束の間の開花よりもなお頼りない観察者、その三者のあいだで、いまなお曖昧な現実が、粗野で鈍重な現実が、昔の絵のように、あるいはロマネスク教会の柱頭のように、私自身にしてもおぼろげに察知はしていても、完全に理解しているわけではないその現実が織りなされるところなのだ。

蠟燭の焔が消え、夜鳴き鶯がニワトコの木から飛び立つ。多分サン＝グソーのあたりだろうが、教会の朽ちかけた扉が軋る物音が聞こえる。――でもそれは厩舎の扉の軋る音、あるいは藪の小枝のいがみあう二本がこすれる音なのかもしれない。空の星が流れる、あるいは金色の火の精が、草に覆われたステンドグラスの背後で火打ち金を擦ったときにあらわれたものかもしれない。犬たちが盲滅法、けたたましく吠えている、それがだんだんと弱まってゆくなかで、夜は一体何を嘆いているのだろう。鶏の声が引き継ぐのは、昔ながらのいかなる家族のドラマなのか。シダの影が坂道にその濃さを増す。〈光の剣〉が行手をさえぎるが、それはようやく高く上った月が白樺林を照らしているのかもしれない。この葉叢から立ち去ろう。ニワトコの木は枯れてしまった。一九三〇年頃のことだと思う。

残りはトゥーサンの話だ。

あらたな日が出現する。なおも刈り取りを続けなければならない。例えばル・クレールの畑だが、それは純然たる傾斜地であって、樅林の黒い息のなかにある霧の谷にあって、ラ・レジェ峠につながっている。あたりには、ひとり鎌をふるう音だけがひびく。森から飛び立つツグミが靄を突き抜けるとき、突如として大地から罵り声が発せられ、目に見えなくても鎌がほんの一瞬宙に浮いて再びふりおろされる音がする。霧が晴れると、おなじくラ・レジェの谷で鎌をふるうジャックマン兄弟、デサンブル、ジュアノーの息子らの目に、ひとりぼっちでいるあの父親が見える。彼は斜面に逆って鎌をふるっている。正午になっても手の動きはやまない。午後の直射日光がアブみたいにまとわりつき彼を苛立たせる。日がすっかり暮れるまで彼は鎌で刈り続ける。笑い声をあげながら最後に家に帰ったのはジュアノー兄弟だが、その彼らにしてもとっくにスープ皿を前にしている。証人というべきは樅の大木だけだ。近くにあっても近寄りがたい木々が自分に向かって囁き、木々どうしもまた囁き合い、その囁き以外のものを聞こうとしない。父親は口を閉じたまま神の火が木々に落ちるように祈り、家に戻る。

暗い夜道を歩く彼の姿を思い描いてみよう。後世にその姿を伝える銀板写真などあるわけはない。ただ、その瞬間、運命が彼にひとつの顔をあたえるのだ。あるいは夜の闇は、偽作者には好都合で、偶然の結果としてもたらされるのかもしれない。どちらにしても彼の肖像は、あそこの小さな教会にいるあの仇敵の後光が射す肖像以上に絵空事だというわけではない。かろうじて見分けがつくといった程度の顔だが、肉厚で、筆触は力強い。日焼けした鼻の稜線は艶やかに頬を引き上げ、眉は整っている。要するに堂々たる姿だ。鼻の下の口髭は、その時代に死んだ者たち、レオン・ブロワやアメリカ南部の将軍らと同じものだ。口髭は力強く無造作、制服や父権性、さらには厳粛なるポーズによく似合う。彼は時折立ち止まって、空の星を見上げる。つまり、家に戻ってきたアントワーヌ、ハンノキで作った笛を手にして微笑みかける息子の姿をまもなくランプの光のもとに見るうれしい瞬間がくるのだ。そのとき息子の熱いまなざし、悪戯っぽく、いかにも子供らしいまなざしに出会えるだろう。そして彼はまた歩き始める。前よりも足早に、鳥打ち帽を目深にかぶっているので、突然絶望に襲われたような硬直した顎が見えるだけだ。老人なのだ。シャタンにむかう道に入り、こちらに近づいてくるのが見えると、昔ながらのトゥーサン・プリュシェの姿にずっと近づく。ただし、この農民の重い足取りにわれわれは騙されはしない。というのも彼が背に負っているのは、光きらめく魔術的な何か、詩篇を創作する老いたる王の竪琴のように、有無を言わさぬ力をひめた何かであり、あるいはまた夜の闇に、実在しないもの、すなわち生垣の前面に突如あらわれる角だとか、牛の足跡の凸凹に先の割れたひずめを見て取る年老いたドイツ歩兵が手にする薙刀であるのかもしれない。もちろん一本の鎌であるわけだが、彼がそれを戸口の前に立てかけると、すぐにけたたましい音をたてて倒れるのは、ひどく手が震えているせいだ。アントワーヌの姿はない。

ジュリエット――私の心のなか、そしてこの本では、死すべき者としての彼女の表皮はほぼ完全に崩壊してしまっているが、シャルダン風の頭巾だったり、世慣れしない、あるいは年老いたマドンナの不恰好な衣服など外見はさまざまでも、生前からそんな状態だったのは隠しようもなく、すでに腰は曲がり、寄る年波に引きずられる一方であっても、なおも美しい目をしていたと思い描かねばならない――ジュリエットは立ちすくみ、片方の手で摑んでいるのは、たぶん椅子の背もたれの縁の部分だ。そしてもう一方の掌(てのひら)の窪みには、雨が降った後に拾われた小鳥のように、お守りが握られている。でも、誰か死んだ者がいるわけではない。それに誰か生まれる者がいるわけではない。父親は黙ったまま懇願するように彼女を見つめる。うろたえているのだと思ってもよい。何たることか、どうしてアントワーヌは父親の口をついて出た言葉を真に受けてしまったのだろうか。トゥーサンもまた何かの家具、背もたれを摑んでいる。ゆっくりと腰をおろし、また立ち上がり、あとは立ったままだ。するとおそらく今度はジュリエットの方が腰をおろすことになるだろう。柱時計のような単調な物音しか聞こえない。そして家の外では、昨日とおなじように鳥たちのさえずりが漠然と聞こえる。彼女は立ち上がる。こうして一晩中ずっと、蠟燭の焰が燃え尽きるまで(でも、すでに六月になったある夜明けのことなのだが)、かつて息子を授かったこの二人は光沢のないうつろな未来を嘆き、乏しいが無尽蔵でもある彼らの記憶をたどり、暗い空の重みを全身に引き受け、例の瞬間を悔いるのだった。あるいはこれらすべてはたぶん、過去ばかりが異様なまでに肥大化して崩壊した時間感覚にあっては、まだ序の口というべきものだったのかもしれない。二人は身震いしながら、たがいに慰め合い、たがいに苦しめ合って、アントワーヌが戻ってくるのを待っていた。熱く燃える願いが、彼らを捕らえてその渦巻きの中に投げ入れ、ほとんど死者同然のものとすると同時に、彼らに生命を吹き込む。その願いがわずかばかりの生をふたたび手にし、外に投げて犬どもにくれてやり、一瞬の思い出の輝き、束の間の忘却、柱時計の規則正しい音とともに元に戻してくれる。

父親は一年、二年と待った、ひょっとすると十年だったかもしれない。生気を失った労働と日々の強情さが、時間を満たしていたが、これを追うのはやめておこう。父親はそのあいだに果実とおなじように熟し、希望が潰えたと思うほかなかったのに、彼の内部で不在の種子に芽が出てきた。そしてついにある日、現実から解放されたと考えるべきなのである。

いくつかの出来事があった。ある晩のこと、都会や事務所や法文書の匂いがする二頭立ての小型馬車が玄関先に停まった。馬車から降りる者の背中がほんの一瞬見えた。ロシア小説の情景みたいに、泥だらけの地面に立つ奇妙な短軀の人影は、全身が黒づくめの装束、山高帽をかぶる青年だが、その姿はすぐに戸口の暗がりの中に消えた。トゥーサンは鳥打ち帽を脱ぎ、口髭を手で触る。ジュリエットは訪問者に一杯のワインをさしだす。これを口にしたのか、口にしなかったのか、彼は炉床の方を向いて、椅子に腰掛けて二人に話しかけた。どんな話だったのかは誰にも分からない。

それから、いつのことだろう、五旬節の午前に、雄牛をしたがえる聖者像が、粗野な人々の手によって貧しいなりにも飾り立てられ、男らが背にかつぐ台架に高々と据えられ、街道をまっすぐ見据えてお出ましになると、新緑の反映をえて生き生きとよみがえった姿で両手をひろげて死者を呼び寄せ、生者を悪から解放し、そしてまた農民と僧侶が脇を固めるなか、高みから見下ろしながら、微笑みかけ、晴天でも土砂降りの雨でも、いっこうに介する様子もなく金色に輝くのだが、そのとき人びとは見たのだ、すなわち寡黙なるトゥーサン・プリュシェが、この古の守護神とおなじように手を広げ、呆然として、ひとつの影、もしくは願いの姿となり切って、たぶんこの世に存在したことなどなかった何かを永遠にとどめつつ微笑む姿を。墓地の照明台のところで、聖人はいつものように足を止め、いつもとおなじ目で、谷の深さをまたしても測ってみた。森、小村、そこに住みつき苦しんでいる人びと、ひろく伸びるこの教区の地平線を測ってみたのだ。白い祭服を着た農民の子供らが鈴を鳴らし、冷たい風が静けさのなかを通り抜け、ラテン文の響きが消えてゆくなか、村人たちがひざまずいた。少しばかり遠く離れたところに、「荘厳で、完全で、孤独な」何かが〈静止イメージ〉のように立ちすくんでいる。父親は助祭のようにあたりを見回し、牛のように我慢強く、相変わらず呆然とした様子で、顫(ふる)える手に何かを摑んでいるようだが、はっきり識別できない。ペンを握っているようでもあり、幼子の手を握っているようでもある。

また別の機会だが——そしてここでも目撃者たるものがいないのは、古い家の壁が正面に、暴力的に押し黙った姿で立ちはだかっていて視界を遮るからだが——アントワーヌの部屋でトゥーサンは顫える手で三冊のうちの一冊を開いてみる。おそらくは『マノン・レスコー』だろう、そこに見出される、あまりにも明晰であるがゆえに逆に人を惑わす表現が、そして理解を超える激しい心の動きのメカニズムが、すっかり彼を虜にし、それまで耳にしたことのあるすべてとは次元がちがうものを前にして彼は心底驚いた。この本のほかの部分にある、宿屋や荷車に身を隠す夜の遁走、身持ちの悪い娘と出来損ないの息子、御涙頂戴とあいなる事件の数々、死の場面といったものを上回る強い驚きがあったのだ。たぶん年老いたひとりの僧侶（その昔、ロバを鞭打ち聖なる箱のなかに詰め込んで聖遺物を運んだ僧侶らのひとり、サラセン人もしくはアバール人の叫び声を背に、隠者の棲家が炎上するのを肩越しに見て恐怖に慄いた亡霊的な教団戦士の亡霊のひとり——この聖遺物とは、ジュリエットが階下の台所に大事にしまっていたものなのだが）、たぶんこの年老いたベネディクト派注解者は、彼の著書のどこかに書かれているはずだが、「仮に教団の誰かが、とくに何かに執心するようであれば、ただちにこれを取り上げる必要がある」とトゥーサンの耳に囁いたのであり、もしも彼がこの戒め通りにしていたならば、救済はより苦く、またより確実なものになっただろう。世界地図帳の方は、初めのうちはたぶん彼にとって意味不明だったが、その厳格な記号を通して、地球上の土地は、耕作が可能であれ不可能であれ、どの地点にあっても記されている記号が同じならばひとしい価値をもつと彼に教えたのであり、それは、どの貧しい地区でも、森の聖者にとってちがいはないにひとしい。より確実なのは、この地図帳は、息子がたどった行路を、また干草刈を終えたある晩に始まる出奔劇がたどりつく地点と思われるすべてを彼に解き明かして見せたのである。その出奔については、トゥーサンは道具であり、死となるとまた話は別だが、すべての可能な行路だった。彼が目を走らせる、そのどこかの場所に息子は生きている、あるいは生きていなかったのだ。日が暮れて、トゥーサンは顔をあげて窓越しに子供の頃アントワーヌが来る日も来る日も眺めていた景色を見つめた。遠くの鐘楼、お告げの鐘が教える把握しきれぬ距離、宙に止まったヒバリ、あるいは黒雑巾のようなカラス。ヒバリの下方にはプリュシェ家のわずかばかりの土地がひろがる。彼の視線は、まるで絵に描かれたようなその土地と触れ合い、生き生きしたヒバリに、そして鐘楼の青へと戻ってゆく。

(そのすべては彼の理解がおよばないものだったということもありうるが、そんなことはないだろう。彼は罵りの言葉を口にして乱暴に本を閉じ、怒りのあまりに前後不覚になるまで酒を飲んだ。周知のように、彼はすでに老人だった。)

そしてある年、デサンブル家のフィエフィエが農作業を手伝うようになった。その年は春と夏にもまたやってきて、しだいに頻繁に姿を見せるようになった。少しおめでたいところがあり、酒に溺れる癖があった。かなり早口で、しかも、のべつまくなしに喋っていたにちがいない。ひどく痩せていて、手も震えていたはずだ。煉瓦色で、崩れ落ちた、熱した顔に哀れな表情の目がついていた。その頃は誰も使わなくなっていた屋根裏で寝起きしていたが、それは好んでというよりも必要に迫られてのことで、私が知るかぎり、ラ・クロワ＝デュ＝シュッド近郊のそのあたりはいまはイバラに覆われ廃墟になっている。デサンブル家の人間、父親と兄弟とはしだいに距離をおくようになり、酒癖の悪い日雇いの坂道を緩やかに、そして急速に転げ落ちていったのだ。酒のほかには生きがいなど見出せず、飲むにしても四人分は必要で、この薄まった媚薬には先祖の姿の模倣と下降への傾斜、取るに足らぬとりすましと惨めな人間の名誉をなす愚かで隠れたる矜持があった。われわれとおなじく、自分が何を見ているのか分からぬままで、一人前の男でも老いたる青年でもなく、結局のところは単なるアル中だったわけだ。どこにいっても何かしら馬鹿にされたり、性悪な連中からは手荒な扱いを受けながら、ちゃんと飯を食わせてもらえたのは、日々の労働には彼の両腕が頼りになったからであり、彼さえその気になれば、毎週日曜には両腕が痺れるまで暗黒の酒に溺れ、ほかのすべてと一緒に、この両腕も忘れられたからだ。その時分は、シャトリュス、サン＝グソー、ムリウーあたりの居酒屋から出てくると、通りすがりの納屋に入り込んで、柔らかな藁束にそのまま倒れ込んで一夜を過ごし、暗闇のなかで長いこと独り言を喚きながら、傲慢、宿命、興奮が入り混じった笑い声をあげているところに、村の餓鬼どもが忍び足で近寄ってきて、彼の顔面にバケツの水を思いっきり浴びせかけ、シャツの下にアシナシトカゲを突っ込んで冷たい感触に飛び上がるほど驚かせたりするので、いかにも脆い彼の王権は、逃げて遠ざかる笑い声の中に粉々に砕け散る。

　こうして二人一緒の姿が見かけられるようになった。いつも背筋を伸ばし、威厳があり、遠いところにいる老人の陰に、片足を引きずり飛び跳ねるフィエフィエの姿があった。彼らは牛を小さな中庭に入れて繋ぐと、意気揚々と出かけるのだ。フィエフィエの方は轅（ながえ）を摑み、鼻輪をつけた鈍重な面の牛を呼び込み、あたりを飛び跳ね、歩兵のように、もしくはエリザベス朝の道化のように、わざとらしいしぐさで、大声をあげてからかうのに対して、老人の方は放下車の前に立ち、下の方で車輪が軋む音が響くなか、こわばって見えるが、口髭はいまや真っ白になり、これもまた絵のような光景だといえる。落ちぶれた、あるいは老いたる王、落ちぶれているにはちがいなく、怒れる無能な領主、退位せる者といったところだ。時折、彼の太い声が、牛たちの肩甲骨がつくりだす鈍角に、そしてまたフィエフィエへの罵りとして、いきなり落ちることがあった。それでもおそらく陽気さがなせるわざだったというべきは、その証拠に顔は笑っていたし、それはフィエフィエにも、また彼らが歩む道にもおなじみのことだった。彼らが家に戻ると、フィエフィエは酒蔵からまたもや一升瓶を取り出し、座り込んで、前後不覚になるまで飲むのだ。母親はといえば、不恰好な黒いスカートを要塞として相変わらず涙にくれるばかり、ぶつぶつ言いながら、何やら準備にいそがしく、その場面には居合わせない。老人の方は一緒にいることはいるのだが、酒は口にせず、また涙も流さず、たぶん恍惚として、昔を懐かしんでいるのか、それとも自信に満ちて喋っていたのだろうか。

この時期のことだが、シャトリュス、サン゠グソー、ムリウーあたりのビストロでは、疲労が誘う酒の勢いも加わって生まれた噂話、日雇いの無駄話のなかで、またこれに端を発して、男どもが酒に酔いつぶれた夜には、女たちに向き合って喧嘩腰にならざるをえず、主に昔のことをしゃべる必要から家に持ち帰ったそんな話のなかで、アントワーヌは復活したのである。

フィエフィエの話では、アントワーヌはアメリカにいるという。フィエフィエの話に確かな根拠などありはしなかった。また仮に彼の口から漏れ出た話が、いくぶん歪められ、弱まったかたちであっても、もともとはもうひとりの男、つまり老いたる追放者、何を考えているのか分からぬ、誰も近くに寄せつけぬ人間が考え出した話だと知らずにいれば、人びとはこの話をはなから受け入れはしなかっただろう。だから、みんなは預言者の話に耳を貸すように半信半疑でその話に聞き入ったのだし、ひそかに興奮もしたし、羨ましい思いも抱いたのだが、喚くような声、ボロをまとったような姿、寝床としてのイバラなどは、どれもが預言者らしい徴（しるし）だともいえた。こうしてアメリカの話が、彼の地にいるというアントワーヌの幻の話が語られることになったのである。そしてまたフィエフィエは、彼の話に聞き入る連中と同様に、アメリカといっても、噂話しか知らず、実際には行ったことのない隣の県、ロリエールあるいはソヴィアの向こう側、モン・ジュエあるいはピュイ・デ・トロワ・コルヌの反対斜面に似た土地を頭に思い浮かべていただけなのである。幸運を呼び寄せることはあっても、強盗や流れ者など危険だらけの土地、イバラのシナイ山や村祭りの約束の地（カナーン）がいくらでもあり、蓮っ葉だがひたむきに愛してくれる女たちがいて、素晴らしい未来と災厄に見舞われる未来があって、それも場合によっては、ただ噂だけの世界がそうであるように、両者が同居する土地なのである。みんなはその土地にいるアントワーヌを思い描いてみた。十年ほど昔、誰もが知るほとんど子供のような姿のまま、少しも歳を取らずにいるあのアントワーヌなのだ。そしてまた彼の尊大さ、頑固だが穏やか、そして無口なその姿にふさわしいものとして、たぶんいかがわしい、あるいは運命的な生業を見つけてやるのだ。女衒（ぜげん）だったり技師だったり、アパッチ帽を目深にかぶっていたり、全速力で走る蒸気機関車を運転していたり、そして真っ黒になった顔に光る目には、あのものぐさで、得意げに虚勢を張る姿があった。

（そうすると、おそらくこうした日曜ごとのフィエフィエの強権支配——果たして彼がそのすべてを理解しえたのかは疑問だし、もともと頭が悪く、二種類の考えを適切なかたちで繋ぎ合わせるなど不可能だったはずの彼が、いったいどうして父親の伝令状をたずさえ、息子の物語をひろめる役目を果たすため、ひたすらトゥーサンに忠実に、その彼の唇からひっきりなしに発せられる「アメリカ」という語、父親にとってみれば、母親にとってのお守りに匹敵するその一語、結果として譲渡可能、想像可能なフィクションのすべてを、さらにはフィクションという発想、すなわち彼フィエフィエの力には余るはずの、実際には存在しなくとも摩訶不思議な力をもって名指された何かを要約するこの一語を摑みとる任務を果たしえたのだろうか——、確かにこのフィエフィエによる日曜日の強権支配、暗がりの藁束の玉座と泥酔の王笏、蜘蛛を相手とする大言壮語の王権、バケツの水と子供らの悪戯によって汚された王権、それはたった一つの貧しい語に対する想像を超えた強権支配となったのだ。）

アントワーヌは手紙を送ってきた、ミシシッピからだったか、ニューメキシコからだったか、いずれにせよリモージュ地方の遥か彼方にある野蛮な土地からだ。何通かの手紙といっても、結局のところ、誰もそれを見たことなどないわけだが、これが実際は存在しなかったと断言できるだけの根拠も自分にはない。ひょっとすると、手紙の差出人は実際に遥か遠くのエル・パソの黄色の太陽のもとで、真っ黒な蒸気機関車を運転していたのかもしれない。ひょっとすると、カリフォルニア州のゴールドラッシュの第二波によって、シャタン生まれのこのちっぽけな存在は四輪馬車、喧嘩、獰猛な砂金採掘者、無邪気な流れ者の奔流に巻き込まれ、押し流されたのかもしれない。ひょっとすると伝説的な荒くれの男の一団が彼の脇を強固にかため、南軍のステットソン・ハットと北軍のコルト拳銃を身につけ、粗悪な商品を押し売りしたり、馬泥棒となってあたりを徘徊していたのかもしれない。夜の闇にまぎれて強奪した雄牛の大群を国境まで追い立てるとき、彼が思い出すのは、聖者像の真下におとなしく控える小さな牛の像なのだ。あるいは「超自然的なまでに素面(しらふ)をまもり」、砂漠との境界地帯で正妻とおぼしき女と一緒に板張りの家に住んで小市民のあくせくとした生活を送り、一緒に暮らす女は白い手袋をはめて洗礼派教会のミサに通ってはいても、実のところはガルヴェストンあるいはバトン・ルージュあたりの売春宿での賭けで得た戦利品というわけだ。あるいはまた、もっと遠くの海岸線へと向かうはずだったのが、寄港地のアンティル諸島の菫色の円丘で島の女の胸に抱かれ、そうでなければ彼が読んだはずもない『墓の彼方からの回想』〔シャトーブリアンの回想録〕に登場する船乗りのように、アゾレス諸島でベネディクト派修道会に身を寄せたのかもしれない。私が思いつくのは、そんなところだ。だが、トゥーサンはといえば、そのような想像に欠かせない言葉の切れ端、エピナル版画、ハリウッド映画のようなイメージを持ち合わせていたわけではなく、必死に努力しても何も頭に思い描くことはできなかった。それでも、息子が二本の足を持ち、たぶん船で海を渡ったことくらいは見当がついた。蒸気機関車、黄金欲、売春宿など知らぬわけではないし、アントワーヌがそんな境遇のどれかひとつに身をおき、あるいはそんな場所のどこかにいると想像はできたのである。誰も知らない材料を組み合わせて、アメリカに渡った息子のさもありなんという姿を描いてみたわけだが、その材料というのは私が手にするものとは似ても似つかず、かなり乏しいものであったはずだが、組み合わせるやり方はずっと豊かだし、自由で、驚かされた。要するに、小さな世界地図帳をひらいて、彼は地名を読んでいったのだ。エル・パソ、ガルヴェストン、バトン・ルージュなどの名を次々と。

彼はそれらの地名を目にしていたわけだ。いまはその世界地図帳の北アメリカをあらわす黄ばんだページがごく自然に目の前にひらかれている。私がいま口にしたいくつかの名、いくつかの都市には、不器用な手つきで下線が引かれている。大工が目印としてつけるような太くて濃い線だ。

父親がしだいに畑仕事から離れ、あの八ヘクタールか十ヘクタールのライ麦畑は雑草や小石だらけの荒れ果てた状態になり、プリュシェ家三十世代におよぶ絶望的な日々と空しい汗水の結晶たるこの物悲しい遺贈物をほったらかしにしてしまったことに触れておく必要があるだろうか、というのも息子は無関心が災いとなってそこから追い出されてしまったのであり、あの晩、厄介な小石と深く染み込んだ汗、そのすべてが父親の右手をもって立ち上がり、石ころと麦束、墓に眠る先祖の重みの力で息子を追い出したのではなかったか。老人は、いまはまったく別の相手と格闘していた。フィエフィエはあたりの土地を脈絡なく耕し、腕をふりまわし、カラスに石を投げ、牛をからかうのだった。彼が寝起きするあばら家からいかなる魂胆があったのか、種子を、もしくは酒に酔った晩だと、血だらけの手に挿し穂を隠し持っていたのではないかと思うほどに、あたりにイバラがはびこるのだった。ル・クレールの牧場ではエニシダが人の背くらいの高さに伸びていた。見渡すかぎり一面にニワトコが生い茂り、微風がそよぎ、鳥が飛び立つたびに白い埃が舞い上がる。息子を日の光のもとに送り出した父親は、いまやその夜の部分を扱う〈物語作者〉となり、機械的に鋤を肩に担いで、ゆっくりといつもの道をたどり、無為をかこち、しかも詩篇の王の竪琴に劣らぬほどの堂々たる姿で、カラスに話しかけ、エル・パソへと思いをはせるのだった。彼はフィエフィエの正面に陣取り、その仕事ぶりを見つめるのだが、人を小馬鹿にしているみたいで傲岸不遜、意思疎通ができているとはとても思えない。道化の方は能天気で仕事に精を出し、盛り土の上を飛び回っては、牛を煽り立て、自分に与えられた役割を演じる。父親は満足げに口髭を撫でつけ、日陰に引っ込み、木の幹を背に大げさな身ぶりで腰を下ろす。荒れた彼の畑に太陽が沈んでゆく。畑の上の方に、行方不明の息子が、栄光を一身に受けるアメリカの身体がカリフォルニアで金の採掘にいそしむ姿が見える。

というわけで彼らが畑に出ても何をするわけでもなく、まるで教会に、市がたつ広場に、劇場の舞台にいるつもりなのかもしれない。そしてこれとは別の場所では、つまり生垣を曲がったあたりで目に入る黒い家ということだが、母親が、アメリカなる言葉などいっさい口にせず、お守りを手にして呟くのは、聖バルバラ、聖フローラ、聖フィアクレの名だけだ。

現実が、あるいはこれが現実だと言わんばかりの何かがまたあらわれた。

彼らの姿を思い描いてみよう。フィエフィエとトゥーサンが霧がたちこめる早朝にムリウーの家畜市へと向かうその姿を。彼らの口髭には霧の水滴がついている。幸せな気分で森を通り過ぎ、自分たちの役割を完全にわきまえている。満ち足りた気分で、慎ましいその喜び、自分らの手で慎ましく紡ぎだした喜びをほかの誰かに認めてもらおうなどとはまったく思っていなかった。二人は言うことを聞かぬ豚を何頭か追い立ててゆくが、そこに儀礼じみたものがないわけではなかった。彼らは冗談を言い合っている。五街道の丘のあたりにいる彼らの笑い声が聞こえてくるようだが、冗談を言って思う存分楽しめばよい。二人はムリウーに着いたところだ。現場をそこに定めよう。直立する不動の教会、公証人の家の壁面に咲き乱れる、あるいはすでに花が散ったフジの陰に表札が金色に輝き、そしてまたいま私がこうして書くために身をおいているかもしれない窓辺、そのあいだのどこかの地点にトゥーサン・プリュシェが真実と考えていたものが大きく揺らぐ場がある、たぶん正確にその場だとは断定できなくとも、大なり小なりそれに似た場である。市が終わって、二人は家畜商人と連れ立ってマリー・ジャブリィの店に飲みに行った。フィエフィエはたぶんすぐに前後不覚になったのだろう、商談などそっちのけで、ひときわ力を込めた大声で、気が向くままにしゃべり始めた。飲んでいる連中の頭にアメリカが浮上した。するとどうだろう、この聖地をアントワーヌが勇ましく歩き回り、あちらの方から、こちらにいる者に向かって、派手な身ぶりを見せているではないか。老人は、市に行くというので結婚式用の黒いネクタイと糊のきいたカラーを身につけ、田舎者の不慣れな肩からぶら下がる時代遅れのしゃちほこばった古着を着込んでいたが、一言も口にせず、得意そうだが、黙ったまま、傍(かたわ)らにいるゴーストライターが長広舌をふるうにまかせ、会話などという卑しい仕事はすべてこれにゆだねる〈物語作家〉に徹している。そのとき、若者の一団から嘲笑うような強引で力強い声が急に聞こえてきたが、声の主はジュアノーの倅(せがれ)のひとり、私が思うに、どこか気取ったところがある得意顔の男、ぴかぴかに磨き上げられた靴を履き、下士官の肩章をつけ、ロシュフォールから戻ってきたところ、あそこでしばらく兵役についていたという。天狗になり、強引で気障な声の持主が、磨き上げられた長靴と一緒に、片田舎のビストロに現実そのものとして入り込み、断言したのである。トゥーサンの息子はアメリカなんかに行っていない。国内で姿を見た者がいる。下品な女どもが声をあげて囃し立てるなか、二人組で数珠繋ぎになり、みんな徒刑囚としてレ島に向かう船に乗せられたのだという。

父親の眉は微動だにしなかった。長いこと彼は前方を見据え、そこにすっかり飲み込まれてしまったようだった。重い手つきで帽子をかぶり、飲み代を払い、はっきりした声で会釈すると外に出て行った。フィエフィエは興奮ぎみだったが、もう誰も彼の言葉に耳を貸さなかった。みんなは偶像破壊者の周囲に集まった。いったんは驚きを引き寄せたフィエフィエの話だったが、もはや誰も反応しなくなり、頭の弱い酔っぱらいの戯言になってしまったのだ。支えきれないほど大きな怒りが体にのしかかり自分が馬鹿に見え、その重みにふらつきながら、彼もまた力なくドアを押して外に出て行った。意気消沈し、突き刺すような苦痛が走っても、酒がまだ足りないせいだとか、子供らの嘲りのせいだと思えないのも驚きだったが、道化は、老人が直立不動の姿勢で、水飲み場のそばのフジが垂れ下がるあたり、いつもながらの透明な水の流れの呟きを背にして彼を待っているのを見た。雨のなかをシャタンに戻るとき、夜がしだいに彼らに押し寄せ、ハシバミのマントに二人を包み込み、フィエフィエは追われる狐のような鋭い鳴き声をあげ、あとは老人の鋲底靴の重い響きが聞こえるだけだ。

アントワーヌをめぐる新説はあたり一帯にひろまり、この地方特有の昏い論理がこの話をもっともらしいものに仕立ててあげた。事情通を気取る連中の無駄話が華々しい凋落に油を注ぎ、失墜がかえって往時の勢いとの差を際立てた。みんなはアメリカの話とおなじく、今度は徒刑の話に飛びついたわけだが、新説は旧説の仕上げであるかのように受け止められ、別の人間の手でもっと暗い話が書かれても、以前の話とうまく釣り合いがとれ、結局のところそれはなくてはならない話だということになった。老人は十字架を背負わせずにすんだと思っていた。でも、あの話はたぶんまだ熟したものではなく、不完全だったにちがいない。気取り屋が、ユダが登場し、あまりにも先を急ぎすぎた〈昇天〉に向けて「この人を見よ」というにひとしい天の賜物を捧げたのである。

真相は誰にもわからない。シルクハットを被った伝令吏がいきなり姿をあらわしたあとで、老人たちは真相を知り得たのかもしれない（断言するわけではないが）。といっても伝令吏が何者だったのか、伝令の中身が何だったのかを伝える材料は何もない。ひょっとするとアントワーヌはアメリカ人になって幸せに暮らしているのかもしれない。あるいは縞模様の帽子という勲章を渡され、囚人となった彼には「徒刑囚が苦しんだあげくに死ぬ」ロシュフォール港での強制労働が課されたのかもしれない。あるいはその両方であったのかもしれず、どちらが先かはお好みしだいというわけだ。鞭が振り下ろされるなか、サン＝マルタン＝ド＝レで乗船し、南米カイエンヌ地方に向かったのかもしれず、そうであるならば父親の作り話にしてもそうだが、彼自身が昔熱心に読んだ『マノン・レスコー』なる洒落た本にちりばめられた徒刑譚は予言であって、遥か遠くの地でこれが実現したことになる。だが、リール、あるいはエル・パソ郊外の日当りの悪い色褪せたホテルで寝起きし、商店勤めや筆耕など中途半端な仕事の平々凡々たる孤独に甘んじて落ちぶれていったのかもしれず、無用者になっても傲慢さは相変わらずだったとも考えうる。あるいは結局のところ、作家になり損ね、ヴォートラン〔バルザックの小説の登場人物〕まがいの腕っ節の強さによって溺死は免れたにせよ、やはり徒刑囚として終わったリュシアン・シャルドンみたいな末路が待っていたとも考えられる。というのも、私が思うに、彼には、強情な作家たる要素のすべて、ほぼすべてといってよいものがあったにちがいないのだ。つまり、可愛がられてはいたが、子供時代が突然断ち切られ、破滅を迎えたこと、獰猛な傲慢さ、聖アントワーヌという暗冥なまでに意志強固な守護聖人、妬ましい思いで読んだ何冊かの正典にあたる本、マラルメやその他の同時代の作家たちを読んだ体験、追放と父親の拒絶などの要素というわけだ。そしてよくある話だが、もっと都会的な環境に恵まれ、英国小説を読み耽ったり、美しい母親に手を引かれて訪れた印象派の展覧会が感性を育む、まったく別の子供時代があったならば、アルチュール・ランボーとおなじくアントワーヌ・プリュシェの名がわれわれの記憶に残ったかもしれないと言いたいのである。

ジュリエットは気力を失った。彼女はあの世に行った。あとに残された二人はがむしゃらにというわけではなかったが、どうにかこうにか生き延びた。父親の方は変わりなく見えた。彼には心外だったはずの新発見、一刀両断をもって退けえたはずの異説、例のジュアノーの倅の話は致命傷にはならなかった。彼は議論に加わらなかったのである。ただ、特別な何かにせっつかれているのか、畑を動き回る彼の足音は活気にあふれ、カラスに向かって発せられる異国の都市名も、よく響く力強いものになった。彼は世を去った者たちの名を呼び、その相手をする死者たちもきっと彼に微笑みかけていたはずだ、というのも、みんな思いやりにあふれていたのだ。彼は静かに鋤を背負った。そして夕方になって、地平線に明かりが見え、シャトリュスのあたりで聖ヨハネへの祈り、もしくは八月になって聖母への祈りが始まる頃には、その遠くの明るみをいつまでも見続けていると、まるで二十歳の頃のような愛くるしいジュリエットが夜になって二階の息子の部屋にあがってゆく姿がそこに見えたのだった。

彼は噂話をうまくやりすごした。フィエフィエは、影のように彼から離れず、かつては彼に代わって語る者であり、いまは彼の影そのものになったわけだが、大地に這いつくばり、苦しみを味わった。日曜日になると、シャトリュス、サン＝グソー、ムリウーの居酒屋で判を押したように空中分解してしまうのだ。居酒屋ではいくら酒を飲んでもただの酒の味しかしないし、またしても嘲笑の的になったわけだが、何とも我慢ならないことだった。以前はみんなが彼の話に聞き入り、あるとき彼にもたらされた至高なる言葉が人びとに支持されたと感じたわけだから、なおさらそれは我慢しがたく、話を聞いてくれる相手の気まぐれもそうだが、突如完全なる無視が訪れ、もう元には戻らないと思うと我慢ならなかった。がたつくテーブルを前に座り込み、完全に黙りこくって、午前中に最初の大瓶をあけ、泣き顔になって驚いた表情を浮かべ、消え入りそうな目をして、夜まで飲み続けるのだった。誰かがふざけてアメリカという言葉を口にしようものなら、フィエフィエはここぞとばかりに喰いついた。道化者および預言者の顔が、ひきつって、そのおめでたい仮面と一緒に姿をあらわすのだ。少しためらいがあっても、陰険な視線や酒の勢いが影響して、赤ら顔で堰を切ったかのように確信をもってしゃべりだすと、しだいに熱くなり、なかば腰を浮かせ、徐々に立ち上がり、最後は完全に席から立って、アントワーヌは無実で、遠い地で羽振りのよい暮らしをし、栄光を手にしたと断言するのだった。大きな笑いの渦が巻き起こり、彼は喉を詰まらせる、するとまるで遠い彼方の監視人の警棒に脅され、アントワーヌが手足を縛られたまま、こちら側の居酒屋にそのまま投げ込まれたような雰囲気になるのだ。それから罵り合いが、殴り合いが始まり、椅子が倒れ、そして場面がムリウーならば、ジュリエットが眠るサン゠グソーの吹きっさらしの墓地のかたわらでフジがいっせいに花開くなか、シャトリュスならば楡の木が植えられた傾斜のきつい広場で、そしてそこかしこの夜の闇のなかで、フィエフィエはみごとなまでに鮮やかに倒れ込み、喚きながら、血と瓦礫にまみれてアメリカを噛みしめながら、最後は数々の衝突を深く沈めた眠りをむさぼるのだが、その眠りのなかではトゥーサンとジュリエットが、彼の方は得意そうに、彼女の方は穏やかに微笑んで、まるで新婚夫婦のように小型馬車に乗り込むと、そのあと馬車は勢いよく走り続け、シルクハットを被ったアントワーヌが御者席で背筋をぴんと伸ばし、有頂天になって手綱をひきしめ、ラ・レジェの坂道をくだって、リモージュに、アメリカに、その彼方へと走り去ってゆく。彼らの後を追ってフィエフィエも走るが、追いつくことはできない。

冬も夏も、彼ら二人にとっての一週間の時間の流れは、女手を失い、混沌として、メリハリがなく、子供じみたものとなるが、子供時代の喜びも陶酔もそこには見当たらない。フィエフィエはラ・クロワ゠デュ゠シュッドから働きにきていたが、働くといってもその内実はすでに一種の巡礼でしかなく、巡礼者のガラクタを詰め込んだ頭陀袋をさげ、錆びついた器具の頭、丸型パンの一切れ、縄の端っこがそこから覗いて見えていた。ひょっとすると生木でこしらえた呼び子もあったかもしれない。彼らは無味乾燥でも稼ぎをえるため、あたりから牛の姿はとっくに消えていたが、休耕処置になっていない畑に申し訳程度に出てみて、キャベツを植えて生活の糧とし、黒麦をハンカチに包んで持ち帰った。彼らは時間などおかまいなしに、だらしなく飯を食った。好奇心からなのか、慈悲心からなのか、いまだに彼らのもとを訪れる何人かの老婆、ジャックマン家の老女たち、古老めいたマリー・バルヌイユなどが、豚の塩漬けの残りや、フロマージュ・ブランや、野菜類を差し入れするついでに窓越しに室内を覗いてみるのだが、そのとき前屈みになった彼女らに確認できたのは、形容しがたいほど汚い長細い台所で、裏手の窓を背にテーブルの上座につき、嵐のように輪郭がかすみ、全能の支配者のごとく後光に包まれているトゥーサンの無表情な頭部であり、そしてまた荒廃したその場をひっきりなしに駆け回るフィエフィエの姿、その孤軍奮闘の働きぶりだったわけだが、一升瓶をラッパ飲みしながら、ごった煮をかきまぜ、食卓の残り物を片付けて台の上に運んだり炉に押し込めたりして、相変わらず酒を飲みながらパンを切り分け誰彼となく噂話をするのだ。そして笑いながらこれを憐れに思う老女たちが、帰り道でする話がそれ以上あったわけではない。というのも、あの二人が疑心暗鬼でいたにせよ、それは彼らの心のなかにとどまり、ほかの誰かに打ち明けるべきものではなく、そして彼らが勝利を感じていたとしても、それもまた自分たちだけのもの、口さがない連中などいない、この昔ながらの場、彼らの台所、彼らの影のためのものであり、猜疑心が強く、口をひらけば悪口ばかりの連中から遠く離れたその場のための、そしてあの無害な亡霊たちのためのものだった。五時になって、フィエフィエは大瓶をようやく手放し、千鳥足で木製の長椅子のところまで歩いて行ってそこで眠った。あるいは袋に頭を突っ込んで床に寝転がった。そしてトゥーサンは少しかがみ込むと、おそらくはどうでもよいといった様子で、心優しく静かにその寝顔に見入るのだった。

そしてある日のこと、道化は姿をあらわさなかった。

想像するに夏のことだ。思い切って八月だったと言ってしまおう。作意なき美しい空が収穫物とヒースの上に身をかがめ、プリュシェの家に影を投げかけていた。まだ生き残っていた村の老女らは、判で押したように真っ黒な出立ちで家の戸口に立ってあたりをうかがい、終日辛抱強く、通夜の女のようにして、時折トゥーサンの姿が暗い戸口に浮かび上がるのを見た。彼は果てしない青空を見上げ、それよりなお青いカラスの群れの航跡を確かめる。まだ何かしら仕事があるのか、何を考えているのかはわからないが、彼は厩舎に入り、ひどく年老いて役立たずになった牛たちが薄暗がりにうずくまっているのを眺めるのだった。彼は一頭ずつ牛の名を口にして呼び集めた。昔フィエフィエが鞭を手に、あたりを飛び跳ねていたのを思い出し、それから小さな中庭に戻って、冷たい井戸のそばに陣取り、しばらくじっと動かずにいた。老女らと一緒に、この場面をもう一度眺めてみよう、紋章の入った労働者の鳥打ち帽は陽の光を浴びていて、生き残った老人の象牙色の口髭に影を落としていた。正午になってもまだやってこないので、胸が痛くなり、すっかり忘れていたが、いつかこんなふうに待っていたことがあるのを思い出した。というのも、老人はフィエフィエをしょっちゅう面罵していたとはいえ、おそらく彼を憎からず思っていたし、向こうの方でも老人を親方と呼ぶような仲で、まずいコーヒーも分け合って飲んだし、ジュリエットが死んだときは通夜に付き添ったし、伝説のなかの息子が次々と変身をとげるなかで支えてくれたりもしたのだ。フィエフィエは日曜になると、恥辱と酒にぶちのめされ、死者たちのため、そしてほとんど死んだも同然のひとりの男のために、悪意をもって繰り出される拳骨を受け止め、最後は生きている者たちのなかで叩きのめされることになった。惨めな子供時代を過ごし、それ以後の暮らしぶりはさらにひどいものだったが、記憶を借用することでこれを上等なものへと変えた結果、起源の物語のカオスのなかで、喚き散らし、五体満足とはいえない人生を生きて、最後は殉教者というべきものになり、もはやつきあう相手が天使と亡霊だけになったのも必然のなりゆきだったフィエフィエ・デサンブル、体をまっすぐ伸ばし、濃い陽の光をあびて、ラ・クロワ＝デュ＝シュッドのイバラの茂みのなかで、彼は死んでいた。

ひとりの老女が午後の一番暑い時刻になって、死んでいるのを見つけた。うつ伏せになって地面に倒れ、周囲を蜂が飛び回っていた。頭に傷があり、黒苺に混じって血が流れていた。夕暮れには「蝶々と花々に彩られた野原」がよい香りを放ち、彼の体にそっと触れていた。弱々しい頸に上着の端がかかって暗い影を落とす光景は繊細きわまりないものだった。ひょっとすると殴られたのかもしれない、あるいは泥酔していて、このあたりに密生したイバラ、新世界のツタのように残酷なイバラに足を取られて転倒し、勝ち誇った様子のまま額を石にぶつけたとも考えられるが、真相はわからない。老女はシャトリュスまで行って、警察に連絡した。縁取りのある帽子を被った何人かが現場に到着したのは、夜に変わる時間帯で、まず跪いた老人の姿が彼らの目に入った。帽子はかぶらず、短めのズボンからフランネル地のベルトが垂れ下がっていた。彼は死せる道化を腕に抱え上げ、涙を流しながら、驚きの声をあげ、その姿を認めたのか、なじるように「トワーヌ、トワーヌ」としつこく呼びかけていた。亡骸が騎兵のマントに覆われ、もはや涙目になることなどありえない目がひらいたまま隠れて見えなくなり、まだ覗いて見えるろくでなしの髪の毛に騎兵の飾りがかけられた。土に埋められるまで老人は静かに息子の名を呼び続け、サン＝グソーの墓地には最後までずっと風が吹いていた。

ほかに語るべき事柄はほんのわずかだ。トゥーサンが誰かに話しかけることはなくなった。彼はほかの人びとの場合とおなじだが、フィエフィエよりも長く生きた。彼はたぶん誰が誰だかわからなくなっていたのだ。死者たちの影をひとまとめにしてこねまわし、さらにこねまわして、ひとつの大きな影に仕立てあげ、これを生きる糧とし、その影が屍衣となって彼を包み込み、彼に力をあたえた。牛たちの馬鹿正直で緩慢な影もまたそこに加わった。牛たちもまた死んだのだ。次々と喪失に見舞われるばかりで、残された何年かの人生にどんな重みがあるというのか。彼にはまだ使い古した鋤があり、台所の自由な贅沢、井戸、変わらぬ地平線が残されている、でもただそれだけだ。アントワーヌの噂話も聞かれなくなった。フィエフィエについては、それまでも噂話をする人間がいただろうか。

老女らが二、三人、良い意味でも悪い意味でも一番人間味あふれる連中だといえるが、苔むす古ぼけた裏手の窓、ときにジキタリスの紫に染まることもあったが、明るい緑の窓に背筋を伸ばした姿が浮き上がる力なき全能の支配者を最後まで気遣って、地下墳墓のように冷え切った台所を訪れた。いずれもマリーという名の何人かの女が、汚らしいテーブルの上に黒苺の実、ニワトコのジャム、なくては困るパンを置いていった。彼女らは不作とか、妊娠した女とか、泥酔の上の揉め事とか、いつも同じ話をくどくどと彼に語り聞かせた。老人の体がわずかに揺れた。話は聞いているようだが、憲兵のように真面目で、アポマトックスにおける降伏後のリー将軍〔南北戦争の時代のアメリカの軍人で、南部連合の総司令官〕みたいな立派な口髭を生やしていた。突然、何か思い出すことがあったのかもしれない。彼は体を震わせ、明るい光に支えられた口髭が顫えたかと思うと、マリー・バルヌイユの方に身をかがめ、ずる賢い様子でまばたきをし、得意げにこっそりと、少しばかり鼻高々にこう言ったのだ。「わしがバトン＝ルージュにいたときのこと、八五年じゃがな……」

　彼は息子に合流していたわけだ。疑うまでもなく、そのとき彼は息子を腕に抱いて、崩れかかった井戸の縁石に一緒にまたがり、勢いよく身を投じたのだが、あの聖者と牛のように一心同体となり、しっかりと腕を絡み合わせ、目に笑みを浮かべて、どちらがどちらとも判別しがたいその落下は大百足や苦い草々をかきわけ、勝利の水を跳ね上げ、まるで若い女のように水面を隆起させたのだった。父親は足が砕け、叫び声をあげたが、それは息子の声だったのかもしれない。二人は暗い水に潜ってもなお死ぬまで体を支え合った。彼らは猫のように溺れ、罪を知らず、鈍く、ひとしい能力を与えられた二人といってよいほど、その中身は同じだった。逃げ去る空のもと、彼らは一緒に大地へと戻り、ひとつの棺に入れられた。一九〇二年一月のことだった。

　一陣の風がサン＝グソー上空に吹く。たしかに世界は暴力をふるう。だが、暴力にさらされなかった世界などあるだろうか。慈悲あふれるシダ類が病んだ土地を覆いつくす。そこに悪い麦を、他愛ない物語を、崩れかかった家族をはびこらせる。巨人のようにして、風から太陽が生まれる。そしてその火が途絶えるときがくる、プリュシェ一家が途絶えたように。つまり、そんなふうにひとは言うのだ、名前が、生きている誰かに結びつかなくなったときがそうだ。その名をなおも口にするのは舌をもたぬ口だけだ。風が吹くなか、執拗に嘘をついているのは誰なのか。フィエフィエは突風のなかで喚いている、父親は雷を落とし、気が変わって悔い改め、風の向きが変わって過ちを償う、息子はいまもなお西方に逃げたまま、秋になって、母親はヒースの土地にうずくまって泣き、涙の匂いがたちのぼる。ここに登場した人びとはみんな鬼籍に入っている。サン＝グソーの墓地にはアントワーヌのための場が空席のまま残されており、これは最後の最後に残った場なのだ。彼がそこに収まるとなれば、私が死んでも、あとはなりゆきまかせでどこに埋められるかはわからない。彼はまさに私にその場を残してくれた。場所というのはまさにここであり、一族の末裔である私は彼を記憶する最後の者として、地中に眠る運命にある。私が死んだら、おそらく彼もまたついに死んだことになるだろう。私の骨はほかの人間の骨と見分けがつかなくなり、彼の父トゥーサンの傍にあれば、アントワーヌ・プリュシェの骨ともなりうる。この風の強い土地が私を待ち受けている。トゥーサンは私の父親であっても不思議ではない。間違っても私の名が石の上に刻まれることなどないはずだ。孤を描く栗の木の林、鳥打ち帽をかぶり身動きせぬ老人たち、私が歓喜のうちに記憶する細かな事柄が消えずにあるだろう。どこか遠くにある古物商の店にゆけば、二束三文のお守りが見つかるかもしれない。黒麦の出来が悪いときがあるだろう。素朴で忘れられた聖人、いまから百五十年前のことだが、とうの昔に死んだ娘たちが心躍らせ、そこに打ち込んだ針の数々がいまもなおもある。あちらこちらの朽ちゆく木棺のなかに私の親族が、村々とその名があり、そして風がなおも吹き続ける。

ウジェーヌとクララ

父のことを考えようとしても、近づくのが不可能な隠れたる神とおなじく、真正面から試みるのはむずかしい。信徒たる者――ただし、本物の信仰心はないということもありうるが――がそうであるように、媒介者たる天使もしくは聖職者の手助けが必要になり、私の父方の祖父母が毎年（たぶん最初の頃は月一回、それから半年ごとになった）私の顔を見にやってきた子供の頃のことがまず頭に浮かぶ。おそらくそれは、つねに父の失踪についての思いを新たにするお務めでもあったはずなのだ。彼らの干渉の仕方は儀礼的で、沈んだ雰囲気でもあり、愛情が表にあらわれたかと思えば、すぐにこれを引っ込めるといった種類のものだった――いま目に浮かぶのは、学校の宿舎の食堂にいる彼らの姿であるが、クララつまり私の祖母は、体がひょろ長く、頬がこけた蒼白な女性で、死の不安を絵に描いたような姿、諦め切って悟りすましたようであっても情に厚く、人一倍活気があり、生き生きとした表情と死相を思わせるマスクが妙なぐあいに混じり合っていた。細長い彼女の手はいかにも弱々しいが、それでも拳をしっかり握って痩せこけた膝におき、唇は年齢のせいで輪郭が細くなってきてはいても文句なしにくっきりとした線が保たれ、私を見つめるときには、その輪郭線が横にすっと伸びて笑顔になっても、どことなく曖昧なところがあるのは、おそらく言葉ではあらわせぬ過去への思い（ノスタルジー）のせいだろうが、それでも若い女のように鋭敏で魅力がある笑顔だった。どこまでも青い大きな目は哀しそうに見えてもきれいな色をしていて、こちらをじっと見つめ、私の心を読み取り、年老いた記憶に孫の姿をそっくりそのまま焼きつけようとする鋭さは怖いほどだった。そんなふうに見つめられると落ち着かない気分になるのは、その目に何かを感じとったからだった。つまりあのひとの愛情は私だけでなく、子供の私の顔を通り越した先に偽りの死者たる人間、要するに私の父へと向かっていたのだ――吸血鬼のものとも、母のものとも決めかねる曖昧さがある目であり、さらに私を当惑させたのは判断の鋭さだったが、果たしてそう信じるだけの根拠があったかどうかは別にして、堂々としていて怖そうだが、相手を惹きつける魅力があり、そして奥義を知る人間に特有の何かがそこにあると私は思い込んでいたのである。クララという珍しい名前もさることながら、「賢い女」を意味する「産婆（サージュ＝ファム）」という魔術的な呼び名の仕事をしていたことが、奥義を知るひとにふさわしいと思われたのだが、ムリウーにいた頃の私はそんな呼び名の一般的な意味など知らぬまま、彼女だけにあてはまる形容だと思い込んでいた。

　彼女のそばで祖父ウジェーヌはひどく影が薄かった――といっても、ある種の女たちがお喋りの煙幕をはりめぐらして夫を見下す態度をとり、相手に言葉をさしはさむ、さらには考えるゆとりをあたえず、最後は活力を奪いつくすといったやり方をするのではない、――そうではなくて、私が思うに、祖母の大きな存在感、そして私の目にそう見えたのは、お人好しで、笑顔をたやさず、優しいが鈍い祖父の不器用さと祖母の活発さと頭の回転の良さを比較したときの生々しくも痛々しい不均衡がもたらす結果だったのだ。おまけに、祖父の風貌は信じがたいほど庶民的で、妻の聖職者的な洗練とは水と油の――面白いほどだが――「人の良さそうな赤ら顔」をしていた。祖父は怖くはなかった。酒席の常連たるフェリックスの仲間とおなじく私を動揺させることはなかった。私は「彼が大好きだった」。といっても二人のうちで本当に好きなのはどちらかといえばクララであって、どこを見ているのかわからない苦しげな目の表情、周囲を見ていないようでいて、しっかり抱きとめて自分のものとし、後悔の念が強まると、すぐにこれを抑えようとするところなど見ていてこちらの胸が苦しくなるほどだった。

そのあたりの話をさらにするならば、子供の頃は尊敬できると思えるのは女ばかりだった。少なくとも家族一同にかぎってはそうであり、模範となりうるような「父」などどこにもいなかった――本当の父の代わりになるように思った人びと、とにかく饒舌な小学校教師、家族の友人でほとんど口をきかない人間などもそこに含まれるが、その話は別にすることにしよう。でも、一世代に相当する時間を巻き戻し、自分が祖父の時代に生まれた子供だと仮定すれば、そこに父の姿を見ることができたのではないか。自分が実際にやってみたのもたぶんそんなことだった。ほかならぬ本書の随所にその証拠が見出されるはずであり、どのページをひらいても、過去が生みの親になっているが、自分を一昔前の人間に仕立てようとするフィクションの試みは、たぶん自分から望んだものであったにせよ、必ずしも芳しい結果はもたらさなかった。たしかに知的な面では、母の家系も父の家系も同様に、男よりも女の方がはるかに上を行っていた。クララとウジェーヌの不釣り合いな関係は、エリーズとフェリックスの場合にもかなり弱まったかたちで認められる。フェリックスの知的な鈍さは、何よりも漠たる衝動と皮相で、どこか独りよがりで厄介な気質からくるものであり、それで判断が曇るきらいがあったにせよ、もともと判断能力が欠けていたわけではなく――マジラの祖父の場合は、そもそもこの種の判断能力がなかったわけだから同じではない――、いささか話がくどく、思考がすぐに暗礁に乗り上げてしまうのだから、私が見るかぎり、エリーズが放つ知的生彩（フェリックスとは違って彼女は断定、辛辣な言葉を好まなかったが、時には的を射る鮮かな表現をした）にかなうはずもなかった。クララは背が高く、背筋をまっすぐに伸ばしていたが、エリーズにはそのような強烈なシルエットの印象はなく、衰えも目立っていたのに、どこか貴族的なところがあり、昔を懐かしんでいるのか、物思いにふける姿は容貌の衰えを感じさせなかった。そのほかにクララとエリーズの共通点をなすものとして、理解困難な特別な言葉――神、運命、未来――を口にすることがあり、これらの言葉をどこかで耳にすると、言葉のイントネーション、すなわちその響きは、この二人の女性が私の内部の耳――この言葉の残響がなおも聞こえている――に刻み込んだままだと言ってよいように思う。要するに、私はこうした言葉を「別のもうひとつの耳」で聞いたのだった。彼女らにはその種の話ができた。クララにはどことなく思わせぶりなところがあり、これに対してエリーズは愛すべき田舎女の頑固さでもって、悲しんでいるときも、「そんな話」

はしないと口を噤んだが、どっちみち人びとは話さざるをえないのだし、思惟に関係するそうした事柄は、普遍的であればあるほど厄介にも見えるということなのである。形而上学と詩を教えてくれたのは彼女らだった。まずは母が口ずさむラシーヌの十二音綴形式(アレクサンドラン)の詩文であり、そして彼女を通じてひたすら高等中学校(リセ)の記憶として脳裏にうかぶ、祖母たちのおおよその理解の上に成り立つ、気遣いと不器用な厳粛さをとどめる言葉の響きがもたらす大いなる抽象という謎めいた事柄だったのだ。

ウジェーヌについて少しばかり補足しておくと、この図体の大きな老人、裏表がなく、注意力を欠いた、透明人間のような老人の存在をみんなはすぐに忘れた。私にはそう思われるのだが――でも頼りない記憶しかなく、覚えている姿は曖昧で、クララのやさしくも鋭角的な姿が、切り取られた影のようにくっきりしているのとは対照的だ――、つまり私にはそう思われるのだが、彼は少しばかり猫背で、若い頃に逞(たくま)しい肩をしていた連中に往々にして見られるように、また、かつては傍若無人な男らしさを誇っていた人間が、歳をとるとオランウータンのように肩が落ちてしまう例にあてはまっていた。すっかり老け込んだ「手職人」が、もはや手をどう動かしてよいのかわからず、手を純然たる道具として、力強く効果的に使ってきただけに、鈍重になった体の添えものになってしまったときの落差は激しかった。彼は石工だった。仕事仲間からみれば、厄介な揉め事など起こさぬ元気な男だったはずだ。彼について知っているほんのわずかな事柄から類推すると、おそらく性格の弱さが情け容赦なく彼の足枷となり、失敗から屈辱へと押し流されるまま、私が覚えているような、にこにこしていていつも酔っ払っている晩年の無為同然の生活にまで落ちていったとしても、本来は揉め事などおこすはずのない人間だったのはまちがいない。その頃、彼を見て思ったのは、そんなことではなかった。てかてか光り、なおかつ申し訳なさそうな赤ら顔、——道化という以上に落ちぶれたリア王、腰が曲がり恥辱をなめつくした粗暴な人間のそれ——大きな赤鼻、おなじく大きな赤い手、信じられぬほどに皺だらけの犬みたいな瞼、おまけに独特の喚き声というわけで、そのすべてが加算されると私は笑いをこらえられなくなるのだった——不安にかられる子供特有の笑いであり、緊張（ドラマ）をはぐらかし、居心地の悪さを解消しようとする手段のひとつである。笑い出したい、そんなひそかな欲望を自分はいけないことだと思っていた。「自分が大切にすべきひと」に疑いの目、皮肉とも思える目を向け、祖父はひどく醜いという下品な思いを人知れず抱くなど、もっとも重大な罪であるように思われた。疑いなく、天をも恐れぬそんな考えが生まれるのは「怪物」のしわざであり、それ以外の何ものでもない。だったら私は怪物だったのだろうか。すぐに私は彼をもっと大事にしようと心に誓った。そして、この誓いを通じて——あらゆる役柄を演じる内的ドラマは、思春期という形容がなされるこの年頃特有の感情の発酵を大いにうながすものとなり、哀れな老人への愛情が少しばかり戻ってきたのだ。私の目は贖罪の優しい涙でくもり、明白な愛情表現によってこれを完全なものにしたいと願いもしたが、本当に最後までやりとげようという気があったかどうかはおぼつかない。

さらに補足すると、愛すべきひとは涙もろかった。クララだったら、いまにも泣きそうな状態は珍しくなく（女の涙は至極当然であり理解できるのは、風邪とか雨などとほとんどおなじだが、つねにそれなりの理由があった）、それを目の当たりにしても驚いたりしなかったが、これに対して、祖父が夕方になって、マジラの古い家の匂いが車内にこもったオンボロ車に引き返す際に見せる姿、たぶん酔っ払っているせいだろうが、突然始まる嗚咽の発作、この種の涙にどう応対すべきかがわからず、困惑するばかりだった。フェリックスがこんなふうに泣くのはしょっちゅう見ていて、嘘偽りない感情が突然湧き上がり、声が出なくなったり、これは酒を飲みすぎた場合などがそうだが、嗚咽といっても、おなじく乾いていて、瞬間的ですぐにおさまる、涙であって涙ではないたぐいのものだったのだ。あの頃、二人の祖父が一緒にずいぶんワインを飲んでいたのはすでに察していた。そして一本のボトルを前に、この二人が黙りこくって向き合い、それとなく避けていても避けきれない本質的な事柄とはいったいどのようなものだったのだろうか。彼らは「行方不明の男」、つまり私という存在を証拠として残して姿をくらました思いがけぬ出来事（デウス・エクス・マキナ）ともいえるメロドラマの裏切り者がいなければ、彼ら二人が言葉乏しく言葉を探し、舞台監督もプロンプターも抜きで、演じるべき役柄などとうに忘れてしまっている役者となって、ボトルを前にして顔をつきあわせたりしなかったはずだが、私を目の前にして彼らがどんな逃げ道を用意し、いかなる暗示を頼りに、失踪者たる演出家をじかに名指さずにすまそうとしたのか。いかなる沈黙が、その昔は彼らにとって希望の星だったはずの人間の失踪、彼らが子供どうしを娶（めあわ）せた——振り返ってみれば無にひとしい——あの日の破局、そしていまと同一の感情ではないにせよ、やはりいまとおなじく涙したあの日の破局をここに呼び戻し、いま一度生きた姿に戻そうとしたのか。このような偽装された会話、居心地が悪くても気遣いに満ちた言葉のやりとりがいま私の耳に聞こえてくるような気がする。

私が聞いた話だと――おそらくはエリーズから聞いたのだが――クララとウジェーヌは、まだ若い頃に一度は別れたという。それも、たぶん二度と会わないと心に決めて別れたというのだ。それから「仮面と短剣」〔ヴィクトル・ユーゴーの詩「オランピオの悲しみ」の一節を暗示〕が無益な飾りものと化し、仮面といえば皺のよった顔を意味するだけ、年老いた者の頭のなかでは思い出ばかりが長い剣を研ぐようになった頃、彼らは元の鞘に収まった。私の父が正真正銘あの年老いた石工の本当の息子だったかどうかは私にはわからない。ウジェーヌが家に戻ってきたとき、あるいは家に入るのを許されたとき、果たして子供が何歳になっていたのか私は知らない。ただおそらくウジェーヌは、その子供にとってみれば、いないにもひとしい父親といってよいほど駄目な人間だった。そして彼がときたま家にいても、おそらくある種の秀でた頭のはたらきだけに価値を求める者にとってみれば、知的に受け入れるのが困難なモデルだった――この点に関して、彼を知っていた人間すべてが口をそろえて言うことを額面通りに受け取るならば、これらのつつましい証人らが「知性」という言葉を用いるのは、自分たちには無縁だと考えている何事かを思ってのことなのだ。息子エメへの父親の影響は、息子が父親を愛そうが、あるいはその逆に家の食卓でいつも決まって歪んだ鏡を見るように向き合って座るのがいやで父親に対する嫌悪感をつのらせようが、マイナス面が大きかった。私とおなじく、エメもまた男系の弱さ、果たされなかった期待、しっかり者の母の結婚相手となった自分の駄目さ加減を痛感していたはずだ。この取るに足らぬ存在、涙を誘う心えぐる感情の周囲に、エメのやわな感受性がつくられていったのであり、この点については例証に事欠かない。この負の意識は、明らかに取るに足らぬ存在という感情からくるものだった。この欠けた輪に代わる結糸の端を探して、いたずらにエネルギーを費やしたのだ。そしておそらくは、この空虚を埋めるために、彼の体のなかに、そして彼の人生にアルコールがどっと流れ込んだ——空虚を埋めるための周知の場、充実感といっても、つねに一時的に借りるだけであとは雲散霧消するだけの場、黄金の液体という有無をいわさぬ場をもたらすだけの話であり、彼があけるボトルの胎内には、父、母、妻、息子が、お望みのままに、いくらでも潜んでいる。だが、彼が酒を飲んだのは、むしろ思う存分自由になりたかったからではないかと考えてみたい。結局のところ、忘れようとしても忘れられない母への愛から逃げるためだったと。

クララとウジェーヌがムリッツーで過ごした日曜日、どこか悲しげなその日々をあらためて思う。マジラとの距離は百キロメートルを越えてはいなかったが、日が短くなっていたので、夜の運転を避けようとして、家にいるのは午前十一時から夕方五時までと彼らは決めていた。老人のおぼつかない手つきで、さまざまなプレゼントを、そこまでしなくてもと思うほど丁寧に詰め込んだ段ボール箱がとくに記憶に残っている。食器類が壊れないように、隙間にはくしゃくしゃに丸めた新聞紙が詰め込まれているのが見えた。そのほか、鏡類、大戦以前の玩具、化粧用コンパクト、発火石がなくなったライター、手足が取れた動物の貯金箱などがぎっしり詰まっていた——貧乏だったし、人里離れたところで暮らしていた彼らには新品など買えなかったはずで、彼らが持ってきてくれたすべての品は、ただひたすら私のためにと取っておいてくれたものだった。この段ボール箱の扱いには、無言の儀式が定められていた。彼らが到着すると、車からこれを運び出し、台所の片隅に置く。私は長いことをこれを横目で眺め、いっときはその存在を忘れてしまっても、やがて箱に視線を戻し、箱があるのを思い出し、うっとりした気分になる。というのも、たいていの場合、箱をあけてもらうのは食事の後だったのだ。箱をあけるのはクララの役目で、どことなく芝居がかった悠然とした手つきで、いまかいまかと焦って待つ子供の気持ちを意識的に狙ったサスペンスの強い効果——品物じたいにはほとんど価値がないのだから——を計算していた。そんな私の姿を彼女は面白がり、少しばかりとろい子だと見ていたと思う。その日のうちでも特別な瞬間がここにあり、どこか相手を見下ろすような果てしない悪戯心が彼女の目にきらめいているのが見えた。ほかの誰にもまして彼女には、こうしたガラクタがいかに馬鹿馬鹿しいものであるかがわかっていたが、言い訳がましいことなどひとことも口にしなかった。正々堂々と、そしてまたごく控えめに、個々の品々について簡単に説明し、まるで時代物のマイセン焼をプレゼントするような按配で、できるだけそっけない身ぶりで壊れた陶器を取り出し、古びた宝石箱を注意深くあけて、ダイヤモンド職人を思わせる指先で、その昔、兵士らにお馴染みのものだった手作りのアルミニウム製の不細工な装飾品のひとつをさしだすのだった。

　もちろん、いなくなった人間の話は誰もしなかった。両家のあいだに暗黙の了解があったのだろうか。被疑者であっても最初から無実であることは明らかな私という人間がこの世にあらわれる以前に、人びとはあらかじめ考えをめぐらせ、審判が始まる以前にすでに「審理棄却」の裁定を下したドレフュス事件の裁判官のように、本質的な問題には言及しないという了解に達していたのだろうか。実際はどうだったのかはわからないが、いまの私には、誰もあえて触れようとしなくてもそこに流れる重苦しい雰囲気、押し殺され、ほとんど秘跡的ともいえる雰囲気がどんなものかは想像できる。すなわち二人の祖父、そして二人の祖母を前にして過ごすあの日曜の、まるで通夜をやっているような雰囲気と同じはずなのである。このような親族の集まりが繰り返されるのは、隠れた死者のためであり、ほかの理由はなかった。喪のためだけに彼らは集まった。そして二人の哀れな老人が、彼らに負けず劣らず古びたヘンテコな車に戻って家に帰ろうとする際、私は心苦しさと憐れみを誰に向ければよいのかわからずにいた。おそらく彼らが暖かさと安らぎを取り戻す家がどこにあるのか知らず、寒気、涙、夜の闇に姿を消すとしか思えなかったわけだから、そんな彼らに向けるべきだったのだろう。あるいは謎めいた死者に向けるべきだったのか、それとも結局のところ呆然としたまま不器用にも、姿を消した者の正体をあえて尋ねようとはせず、立ち上がる影に、昔を見つめる母のまなざしに、寒さで真っ赤になった自分の膝にその亡骸を探した私自身に向けるべきだったのかもしれない。私は自分がまだ死んでおらず、ただ単に事情を知らず、苦しい思いを胸に抱き、不完全であり、しかもそれが底なしであることに驚いていた。

私がリセの生徒になった頃、祖父母の訪問は以前ほど頻繁ではなくなっていた。彼らは歳をとり、クララはもう運転ができなくなった。一九五〇年代末に彼らは何度か家に来たが、儀礼はもう終わっていた。実際「私にはわかっていた」のだ。彼らがやってきても、喪の悲しみで天が覆われることはなく、自然が競って棺の釘を打ちつける音も聞こえなくなっていた。涙を流す者は誰もいなかった。そして、やって来るのは二人だけではなくなっていた。マジラとの往復にあたっては、彼らの息子ポール、つまり私の叔父が車を運転するようになっていた。車も以前とは違っていた。これも時代遅れの古いもので、車種はルノーのジュヴァだったと思うが、とにかく風変わりで陰気な以前のオンボロ車の方はスクラップになってしまったのか、あるいは墓のなかの柩のように、蜘蛛の巣に覆われて納屋で眠るままになっているかのどちらかだ。儀礼の手順にしたがい段ボール箱から、おなじく年老いて震えがさらにひどくなった手が、壊れ方もさらにひどいガラクタを取り出すのだが、引き出しの奥に眠っていたものばかりだと想像できたし、クララもそんな品々で私の心を動かすことはもはやできないと気づいていた。こうした滑稽なる時代遅れの品をもらうよりも、学校で良い成績をあげる方が大事だと私は愚かにも考えていた。頭のなかにあったのは別のこと、つまり、これから先の人生は幸運に恵まれ、自分は金持ちになり、老いることなどないという考えだったのだ。

　マジラには三回ほど行った。そのうちの二回は老人たちが生きていた頃だ。彼らの顔を見るのはそれが最後になった。家は荒塗りの安普請、村の真ん中に、学校に向き合い、地味な街道沿いに一軒ぽつんと立つかたちだった。彼らがおぼつかない足取りで沈んだ気分のままシトロエンのロザリーに乗り込むとき、私は座席に古びた匂いを嗅いだが、その家に漂っていたのも同じ匂いだった。饐えた匂い、埃、形をなさない居心地の悪さがそこにあり、それは、あまりにも高齢に達し、綺麗にしておくだけの気遣いができなくなったせいだった。彼らの素朴な感情、そして修復不能な彼らの孤独が透けて見えるようだった。二人は穏やかな性格だったが、悲しみを心に抱いたまま死んでいった。私自身が事態の悪化に手を貸す一因となっていたのはわかっていた。この家に入ると、不在をもって壁を蝕む者たち、つまり埋め合わせようのない過去、義理を欠く時代にお似合いの義理を欠いた息子たち、わが父、私自身、そして結局のところは、われわれに代わる全世界、二人の年老いた亡霊にとってのすべての亡霊たち、かつて彼らがムリウーまで運んできたありとあらゆる種類の欠如、そしてまた、ほとんど顔を見せずにいても、彼らがなおも愛してやまなかった者たちが、ごくたまに、ほんのわずかな時間だけ姿を見せる程度では消せぬ光暈（こううん）のような欠如の数々と触れ合うように思ったのだ。つまりマジラにはこの「重く垂れ込めた欠如」の核があり、それはほとんど手で触（さわ）れるようだった。家に出入りするのは、死者だけだった。そして老人たちは目を大きくひらき、ふらつく足で立ち上がり、われわれを腕に抱きしめ温めようとするが、もはや何をやっても温められない相手ばかりだった。二人は私に何の文句も言わなかった。私は子供だったのだ。

　あの日の午前、それでも私はほぼ二十歳近くになっていた。私は気乗りしなかったが、何年も前から彼らが手紙で繰り返していた求めに応じることにして、マジラ行きの列車に乗り込んだのだ。村は駅から約五キロほど離れたところにあり、そこまで歩いて行った。季節は夏、晴天だった。木陰を歩くのは気分が良かった。歩いている途中、その当時、時間の大半を費やしてつきあっていた背がとても高く栗色の髪をした女性に送る手紙の文面を頭のなかで考えてみた。育ちの良い文学かぶれの女（ひと）であり、平凡な恋愛に手紙のやりとりをおまけに付け加え、それも力をあわせて高尚なものにしようとしたわけだが、少なくとも、こと私が書く部分に関しては、滑稽きわまりない生半可なものに堕していた。今回の訪問について彼女にしようと思っている話は、嘘ばかりだった。随所で事実をねじまげ、創作も少し加えて、居心地の悪さ、悲しみ、修復しがたい不在（われわれは《現前》の信奉者だったのだ）などは語らずにいなければならなかった。ウジェーヌの鼻、涙と、赤ワインの話などもってのほか、私の女友達が拠りどころとするプラトン的な美への信仰が許すはずもない我慢ならぬ話題は出さずにおかねばならなかった。そして年老いた祖父母の顔に、もとより無理な化粧をほどこし、体の震えは消し去り、彼らの沈黙を言葉で埋めつくし、古代ギリシア文化に入れ込んだ気まぐれな女性の目にも優雅に見えるような姿に仕立てたのである。

　こうして祖父母を裏切るなかで、私はマジラの家にたどりに着いたのだった。すでに私が描いた通りの家だった。何枚か異なる時期に撮られた私の写真を入れるフレームが家具の上におかれていた。そしてクララが言うには、私の父はその写真を見て涙を流したと言うのだ。これと左右対称をなすもうひとつのフレームの方、何枚かのエメの写真の方に私は目を向けた。この家にあまり姿を見せぬ者が、もうひとりのまったく姿を見せぬ者を目にして涙していた。姿を見せぬ者たちが、ポートレート写真、虫に食われたテーブル、宙に漂うものを通じて、霊媒のように交信していた。この戸棚の上に飾られたわれわれの肖像写真は、おなじくこれ見よがしなメッセージを発していたが、といっても、そこにはひとつの墓の上で絡み合って記憶を刻む二体の石碑が交わすはずの中身が抜けていた。そしておそらく、感動的であると同時に不吉でもあるこの対面から遠く離れたところで、われわれ双方は生きており、それも決して顔を合わせることなく生きていたのだ。そしてこの場で亡霊としての出会いが実現し、魔術的な護符のように、居場所はどこでも、亡霊の一方がもう一方を自分のうちに抱き、自分自身が亡霊となっているのに気づくことになった。われわれの関係は、戸棚に隠された死体のようなものだった。たぶんフォト・フレームの金色の木枠に反射する光の作用もあったのだろう。私はふと顔をあげた。七月十四日が近づいていて、窓からは市庁舎入口の三角面に吊るされた国旗の美しいトリコロールが見えた。隣の養鶏場では、鶏が歌っていた。死者のように痩せこけたクララが立ったまま、優しい目で私を見つめていた。

その後で、祖父は私をカフェに連れて行ってくれた。夏の輝く光のなか、道すがら彼の不器用な影が踊っているのがなおも目に見えるようだ。私の肩に置かれたその手の感触、「私の腕に絡む彼の年老いた腕」の感触が残っている。彼は得意そうだった。だが私と一緒に酒を飲むのが照れくさいようでもあり、誰彼となく「おれの孫だよ」と私を紹介し、その言葉を大事そうに何度も何度も口にしては、グラスに唇を近づけ、ワインともどもこの言葉を味わい、ぎこちなく、そして静かに、口をもごもご動かし続けるのだったが、それも、この鮮やかな親族関係が本当のものなのかどうか確信できず、しかも私がこれを信じず、たぶんどうでもよいと思っている様子を見てとったからなのだ。寂しい肖像写真となってフレームに収まると同時に、間の抜けた笑顔をうかべ、早々と酔いがまわり始めた、無定見でうぬぼれ屋の若い男としての姿を見せるなど私にはなから無理な話だった。こうして彼は穏やかにくどくど話すことで、後になって思い返し何度でも味わえる喜びを胸に刻んだのだった。そしてその後またカフェに入り、あの時は私がいたのに、いまはいないと考えながら、こんなふうに言うのだ。「彼を見たかい、あれはおれの孫なんだ」と。現在は回想の有難味を奪い去り、失望させるだけなので、この両者を入れ替えてみるわけだった。歳月を経た真鍮張りのカウンターが、私の記憶にあるこの夏の日のほかのすべての要素とおなじく光り輝いて見え、それを前にしてわれわれは向き合い、何度もグラスを重ねた。ビストロを出るとき、暗い酔いが光り輝く太陽と同時に私に襲いかかり、目が眩んだ。

その晩は、私の手に重なる手を感じ、交わされる視線も悲哀と愛情でくもったはずだが、ほとんど何も覚えていない。たぶんウジェーヌと私は最後の盃を酌み交わそうとして出かけたのだろう。そしてたぶんクララは、半ば冗談めいた口調で、普段から「老いぼれの案山子（かかし）」と言ってはばからない相手を非難したのだろう。空の星は、まだ居残っている鳥たちを追い払おうとはせずに頭上で輝き、われわれの束の間の影をくっきりと浮かび上がらせ、その影をたまたま通りがかった誰かが目にしたが、そんなことはすぐに忘れてしまったはずだ。私は、かび臭い匂いがする小部屋に寝かされた。ファン・ゴッホがアルルで描いた絵に見られるような、白いシーツとピンク色の膝掛け布団が用意されていた。そこにはアルトーが描写する「田舎のお守り」、目の粗いナプキンとツゲの枝もまた吊り下げられていた。祖母は、たぶん百日草だったと思うが、端の欠けたガラス容器にあらかじめ花を生けてくれていた――比較的まともな花瓶は順々に、年を追って、私のために用意されたおみやげの箱のなかに姿を消してしまっていた。朝、クララが私を起こしにきた。目をあけるとすぐ、彼女が私の手に百フラン紙幣一枚を握らせたのがわかった。学生だった私には、喉から手が出るほどほしいと思っていたものだが、朝の光と一緒にそれを渡してくれたのだ。彼女は微笑んでいた。そのとき何かが生じた。ほとんど事件といってもよいような何かだった。記憶のまま、そしてありのままを語ることにする。私は栄光をえた夢を見ていたのか、それともこのうえなくみごとに愛が成就する夢を見ていたのだろうか。朝の光が、私を歓びの状態においたのだろうか。目覚めに特有の寝呆けた状態で、どこか別の部屋を舞台とする絵のような記憶をこの部屋に身をおく甘美な充足感と取り違えてしまったのだろうか。光が心のなかまで射し込んできた。説明不可能な躍動が全身をつらぬいた。興奮状態で私は手をさしのべた。祖母におはようと言ったが、邪心なくそれができたのには自分でもひどく驚いた。あれから何年も過ぎたが、夜が明け、まだ手つかずの状態におかれたあの唯一無二の瞬間、歓びのなかで祖母をかぎりなく愛おしく思ったことにいまさらのように気づく。あの歓喜の瞬間、私の目に映る彼女の姿は、悲嘆にくれる様子や亡霊じみたところなどいささかもなく、私とおなじように、誰もがそうであるように、苦悩と歓びが作り上げた人間存在としてのありのままの姿を素直に示すだけだった。この透明な光につつまれた瞬間、私の父の失踪に端を発する心の空洞、その負い目を彼女に感じるように仕向けた私の蔑視は消えていた。つまり祖母は、隠れたる神へと通じる道、不在を永続化させるだけの焔が燃える祭壇ではなく、まずもってひとりの老女であり、そこに到るまでよく闘い、孕み、倒れてまた立ち上がったのだ。彼女は私を、ごく自然に愛(いと)しんでくれたのだ。

　できれば、この陶酔感がいつまでも続いてほしいと思った。服を着ているとき、何を目にしても温かく感じられた。あの百日草も、そのままの色合いと硬い花弁をもって、生き生きと、はっきりとした意志をもち、あたかも永遠のもののごとくそこにあった。開け放たれた窓を通って近づいてきた世界は、陰影豊かな緑と青、ビザンチンの聖画像を思わせる黄金の地平線の上にあった。太陽の堂々たる存在を疑う者など誰もいなかった。階下に降り、色褪せた肖像写真を飾る部屋に入ると、神々しい世界の幻は消え失せた。すでに天使らは金色の彼方に飛び去り、私たちは死すべき者であることに変わりなく、そのうちの二人はまもなく一生を終えようとしていた。そこに私の父はいなかった。その日の夕方、私は帰路に着いた。

別の年の夏、たぶん翌年だと思うが、私はこの家をふたたび訪れた。そのときもまた好天に恵まれた。私は車を運転し、脇には母が座っていた。おしゃべりをして過ごした気持ちの良い道中、麦穂の重みにあえぐ平野の真っ只中に、ロマネスク教会の峻厳なる衣、そして子供の頃に読んだ本の挿絵と見紛うばかりの緑陰の鉄道橋があったのを覚えている。道は大きな弧を描いて、鉄道橋を跨ぎこしていた。マジラで過ごした午後のことは何も覚えていない。あの小さな部屋、またしても肖像写真が目に入ったのかどうかもはっきりしない。老人たちがそこにいなかったということもありうる。彼らの身ぶりは私にとって最後となるものであり、それをたしかに見届けたのだが、それがどんな身ぶりだったのかは確かではない。猛烈な風のカーテンを背にして囁かれた別れの言葉、彼らが最後にどんな言葉を口にしたのかも完全に記憶から飛んでしまっている。あぶなっかしい足元、悲嘆に暮れた様子で、戸口の敷居に立つ二人の姿もまもなく記憶から消えるだろう。二人はすでに墓に入ったも同然、それでもなお優しく、勇気をふるって、孫が運転する車が道の曲がり角にさしかかり、森に姿を消すのを待たずに涙にくもって見えなくなるまで、ずっと手をふっている、その姿を私の記憶に捧げてくれたというのに忘恩もはなはだしい。

ウジェーヌは一九六〇年代末に死んだ。どんな状況だったか、またいつだったのか正確なことは何ひとつ言えないが、一九六八年春だったのではないかと思う。私は酔っ払いの老人の最期よりも、もっと緊急を要する高尚な事柄で頭が一杯だった。戦艦ポチョムキンの前甲板を模した舞台に立って、夢見る子供らが不幸を演じるのを背景に（そのなかには、演じるも何も、実際に不幸だった者がいたわけだ）、私自身は主役級の役を演じていた。この年の五月の熱い快感、その五月の熱気が、新聞ジャーナリズムの迎合的な見出しがわれわれのうぬぼれを掻き立てるのとおなじく、女たちを突き動かしてわれわれの欲望をいまにも満たしてくれる状態にしており、そのすべてが、ひとりの老人の死をおしのけて、私の心を摑んでいた。おまけにわれわれは、時代の雰囲気に押し流されるまま、家族なるものを敵視していた。そして、おそらく年老いた道化が喉に血をつまらせたのだろうが、その血が勝ち誇った仮面、これ以上ないほどに真っ赤になった仮面、死の陶酔のなかでいくら酒を飲んでも追いつかないほどワイン色に染まった仮面を彼にかぶせて、このうえなく酒臭い匂いのなかで、真似しがたい死の苦悶の演技をもって心臓へと逆流したとき、ブルータス気取りの私はといえば、いかにも真面目くさって、自由解放を訴える紋切型の台詞を高らかに唱えていたのだ。ひとりになったクララは、何人かの隣人の手助けのもとに、でくのぼうの体を土の中に下ろした。彼は犬のように死んだ。私もおなじ死に方しかしないと思えば救いになる。

その後何年も経たずして、クララが入院したことを耳にした。老衰のせいで体調不良に苦しんでいた。彼女は荒塗りの小さな家でひとりきりで亡霊たちと一緒にいたくはないと思っていたのだ。誰かが使い古しの彼女の鞄を救急車の後尾に入れたが、おそらくなかにあったのは、若干の身の回りの品、子供の頃の私が古ぼけた車で嗅いだことがあり、いまでも覚えているあの匂い、そしてまた肖像写真という不在の集積だったはずだ。彼女は私の母に手紙を書いて寄越した。会いに来てもらいたいとも書いてあったが、私は行かなかった。その後も何通かの手紙が届いたが、宛先はいつも母だった。そして最後の一通が来た。そのあともなお彼女が生きていることを私たちは知っていた。私宛に来た手紙は一通もなかった。私はもう子供ではなかったし、ウジェーヌの慰霊をないがしろにし、何も言わずに、死にゆく彼女を見捨てたような人間だ。こうして子供時代を否認していた。私はそれなりに、あまりにも多くの不在の跡をとどめる空無をやっきになって埋めようとしていて、当時流行の愚かな理論を盾に取り、自分のことは棚に上げ、そんなふうに不在の数々に苦しんだ人びとに歯がゆい思いを抱いていた。その頃の私は砂漠そのもの、これを言葉でうめつくし、書かれた文字をもってヴェールを織りなし、私の顔のくぼんだ眼窩を覆い隠そうとしていたのであり、徒手空拳のありさまだった。空無は埋まらぬまま、周囲の世界にひろがりだし、世界のあらゆる事柄を覆い隠してしまうのだった。〈不在〉の魔の勝利だった。不在の魔は、ほかの人びとの愛と一緒に、私が心から愛おしく思った老女の愛をも私から奪い去ったのだ。彼女に手紙は書かなかった。私が彼女に贈ったものは何もなかった。美味しいものが詰まった箱を届けたこともなかったが、思うにそれは、彼女がその昔オンボロ車から台所へと、あれほど熱心に辛抱強く運んだ数々の箱の鏡像ともなりえたはずのものだった。そしてついに彼女が息をひきとった。いまわの際に、たとえ一瞬であっても、ある晴れた朝、百日草が真っ赤に燃え立つ小部屋で、朝の光のなか、ひとりの若い男がほがらかにおはようと挨拶した記憶がよみがえったと思いたい。

母が義理の父母の墓参りに行きたいというので、一緒にマジラに行ったのが最後になった。なぜ母と一緒に行く気になったのかは自分でもわからない。その頃の私は何かをやりたいと思うことは皆無にひとしかった。その理由はあとで述べることにするが、私は落ち込んで暗い気分になっていた。世の中全部を敵に回し、無理やり奪われたものがあると大言壮語の非難を繰り返し、かえって事態を惨めにする羽目になっていた。私は自分が乗る船に火を放ち、アルコールの海に溺れ、さらにめまいをもたらす大量の薬をそこに溶かし込んで毒薬に変えたのだ。私は死にかかっていた。私は生きていた。あの魔女の鍋にも似た何かに身を浸し、心ここにあらずといった体で、相変わらず空洞の墓の前に立ち尽くしていた。ああ、哀れな亡霊たちよ。デンマークの王子（＝ハムレット）が狂気を装ったときも、私自身があなた方が横たわる手狭な一画を前に立ち尽くして自死を演じていたときほどに愚かな茫然自失の体ではなかっただろう。私が一本の糸杉の陰に身をひそめ、メタカロンの錠剤を飲み下したとき、雨に濡れた幹から、ふらつく頭に勢いよく水がかかった。私は大理石の上にしゃがみ込み、恍惚とした笑みを唇に浮かべ、おぼつかない手つきで水を拭おうとした。あなた方を弔おうとしてそこに行ったはずだというのに、あの日の記憶はそれだけだ。

嘘をついた。その日に関しては、ほかの記憶もある。私たちはカフェに行った。祖父が幸福を味わったあのカフェだ。一緒になった遠い親戚のひとりと少し話をして慰めをえるためだった。私は彼女らの後について行った。足元はぐらつき、気分は高揚していた。言葉遣いも身なりも粗雑なこの女性が言ったことのなかでどうしても忘れられないことがある。彼女の話では、私の父はアルコール依存症のぎりぎり最後の段階まで行ったという。そして噂だと、薬物中毒も加わっていたという。恐怖の笑いは私の心を揺さぶっただけで、ほかの誰にも聞こえなかった。失踪した人間がそこにいた。そいつは、ぼろぼろになった私の体に棲みついていた。彼の手が私の手に代わってテーブルを摑んでいた。私の体内に入り込んだ彼は、ついに私に出会って体を震わせていた。椅子から立ち上がり、吐瀉(としゃ)しに行ったのも彼だった。こうしてウジェーヌとクララの微々たる物語に決着をつけようとするのは、たぶん彼なのだ。

バクルート兄弟

母がまだ幼い私を寄宿舎に入れることにしたのは意地悪からではない。当時は寄宿舎の利用法もいろいろだったのだ。学校はかなり遠くにあり、列車の本数もごくわずか、運賃も馬鹿にならなかった。そしてまた田舎の空気のなかで自由放任の状態だと、身につくのは必要最低限の所作だけで、少し成長すれば、そんなものはすぐに邪魔で貧相なものになってしまうにちがいないと考える人びとが、ほとんどロマネスク期の僧院を思わせる禁欲生活こそが望ましいとするのは、次々と課題が出され、物事の根本原理を考えねばならず、それを通じて自己改善が望めるからであり、それればかりか、まちがいなく採算が取れると思ったとしても当然といえば当然だった。私の方でも、かなり前からリセでの生活の準備をしてきたようなものだった。「おまえが寄宿舎に入る頃は……」。それはたしかに大人になる移行期に相当するものだったにちがいない。望みさえすれば、幸福に加えて、ごく単純な生の輝きというおまけもまた自分のものとなっただろう。だが、そのような意味における通過地点というだけの話ではなかった。丸々七年間というもの、ラテン語が私の宝物となり、知識が私の素養となり、他者が私の闘争、そして確実に私の勝利となり、数々の作家が私の同輩となった。私はラシーヌ〔フランス十七世紀の悲劇作家〕に取り組むことになるだろう。母はそのラシーヌの理解困難な文章を、私の求めに応じて、読んで聞かせてくれたことがあったが、各々の文は違っているのに似ているというじつに独特なありかたをしていて、ひとつの文が規則正しくほかの文に覆いかぶさるあたりは柱時計の振り子の動きを思わせ、たがいに競い合うかたちで向かうのは一日の終わりどころではなく、さらに遠くにある目的地なのである。どんな目的地なのかはそのうちにわかるはずだ。寄せては返すこの波がどの砂浜をめがけて進んでゆくのかもわかるだろう。そのほかに、周囲に紹介しても恥ずかしくない友人もできるだろう。ほかの連中とは違った話し方ができるようになるだろう。私の場合はひたすら楽しみのために、ほかの連中は畏敬の念とともに、私の方は言語世界の真っ只中に居場所を見つけ、ほかの連中はその周囲をうろつくだけという違いが生まれるのも知った上でのことだ。そのためには外部との切断という代価を払わなければならなかった。とくに諦めなければならなかったのは、毎日母の顔を見て、一緒に言語の周囲を歩き回る楽しみだった。運命はもっと陰鬱な何かを抱えていた。はっきりした言葉になっていたわけではないが、私には明確に見えていて、それを考えると身震いがした。ずっと以前のことだが、あるとき見た夢に次のようなものがあった。空は完全に晴れ渡り、祖父は一本の木の天辺にのぼり、サクランボを摘んでいる。彼は鼻歌をうたい、美味しそうな実がほしくなった私は下から声をかける。彼は顔を動かし、少し下の方を向いて、私に微笑んでみせるが、笑っているうちに足を踏み外し、枝が折れる大きな音がして木から滑り落ち、あたり一面にサクランボが散らばる。倒れて動けなくなった祖父を私は見ている。彼はそれでもなお私に笑いかける。だったら、こんなに優しいのに救われなかったということなのか。私が泣き出して呼んだので、母が駆けつけてきた。そこで彼女に聞いてみたのだ、自分にとって大切な老人たちはいつ死ぬんだろう、と。彼女は問いをはぐらかし、眠気もあったのだろう、それにまた子供には無限に感じられる遠い先のことにしてしまえば安心するとでも思ったのだろう、おまえがリセにあがる頃、と答えたのである。私はこれをいつまでも忘れずにいた。リセに入るのは、時間の流れのなかに入ることであり、時間といっても、自分の力では変えようもない死と関係する時間だという点で特別なものなのだ。私を保護してくれていた特権はもはやなくなり、悪い夢が現実となり、死が身辺に押し寄せる時期が近づいていた。私の知識欲は、何人かの亡骸を跨ぎ越してゆくことになるだろう。やむをえないことなのだ。実際に祖父母が亡くなったのは、私が学業生活を終えてかなり時間が経った頃のことだった。それでも自分は相変わらず「寄宿生」のままだったといってもよく、母から離れて暮らしていても、肝心要のものを抱きとめるには程遠かった。言語世界は相変わらず不可解なまま、その領土を手中におさめるにはいたらなかったし、何もマスターしていなかった。世界は子供部屋みたいなもので、私は毎日そこで「勉強を始め」なければならず、その勉強なるものにさしたる期待はできなかった。だが、すでにほかのやり方などないと知っていたのだ。

こうして十月のある日、母が連れて行ってくれたのは魔法の家というべき場所であり、そこを出るとき自分は蝶に変身しているはずだった。リセが鎮座する丘にはマロニエの樹々が植えられ、落葉が始まっていた。高く聳える建物は色褪せた煉瓦と御影石が交互に入り混じり、暗い空にスレートの黒がみごとに溶け込んで境目がわからなくなっていた。建物の印象は複雑、直角、運命的、洞窟的であり、寺院、射手やケンタウロスの兵舎みたいだと思った。パンテオン、そしてまたパルテノン、その両者は名前を聞いたことがあるだけ、じつは両者を混同してもいたのだが、それらに似ていると言われても驚かなかっただろう。要するにそこでは〈学知〉、すなわち古代の動物、想像上の貪欲きわまりない動物というべきものの綴織が織り上げられていたのであり、母から十歳になった私たちを奪い去り、世界の模像へとゆだねるのだ。葉が落ちたマロニエの木々のあいだを吹き抜ける風は、そんな光景を見て騒ぎ立てるようでもあった。

　午後の時間は入寮手続きの書類を作成するうちに過ぎた。母は布類整理室、共同寝室、自習室を駆け回った。何種類かのプレートに、そしてベッドにも私の名が書き加えられたのが見えた。それでも違和感があった。母のスカートにまとわりつく以外に居場所がなく、臆病で、臆病であることを恐れていた自分だが、不器用で不躾な男子生徒が周りにいればスカートの陰に隠れる幼い子供に舞い戻り、自分に与えられる不条理な特権を諦めるわけにはゆかず、しかも特権といっても、その慣習は私を尻込みさせるものだったのである。日が暮れて、母はミシュリンカー〔車輪にタイヤを用いたミシュラン社製造の列車〕に乗って家に帰ってしまったが、体は離れても、心の方は母にくっついたままだった。ムリウーに戻った彼女は私がいないのに茫然としただろう。こちら側に鉛のように重い体だけが残っているのは、いったいどうしたわけなのか。夜になると、課外活動だから部屋から外に出るように言われた。校庭は真っ暗闇、強風にあおられ、しわくちゃになった奇妙な紙が舞っている、月明かりはあっても暗いのではっきりせず、新聞紙が突然舞い上がったのだとわかったが、そんなわずかなもののせいで夜の闇に穴が穿たれ、フクロウのように真っ白で亡霊のようなものが見えるのだった。新聞紙はぐるぐる舞ってどこかに消えていった。そんなふうに無にひとしいものが消えてゆくのを見ながら、私の気分も落ち込んでいった。私は泣き出し、涙を流すふりをした。ほかの不器用な新入生もまた、細長い校庭に立ったまま動けず、目を丸くして、それが弱々しく消えていった闇の奥を見つめていた。彼らの頭上から、かがみ込むようにして校庭に垂直に落ちてくる黄色い光のせいで、彼らの頭は小さく見え、個々の輪郭ははっきり区別があるが、誰もがほんのわずかに体を動かすだけ、ポケットに入れたナイフを触ったり、間抜け面で新品の腕時計にゆっくり目をやったり、一歩前に出たかと思えばすぐにその足を引っ込め、こっそり身をかがめて栗を拾ってみてもこれをどうするわけでもなく、謎めいた皮を少し剥いて胸のポケットに入れれば、あとは所在なさげだ。そのうちの何人かは、ベレー帽で顔を隠すようにしていたが、ほかに丈が長すぎる上着を羽織って小柄な老人のように体を揺らしている者もいた。いずれにしても自分たちが頓馬で、間抜けなしぐさをしていると自覚していた。彼らの心は重かった。

そのとき暗闇に包まれた中庭を突っ切って疾駆するケンタウロスの足音が遠くの方から響いてきたかと思うと、上級生の一団が姿をあらわした。上着はボタンを外しているので、騎士のマントみたいに後ろになびいていた。耳のあたりまで深くかぶったベレー帽のせいで、勇猛果敢に見えた。いかにも安物の装いはちぐはぐだが、救いようのない野暮ったさを強引にエレガントに見せかけ、巧みな着こなしによって、これを名誉の一品に見せる変身術を彼らは身につけていた。うまく工夫すれば、何の変哲もないカバーオールでも、その下にグラン・モーヌ〔アラン＝フルニエの小説の主人公〕みたいにチョッキを着ていると思わせることができたのである。そのダンディーぶりに文句のつけどころはなかった。彼らに取り囲まれた新入生のひとりは、やけに優しい言葉で問いただされ嘲笑され、うろたえるばかり、倒錯的な裁きの結末がどうなるかはわかっていて、結局のところむきになって抵抗するか、泣き出すかのどちらかだ。抵抗するにしても泣くにしても、殴られるのは同じで、違うのは身の程知らずの抵抗に対して激昂を装った制裁が加えられるか、気弱で不甲斐ないのは女々しいと、それにふさわしい平手打ちが加えられるかという点だけだ。標的になった子供らは目を閉じた。すべてがお決まりの慣習だった。いじめを加える連中が姿を消すと、新入生は少し鼻をすすったまま、ベレー帽をかぶりなおし、地面をしっかりと見つめ、ポケットに栗が入っているのを再確認する。またしても茶色の皮を見て思わずハッとするのは、外からは中身が見えないからだ。表面は滑らかで、どこにも傷がないのにほっとし、この充実感に意識をすべて集中させ、苦しくても自分を忘れる。万事がそんなふうなのだ。不透明で、内側に閉じこもり、重量感があって解読不可能な原因がある。やみくもに吹く風が樹々の葉を強く抱きしめ、栗のいがを振り落とすと、栗は地面に投げつけられて壊れて中身が剥き出しになったことで、この世に生まれたことになる。目のない栗の実が、これを追う視線の先に転がってゆき、やがて動きが止まる。

自分の番になった。抵抗と涙の両方を試みて防戦につとめた。そして、どうやって切り抜ければよいのかわかった。屋根つきの巨大な運動場が校庭を三方から囲むようにして目の前にひろがり、悲しい気分だった。足が向くまま、陰鬱な快楽も混じって、風がとくに強く、とくに寂しい雰囲気のする端の方まで歩いて行った。自分らの背丈よりもずっと高く壁が聳え、それを越えて外気が流れ込み、激しく渦を巻いていた。壁の向こうは真っ暗で、キイチゴとシバムギが一面に生える斜面がひろがり、リセの裏手にあたる部分は荒れ放題になっているように思われた。裸階段に通じるガラス戸は馬鹿でかいものだったが、老朽化が著しく、手のほどこしようがないほど埃がたまり、ほんのわずかな風にもバタバタと音を立てるのだった。そのあたりは照明といっても、踊り場から降りてくる階段の上に裸電球がぶらさがるだけで、ドアのガラスを通して、弱い光が校庭の端っこの部分をわずかに照らしていた。冷たい雨がしずかに降り始めていた。濡れて重くなった新聞紙はもう舞い上がることもなく、地面にはりついてずぶ濡れになるばかり、地面と見分けがつかなくなっていた。そこに誰かまた姿をあらわした者がいる。黄色い光を受けて風のなかに、両腕を組んで立っていた。

そいつは帽子をかぶってなかった。（さきほど子供らはベレー帽をかぶっていたと言ったわけだが、私の子供時代に本当にそうだったのかどうかは疑問だ。子供らはもっと貧相な、もっと目立たない、もっと無残なまでに間抜けな帽子をかぶっていたのではないだろうか。昔読んだ本の記憶が影響して、子供らも自分もひと昔の姿に勝手に移し替え、一緒くたに葬ろうというのではないのか。はっきりしたことは言えないが。）密生したゴワゴワの髪の毛が、額のあたりは巻き毛となってはみだし、こめかみから項にかけての境目のあたりでは金髪と淡い赤毛が入り混じっていた。照明光があたると、前髪のせいで顔は暗闇に沈み込み、先が尖った、どことなく大きすぎる顎しか見えなくなる。彼はカバーオールの上にスエード似の上着をかさねて着ていたが、袖はだいぶ短めだった。この上着の方も赤茶けていて、形が崩れたポケットは、何を突っ込んでいるのかわからないが、膨れあがっていた。ポケットに入っているのは、ガラクタ集めが好きな連中が根気よくやるお馴染みのコレクションから取り出したお守りではないかという気がした。コレクションを支配する法則は、いわゆる自然法則とおなじく運命的で暗号的で例外的なものだが、年月が経てば、自然法則がそれらしく見えるようになるのとはちがって、こちらの方はどうも怪しげなものになってゆくようだ。どちらも奥の奥までは見通せないという点において大同小異なのだ。じっくり観察する余裕はなかった。上級生はわれわれに近づいてきたが、すでに私を血祭りにしていたのに気づいたのか、私にかまうことはなかった。彼らは暗い顔の下級生に躍りかかった。

一本調子の試練が始まった。その小柄な子は逃げたが上級生に追いつかれ、追いかける者に、雨が青い後光となって降り注いでいた。私は近づくとまずいと思った。だが、すぐに聞き耳を立てることになったのは、どこか変なぐあいだったからだ。声が混じりあっても、からかったり、わざとらしく脅したりというのとはちがう、ひどく猛り狂って威嚇する興奮した声がひときわ高く聞こえてくる。そればかりか、ほかの連中は怖気づいたのか、手出しできないのか、黙り込んでしまい、その大声しか聞こえなくなっていた。彼が口にする言葉は、内容からするとついさっき私を泣かせたものとたいして違わなかった。相手を罠にかけようとする不意の詰問であり、警察まがいの揚げ足取りであり、逃げ道をふさいで追いつめる謀略という点では完全に同じだった。だが、この長口舌には、サディスト的快楽、熟達が見られない、いい加減にやっても難なく手に入り、やればやるほどいい加減さが強まる熟練の技が、どこに行ったのか、跡形もなく消え失せていたのである。声の調子がどこかおかしいのは、本気ではないせいなのだろうか、あるいは思い入れが強すぎるのかもしれない。どうやらその心が伝えていたのは、不自由で熱い怒り、これまで虐げられながらも迫害者を許してきた者の嗚咽のようなものであって、じつに長いこと足枷と指錠に苦しめられてきたが、愛する者の弱みに似た思いを抱きながら、これを復讐の道具にしようと思い描いているようなものだ。だがそれが思い通りにゆかないのは、興奮のあまり手が震え、これほど激しい心の動揺のせいで道具が手から滑り落ちてあたりに散らばり、恐れを知らぬ迫害者の視線を浴びて、むやみに興奮して叫ぶだけになるからだ。それでも小柄な少年は平然としていたわけではない。彼の大きな顎が顫(ふる)えるのが見えた。だが、この少年と向き合い、少し上から見下ろすかたちになった相手の大きな顎もやはり顫えていた。両者から、同じ雨が、同じ涙が流れ落ちていた。そしていきなり二人の顔は影になり、照明があたると同じ土色をしているのがわかるが、その上の方では、吹き荒れる風に、ぼさぼさの髪が逆立っていた。この鏡の作用のなかで、どちらも苦しんでいた。彼らはまるで兄弟のようにそっくりだった。

　年上の少年の罵り声が激しさを増し、そして相手を殴り始めた、たいして威力があるわけではなかったが、短い腕にはありったけの力がこめられていた。教室の鐘が鳴っても、興奮はおさまらなかった。

電動ベルの音が永遠に鳴り続けるように思われ、まさに風雨に音程をあわせたみたいで、単調で恐慌をきたした大気現象のようなその尖った響きが空疎な言葉にかぶさり、いくらわめきちらそうが誰にも聞こえない独り芝居のようなものになり、それでも彼は喉をからして、嵐が入り混じる黙劇の孤独な快楽にひたりこんでいた。完璧というべき何かがそこにあらわれていた。私たちは点呼に応じ、小柄な少年はうまく私たちに合流することができた。だいぶ離れたところまできたとき、例の年上の少年はしばらくその場に突っ立ったまま、もう何も言わず、敵意ある身ぶりも鎮まり、その視線は、すぐそばまで押し寄せる夜の橋台の上に流れ落ちる雨と溶け合った。私たちが自習室のドアの前に一列に並んだとき、彼の体が揺れるのが見えたが、最初はだいぶ緩慢な動きで、そのうち彼の姿が見えなくなり、暗闇のなかで濡れた地面を走る足音のにぶい響きが聞こえた。第四学級の自習室へと彼は向かって行った。

こうしてバクルート兄弟は、彼らを私の手にゆだねたあの雨、そして、裸電球の弱い光を受けて黄色く光る風と切り離せなくなっている。そういえば弟が得意としていたのは、われわれにとってお馴染みの他愛ないお遊び、つまり栗の実に孔をあけて糸をとおし、同じ細工を施した別の実にぶつけて相手の実を壊せば勝ちになる一種の模擬戦のようなものだった。自習室にいるとき、彼がとっておきのコレクション、つまり手足がもげた兵隊、色が塗られたクルミの実、馬鹿でかい鍵、そしてだいぶ後のほうになると、女の写真などだが、それらを目の前に並べる際のしぐさ、用心してあたりの様子をうかがう姿が目にうかぶ。生気のない声、声変わりする前のあの声も耳に残っている。兄の方は、五月の陽光をあびる建物正面の前庭で、歯を食いしばって球戯（ポーム）に熱中しているときの、不器用で力まかせに相手をねじふせようとする骨張った姿が脳裏にうかぶ。彼はマロニエの木にもたれかかり、その木も彼に似て、心ここにあらずといったふうに押し黙っているのがちょうどよかったのだろう、欠けた前歯を舌先で舐め、灰色のカバーオールが樹皮に溶け込んで、もうそこにいなくなってしまったみたいだった。それから彼が怒りで声を荒げ、運悪く私がその無茶な怒りの犠牲になってタイル張りの床に投げ倒された瞬間を思い出す。目に浮かぶのは、場所と時期はさまざまだが、二人が喧嘩している姿ばかりで、いまもまだ生きている兄の方も、弟の息が顔にかかり、飛んでくるその拳をありありと胴体に感じ、いまは軽くなってすぐに雲が遠くに運び去ってしまったというのに弟が自分の前にいるような気がして身構えることも時にはあるはずだ。だが、二人がともに着ていたマントに匹敵する兄弟の紋章というべきは、あの土砂降りの夜、つまり最良の子供時代の終わりを告げるあの始まりの合図、秋が急に冬へと変化する時期であり、そこに二人の土色の顔が永遠にはめこまれている。

彼らはまさしく冬の種族だった。そして泥まみれで頑固な名はそれを裏切るものではなかった。彼らはまた、私にはどうでもよい話だが、おそらく遠い先祖を通じて、またそれ以上に面構えとそこに読み取ることができる魂という点において、根っからのフランドルの種族だった。バクルート兄弟は、いわば中世の狂気、土に根ざした狂気、要するにフランドル特有の狂気が生んだ迷える民であった。私の記憶は、彼らをこの北方の土地へとひきよせる。彼らはその土地へと無限に歩を進めるなかで、泥炭の土地、ところどころ海に抱かれた虚しくひろがる土地、干拓地と矮小ジャガイモの土地で両者が出会うのであり、その上にのしかかる果てしなく広い灰色の空は、ファン・ゴッホの初期の絵みたいだった。ことによると兄弟のひとりは、笛の警告音とともに姿をあらわす癩病患者、あるいはまたイカロス墜落を描く絵〔ブリューゲルの絵への言及〕の前景部分で、茶色の作業衣姿で畑をたがやすむくつけき男でありえたかもしれず、もうひとりの弟の方は、これより少しばかり洗練され、バタヴィアふうに、つまり田舎くさく雨がちの気候、一流の腕前によるものではないという意味だが、スペインふうの飾り襟やトレドふうの剣を帯刀していたかもしれない。彼らの顔は、すでに言ったように石灰色をしていたが、その粉々に砕けそうな肌理を下地として石の顎が浮き出していた。清教徒的な蒼ざめた肌には、絞首台に送られる運命のハアレムの新教徒がかぶる山高帽が似合ったかもしれない。その下に目を移すと、デルフトの青に染まった瞳の澱んだ錯乱があって、地獄の鏡をじっと凝視し、ものを見るときも、これを掲げてその鏡像を見ようとするのだ。もじゃもじゃの癖毛の金色の眉毛には、とくに訴えるものはなかった。怒っているにしてはあまりにも蒼白であり、喜んでいるにしてはあまりにも頑固な毛が密生していた。だが、分厚い唇が顫えるのを見ると、涙をこらえているのがわかる。そんな伝説的ブラバンの民になぞらえるのはこの辺でやめにして、とっくみあいを繰り返す子供という本来の姿に二人を戻すことにしよう。

レミ・バクルート、つまり弟の方は私と同級だった。快活であっても、打ち解けはしない。さらに快活だとはいっても、これにひびが入ると、その奥にある奇妙な無関心、人を身震いさせるような昂然たる苦悩が透けてみえもした。ある春の夕方の自習時間の記憶がよみがえる。目の前に座っているのは、まちがいなくバクルートだ。近くの窓は開け放たれ、日が徐々に傾くなかで、マロニエの方から風が流れてくる。そのなかで、熱を帯びたぼさぼさ髪が、花の香りを嗅ぐように、その強烈な香りを浴びていた。その頃の彼の収集品（好き嫌いがしょっちゅう変わり、何かが厭になると別のものへと目移りし、あるときは逆に、予想を超える一致を受け入れ、両方とも手元に残しておいたりするのだった）は、釣り道具の組み合わせだった。浮き、毛針、ルアー釣り用スプーン、とっておきの釣り針の周囲にきらめく羽毛の結び目など、すべてを学習机の上に並べ、紙挟みを衝立に見立てて、つながりぐあいをじっくり点検し、考えが定まったというかのように、最初はおずおずと、あるときは何度もたがいに入れ替えて動かし、ゆっくりであっても確実な手つきは、しだいにチェス・プレイヤーを思わせるものになっていった。自習監督がこれに気がつき、すべて没収された。少年はふくれ面をして、いろんなところにポケットがあるスエードふうの上着から、奇跡的に難を免れ、白昼のように強い光をはなつ一番見栄えのする毛針の先端を覗かせてみせるのだった。彼はこれを手の窪みにそっとおいて、しげしげと眺め、夕日にかざして少しばかり動かす。化石のような彼の顔はさらに硬くなった。突然、全員の耳に聞こえるほどの笑い声が、嗄（しゃが）れ声の短い嗚咽のように漏れ出て、挑発でも恨みからでもなく、興奮状態に陥ったまま、自分を犠牲にするというかのように、それを窓の外に投げると、彼の手から離れたあとは、すでに夜の闇に包まれた葉陰にむかって一条の細い光となって消えていった。自習監督は平手打ちを見舞ったが、悪路をゆく手押し車が石を跳ね飛ばしたようなもので、少年の顔は内側に閉じられたままだった。

そのころG校には、ことあるごとに生徒の揶揄の的になったラテン語教師がおり、おそらく反語からだろうが、アシル（＝アキレウス）と呼ばれていた。どこにも戦士的な面影など見当たらず、気性も激しいわけではなく、ミュルミドーン王子〔アキレウスの父〕から譲り受けた要素があるとすれば、長身とホメロスの言語を操る才だけだった。ひときわ大柄の恵まれぬ老人だった。髪の毛も鬚も眉毛もすべてなくしたのはいかなる病気のせいだったのか、かつらをつけていても、髪の毛も鬚もないその顔は、目の奥にひそむ裸形の苦悩を覆い隠すマントにはなりえなかった。そもそも隠そうと思っても隠せるような顔ではなかった。それどころか顔には強健な体質があらわれ、堂々たる鼻、年齢の割には鮮やかなピンク色の分厚い唇などから判断すると、貴族的で、重厚で、頽廃した官能性の持ち主だとも考えられ、見た目を裏切るそんな要素がわずかであってもそなわっているので、掠れ声のカストラート歌手みたいに滑稽で、陰気で、芝居じみた人物になっていた。歩くときはひたすら直進、服装の趣味はよく、地味な悲歌を好んでいた。ウェルギリウスも彼が読むと賑やかになった。彼が教室に入ってくると、いつも笑いの渦が巻き起こったものだ。第六学級の生徒ですら手加減せず、彼もこれにはお手上げと感じていたようだった。つまり滑稽の域を越えてしまっているのは彼にもわかっていたが、精神力や善意がそなわっているというのも皮肉なもので、それに見合うだけの肉体に恵まれなければ、何の役にも立たないのだ。

アシルをからかう連中のなかでもっとも情け容赦がなかったのはバクルート兄弟の弟の方だった。きわめて質の悪い嘲りが口から飛び出し、悪どい笑いが浮かぶとき、この子の顔が歪んだ。アシルの方は一向に動ぜず、課題となっている作家に深く集中し、体をかがめ、黒板にローマの七つの丘やカルタゴの停泊地の図を描くのだった。彼の背後では、神々と英雄の名は卑猥な韻をもって穢され、ハンニバルの象〔カルタゴの将軍ハンニバルは戦闘の際に軍事用の象を用いた〕はサーカスの動物へと貶められ、セネカは喜劇役者と化し、もはや信頼に足るものは何も残らない。アシルはたしかにそんな種類の悪戯をたくさん目にしてきたのである。遥か昔から繰り返し異民族(バルバロス)は都市を占領し、カエサルは短剣をふりあげる者たちの背後に息子の顔を認め、われわれは数多くのエウリディーチェ〔オルフェウスの妻〕を失ってきたのではなかったか――授業など一時間足らずで終わるものにすぎない。ときに、彼の堪忍袋の尾が切れ、しかも絶望的な気分で平静を装いながら闘技場に降り立ち、悲しげな表情を浮かべ、手の届くところにいる者に平手打ちを喰らわせることがあった。ただしその結果は火に油を注ぐようなものだった。この種の攻撃の際、われわれには役割分担があったが、誰が見ても彼にとっての致命傷となる決定的な言葉、アシルの唇がひきつり、格調高い朗読の最中に呼吸が乱れ、間の抜けた沈黙が一瞬生まれるきっかけになった言葉、その多くはレミ・バクルートが発するものだった。ほかならぬレミ・バクルートこそが、この物悲しい笑劇(ファルス)を主導していたのだ。この目的のために、むやみやたらと精力をつぎこみ、あの小さな喉から出る声を思いのままに変化させ、意味などわかっていないはずの言葉を使ったわけだが、偏屈で卑しいその言葉は、家の農場で、あるいはまた日曜になると冬の夕べに子供が父親に泣きつき家に帰るようにうながす、タバコの煙が立ち込める居酒屋の入口で拾ってきたものなのだ。彼には彼なりの理由があった。アシルはロラン・バクルート、つまり彼の兄を寵愛していたのである。

　ロランは弟と完全に違っていたが、常識破りという点ではやはり似たところがあり、そうはいっても、レミの場合のように悪餓鬼の虚勢に類する身ぶり、どことなく陰気で狂った笑いなど、悪童たちを惹きつけるたぐいのものとは無縁だった。彼の場合、異様さは、はるかに純粋で、ぶっきらぼうで、貧しいとさえいえるもので、要するにつまらぬ装飾品とか、珍しい収集品とか、派手に煽り立てる作為など、子供らのルールに沿ってやりとりができ、自慢しうるものはひとつもなく、とくに目立つこともなく、嘲り笑う連中、つまり生徒の全員ということだが、これを味方に引き入れるわけでもない。彼は本ばかり読んでいた。本を読むときは、無骨な子供の額に皺をよせ、歯を食いしばり、苦虫を噛み潰したような表情を見せる、いつもきまって吐き気におそわれ、本に釘づけになってお手上げ状態になった様子であり、たぶん本を憎悪していたのかもしれないが、夢中になってこれを細かく突っつくありさまは、十八世紀の好色家（リベルタン）が、細心の注意を払い、顔色を変えずに、ただひたすら生贄の肢体を解体するために、次々と切り刻んでゆくありさまを思わせた。彼は授業時間のあと、食堂に行っても運動場でも、相変わらず気の滅入るこの作業を執拗に続け、校庭の騒がしい一角のマロニエの木の根っこのあたりに体を丸めて座り込み、『クオ・ヴァディス』あるいはそのほかの、彼を悩ませるアシェット社の緑叢書の古典に没頭するのだった。彼の拳骨は怖かった。ほんの少しでも侮辱されたと感じれば、激怒し、相変わらず苦虫を噛み潰した様子で相手を殴りつけるのだが、それで気分は高揚するのだ。だから彼の滑稽な悪徳、いつもながらの顰めっ面を目にしても、笑わないようにみんな気をつけていた。そう、彼は本の虫だったのだ。彼が足を向ける小さな図書室は、校庭の奥、つまり牙を剥いた彼の姿を私が最初に目撃した暗がりのすぐ近くにあった。彼は弟と顔を合わせると、立ち止まり、陰険に、ほかの一切には断固として目もくれず、まるで猫のように二人はいがみあう。歩いてその場を立ち去るか、あるいはまた取っ組み合いを始めるかのどちらかで、殴り合いも面白くてやめられないというかのようだった。離れたところにあるサン＝プリエスト＝パリュ、つまりジャンティウーに向かう途中の岩だらけの台地、その不毛な土地の農家に彼らが一緒に暮らしていた頃、ヒースの土地、そして小流が赤みを帯びた色と冷水で、痩せた花崗岩のざらざらした鎧をわずかにひんむくだけの土地、なかなか脱出できなかったその土地で過ごした日曜日はどんなものだったのだろうか。つまり、そこで『サランボー』〔フローベールの小説〕を読むなど、説明ができぬほどに滑稽だった。またどんなコレクションが、それ以前にコレクションという発想そのものが生まれる余地があったのか、つまり、われわれに訪れる季節の推移、父親の雷、畜群の面など蓄財可能ではなく変化に乏しい連鎖以外の何かが生まれる余地があったのだろうか。だが、冬の夕べの六時に大きなテーブルの上に散らばったガラクタ類、ランプの幻影のもとに、大きな手桶に入った冷たい牛乳が本や独楽などを濡らすなか、母親が窓越しに見るのと同じくらいに私にもはっきり見えるのは、夜の訪れとともに、荒地を背にして、二人の少年が近づき、相手の姿を認めると取っ組み合いを始め、平手打ちの応酬をもって、さらに夢中になって格闘し、その殴打のひとつひとつを黒い樅木に捧げ、大地に縛られたまま、夜になって飛び始めるフクロウに向かって吠え続ける犬に捧げる姿であり、唇が裂け、苦い涙をうかべ、敬虔で、傷だらけの供儀者となったその姿なのだ。樅木のうねる顎髭のなかに流れ込む古き風は二人の少年のどちらの味方をするのだろうか。ひょっとすると、そのうちのひとりを選び、もうひとりを打ち砕く、むしろ最大限に打ち砕くために片方を選ぶ誰かがいるのかもしれないが、どちらが選ばれたのかはわからない。

そういうわけでアシルは、あの奇妙にして陰気な気まぐれから、惨めな者たちの人生に情熱と名誉にかかわる何かをもたらすとともに、バクルート兄の方を可愛がるようになったのだ。ベルが鳴って、疲れ切った老文人が、大げさに言えば地獄(ゲヘナ)の苦しみともいうべき時間から解放され、足元をかいくぐって駆け出してゆく悪餓鬼どもに反応することもなく、最初から最後まで悠然とした、まるで安穏な夢に呑み込まれたかのような毅然たる足取りで大きな中庭を横切るとき、偶然の悪戯の結果というかのように、いきなりロランが目の前に姿をあらわすことがよくあった。それも真正面からではなく、この夢うつつの軌跡から数メートル逸れた脇にというぐあいだったが、そんなふうにして彼らは顔を見合わせ、双方とも視界の片隅に相手の姿を認めると、老人の方は授業を終えたばかり（おそらくは、からかうような、そして本当に嬉しくなって顔がほころぶのを抑えながら）、そして少年の方は、頭を悩ます文章読解の記述課題をやり終えたところで、さほど驚いた様子もなく、二人をとりまく空気がふと和ぐなかで、ようやく相手の姿に気づき、思いがけず彼ら二人の遭遇をもたらした幸運にわざとらしく驚いてみせるのだった。アシルは突然立ち止まり、それから急に大きな笑い声をあげ、顔を赤らめる少年の肩にそっと手をおき、やさしく体を揺する。彼は興味津々な様子で、少しばかり皮肉な口ぶりで、諌めるように、いま何を読んでいるのかと相手に訊ねる。少年は口ごもり、ぎこちなく、どこか恥ずかしそうに、本の表題を見せる。するとアシルは芝居じみたしぐさで肩の力を抜き、後ろに身を反らし、驚きの目をさらに丸くして、ロランをじっと見つめると、信じがたい幸運を喜ぶ表情がその年老いたカストラート歌手の顔全体に、まるで旗のようにはためくのだ。そして馬鹿でかい声、あの古代の言語の雷のような省略語法の趣をもつ教養ある掠れた声だが、それでいて《その者たちを私は(クウォス・エゴ)》と叫ぶネプチューンのように、じつに長いあいだ数々の騒々しい海を越えてきた太く響く声で、「でも立派じゃないか、驚いたね、もうフローベールを読んでいるわけだ」といった種類のことを口走る。少年の顔は、そのぼさぼさ髪とおなじく赤くなった。大きな顎は笑っているのか、泣いているのか、そのどちらともつかずに揺れ動いた。興奮した手には、とても大切な本、裏表がある恐るべき本が重たく感じられた。そう、読書はよいことだった。熱心さが高じて気が滅入る時間ばかりでも、それはただ、この瞬間を手に入れるために必要なものだったのだ。毛という毛のすべてを失った老人と蓬髪(ほうはつ)の少年は少しばかり並んで歩き、そこから調理室の匂いが漂いだす暗い廊下へと遠ざかっていったが、その廊下は食堂を介して正面の前庭に通じていて、アシルが立ち止まり、二、三歩後ろにさがって、贔屓の少年をもっとよく見ようと、裸の目を向けたままでいる姿がときおり見えた。スープの匂いが漂うなかで、フローベールへの思いや、不可解な親愛の情を噛みしめながら彼が姿を消すと、少年の方は、当惑気味の呆然とした様子でその場に残され、あたりを少し歩きまわり、それから座り込み、また本をひらいてみるが、何も頭に入らなかった。

時がたっても、この驚くべき友情は変わることがなかった。アシルはやがてロランの監督者になった。毎週木曜日、そして日曜日の二時ごろアシルは少年を迎えにリセにやってくると、子供のいない家に少年を連れて行き、妻のそばで午後の時間を一緒に過ごすのだった。彼の妻には一度も会ったことはないが、どんなひとだったかはおおよそ見当がつく、お菓子作りが上手で、我慢強く、滑稽な男の完璧な支えとなるよう徹してはいたが、夫の不運にいたく傷つき、この点に関して夫をひそかになじったりもしたはずで、それでも歳をとると誰もが滑稽になる変化もあって、しだいに何事にも笑顔をたやさず温和に明るく接するようになったのだ。そう、それはどことなく、さんざん不運に見舞われた者に特有の明るさ、昔の修道女やアル中の老女に見出される種類のものだったともいえる。古典作家や古代ローマの人びとの運命以上に、おそらくはこの明るさが彼にも影響を及ぼしたのであり、いくら生徒が騒いでもアシルを無事に守っていたのではなかったか。大人と子供が一緒に、どんな時間を過ごしたのかは私にはわからない。だがわれわれがポメイユにむかう道を「散策」していたある木曜日のこと、――隊列を組み、舎監が脇につく、なんとも気乗りしないものだったが、肺の健康にもよいとされていた遠出のどれかひとつ――、森の小径をゆっくりと歩いて遠ざかる彼らの姿を見かけたことがあった。木々の枝が大きなアーチをなし、まるで絵のなかの天国のように彼らの頭上に覆いかぶさっていた。「そしてやさしい音楽があふれる木々のもとに」、彼らは学者仲間のように盛んに議論している最中で、アシルの大げさな身ぶりに対して、清教徒のような少年は顔を顰めて相手の言葉をさえぎり、相手につきまとい、秋の風が彼らのマントを揺らし、彼らの口から出る知的な言葉、彼らの形而上学をどこかへ運び去る。その形而上学はどことなく滑稽なのだが、でも正真正銘、生真面目なものであるにはちがいなく、木々の葉は聞き耳を立て、無言のまま親しげに身をかがめるのだった。散歩の隊列のなかにいたレミの視線が苦しげに遠くへと向かい、乗馬道のはるか遠くに小さな点となった二人を見つめ、彼自身もおそらく心のなかではあの二人に合流しているはずだが、不機嫌な面持ちで嫌味を口走り、それから嘲りの笑い声をあげるのだった。

でも、これは学年が進んだ頃、つまり、すでにバクルート兄弟がだいぶ大きくなった頃の話である。

それ以前に何冊かの本があった、少しずつアシルがロランにプレゼントするようになったものであり、手渡す際にはそのつど大きな肩鞄からその本を取り出すのだが、それは少なからぬ落丁がある古びたプルタルコスのうらぶれた数冊、時代遅れの壊れかかった注解付きの本に類するもので、これが真新しい包装紙にくるまれ、場合によっては、古典語教師の年老いた手でかけたとはどうにも思えぬリボンなどをつけて目の前にいきなり出てくるのだった。そこには何冊かのジュール・ヴェルヌがあり、『サランボー』はもちろんだが、ミシュレは抜粋本で、その挿絵には、ケチな帽子をかぶったルイ十一世がいかめしい年代記を覗きこむ姿が見えるが、この年代記は、王の寵愛を受けた悪どい床屋〔ルイ十一世の廷臣オリヴィエ・ル・ダンの父は床屋であり、悪辣なオリヴィエというあだ名もあった〕が意地悪な目で見守るなか、サン＝ドニ大聖堂の僧侶の面々が、恭しく、これみよがしに彼に献上したものだ。その少し先のページの挿画には、痩せこけた男たちと亡霊の森へと逃げ去る獣らがむらがる夜の光景が描かれていて、そこに見えるのは、ケチな王が死ぬほど嫌ったブルゴーニュ公国の哀れなシャルル突進公、すなわちシャロレー地方のドン・キホーテ、優雅なる人、浪費家、激しやすい人であり、それまでの負け戦の連続の総仕上げとなる最後の一戦の翌日に、「すべて裸で凍れる」者たちの屍にまじり、さらにはブルゴーニュ公国、ブラバント公国の軍旗がいまは虚な紋章とともに地に落ちて散るなかに、公国の領主も屍となって俯きに横たわり、人びとが屍の鼻、口、頬を万力のように締めあげる結氷からその御身を引き抜こうとすると、いまはかくのごとく無惨にも朽ちた肉塊となりはてた残骸を古きロレーヌ地方の狼どもが咥えて運び去るのだが、かつては公国と災厄を意のままに手中に収めようとするあくなき野望を抱いた領主であり、そのために幾度馬を走らせ、策を弄し、占領支配を繰り返し、民衆を無駄死にさせたことか、所詮それも絶望的な負け戦のためだったとは何たることだろう、最後は酒に溺れるままだったというが、一四七七年の公現節の真っ只中の極寒の日、手を尽くして探したあげくにご遺体が見つかったときには、すでに死後二日が経過していた。同じ日に誰かが口にしたと、昔（いにしえ）の年代記作者が後世に伝えるように、またその誰かがたしかに口にしたという「ああなんと、いとしいわが君が」というその言葉は、まさに奇跡によってわれわれの耳に届けられ、そのとき、この言葉を発する者の口元には弱々しい息が少しばかり白く煙るが、すぐにかき消えてしまう。それからしかるべき手順に従って領主を「極上の布に包んで、ジョルジュ・マルキエの館の奥の部屋に」運び入れたというが、ついにこの暴君から解放された王侯兄弟たちは、このナンシーの館に赴き、かろうじて残った遺骸の一部を見にきたという。そして一族郎党のなかにあって最良の者の落命を惜しんで涙するのだった。この完璧な崩壊を描く図を前にロランは何を考えたのだろうか。彼はよくこれを眺めていた。一度それを見せてくれと彼にせがんだことがあり、思いがけずによい返事がもらえたのは、相手を見下していたということかもしれない。つまりこの挿画に関する説明文をすでに彼は読んでいたわけであり、話の内容を理解した上で、あえて自分の言葉を若干交えて説明を補おうとしたのである。最初はおずおずとではあるが、無愛想で、ときには喧嘩腰になるのも辞さない説明を通して、彼は私に奇想天外とも思える解釈をしてみせたのだが、それによれば、挿絵画家の意図とは無関係に、それこそ肝心要と自分の頭で考えた目立たぬ特徴をもとに、どれが突進公の配下で、どれがナンシーの富裕な市民なのか、どれがブルゴーニュの人びとで、どれがフランドルの人びとなのかが判別できるというのである。ある人物は大きな嘴をもった面頰付き兜をかぶっているから大公、またある人物はもっと簡素な造りの兜をかぶっているので男爵あたりが関の山、奥の暗がりに見えるすべて、つまり槍騎兵なのか柳なのか、降りしきる雪と夜の暗闇のせいで見分けがつかず、人間と馬らしきものが混在するなかに軍旗をつけた槍が突き出ているのは、ブルゴーニュ公と身罷れしブルゴーニュの殿下ご自身のための最後の方陣であり、要するにそこには同一人物が二度ばかり描かれていることになり、前景には骸となった姿、そして彼方には霊として、そして前々日に息絶えた者たちが、いまは体を震わせ天国の門に入るのを待っているところだが、みごとに着飾った聖ジョルジュが兜の庇をおろしてこれを待ち受け、その飾冠には輪光がさし、首には金羊毛を巻きつけてみんなを出迎え、涙を流して彼らを胸に抱きとめ、円卓に案内するが、それは温めた葡萄酒の匂いが染みついたお馴染みのテーブルだというのだ。このような驚くべきでたらめな話の数々、辻褄が合わぬばかりか、ほとんど占いにも似た話を果てしなく続けるなかでロランの顔はゆがんでいった。たしかに彼はすべてに精通していたが、逆にそのせいで悩み苦しみ、やみくもに努力はしても、それを輝かしい結果に結びつけることはできなかった。彼が進める気狂いじみた注解には、解釈がもたらす恐慌状態、アプリオリな苦痛というべきものがあり、また逡巡や言い落としも確実に混じるという無惨なありさまだったが、何を言っても信じてもらえず、まともな注解になりえていないのを自覚する苦い意識もそこに入り込んでいた。おぞましいスイス歩兵、つまり突進公の命を奪い、自分は地獄に落ちるほかないと覚悟する規律正しい凡庸なる兵士が、天国に召されるブルゴーニュ兵の輝かしい亡霊の陰に身を隠しているというところに、この本に隠された秘密があるとロランは考えていた。まさしくその点に、普段から彼が独自の解釈、つまり彼なりのでっちあげを他人に明かさぬ理由があった。彼がこの挿画を私に解き明かし、弑殺（しいさつ）されて誰からも妬みを買うことがなくなった「従兄弟」の物語を私にしようという気になり、その死を悼むのはひとりの卑しい身分の男だけで、不実な宿敵の方はプレシ＝レ＝トゥールに引きこもって聖なる年代記を読み、王塔の巨大な影が悔恨と同時に仄暗い喜びとなってその身に襲いかかるのを感じている、といった説明を通じて、この主題をめぐる彼なりの思いの丈を明かしたのは、いくら本を読んでも解き明かされないロラン・バクルート自身の生の本質的な運命のあり方が、高貴な文字によって純粋なかたちでそこに書き記されており、そしてまた彼の情念そのものが、こちらは文字を知らぬまま、往古にさかのぼる埋もれた状態で書き記されていたからだ、といまの私は考えている。

ほかにキップリングの本もあった。

私が第五学級だったときの話で、そうだとわかるのは、この時期の私には、こと読書に関してはアシルのような導師も庇護者もいなかったが、独力で『ジャングル・ブック』を発見していたからである。だから当時ロランは第三学級だったはず、要するに彼はキップリングの本を一冊受け取り、その影響もあって私も自分なりに本を熱心に読むようになり——カーウッドやヴェルヌを読むのは恥ずかしいと思い始めながらも相変わらず熱心に読み続けていたが、今度の相手はそんな子供向けの本ばかり書いていた作家ではなく、——また、たいそう彼を羨ましくも思った。美しい造本であり、これも挿画入りだったが、ミシュレの本に暗い雰囲気をもたらしていたギュスターヴ・ドレ流儀の叙事詩的なグリザイユ版画ではなく繊細なる水彩画であり、その陰影の細やかさは野蛮な寺院のようであって、奥の方にはヒマラヤ山脈が、熱帯林にはパゴダの毒の実がなっているのが見え、さらに手前には車が用意され日傘をもつヴィクトリア朝の女たちをどうやらお楽しみの場に連れ出そうとするところ、向かう先はマハラジャを乗せ、バラ、アーモンド、菩提樹の飾りに覆われた象の足元であるようだが、これに対して一番手前には紳士と山師らが飾り紐をぶらさげ、似たような深紅のジャケットに身を包んで伝説的な英領インド陸軍の完璧な軍帽をかぶっているので両者の見分けがつかず、彼らは夢見る面持ちで、髭はきれいに剃りあげ、礼儀正しく、貪欲な目で、この世界を、ヒマラヤ、顎髭を生やした王、日傘をさす肉感的なご婦人方、つまり彼らの餌食となるこの世界を静かに眺めている(哀れなアシル、世界の餌食たる者、そのすべては彼にとって何を意味しえたのだろうか、サン=プリエスト=パリュのバクルート家の息子にとっても事情は同じだろうが)。黄金、卑しくも輝かしい黄金、どんな形容詞をもってしても、その性質を裏切ることがない黄金、「肉のなかの油脂のように」黄金はそのなかを流れていた。ペチコートをまとう気難しい女たちの重たくも気取った肉体を流れる向こう気の強い血のように。文明的で薄味のお茶の時間を過ごすハンサムな大尉の冷徹な目に映る野望、つまりウイスキーと荒々しい騎行と血なまぐさい冒瀆行為に満ちた恐ろしい野望のように。到底手の届かぬところにある贅沢きわまりないそんな富は、ロランの心を熱くしたにちがいないが、どうにもならない。そして諦めからほとんど吹っ切れた気分になって、おそらく舐め回すように繰り返し挿絵を眺めたあげく、それこそ自分により近いものであり、未来の自分の姿に合致したものになると彼が判断したものがあった。それは猿たちのうるさい声を浴びながら、かつて王になろうとした男の日焼けした頭部を汚らしい袋に入れ、密林から稲田へとこれを運ぶ気のふれた男を描いたと考えられる挿絵のうちに見てとったものと同様、おなじみの崩壊のイメージなのである。

私はこの目で何葉かの挿絵をたしかに見たし、他人に見せようとはしなかったロランの肩越しにそれを覗き見たこともあったが、一度は心ゆくまでゆっくりと眺めることができた。これもまた自習室の出来事であり、もうおわかりと思うが、少人数のクラスで、私はレミ・バクルートの後ろのさほど離れていないところに座っていた。彼は赤い上着（少なくと第三学級になるまで彼が着ていたもので、次第によれよれになり、ちんちくりんになり、ごわごわになっていった）のポケットから、乱暴なやり方で四つ折りに、もしくはさらに小さく折り畳んだ厚手の紙をとりだし、折り目のあたりは破れていたが、無造作に皺をのばしてから、数学の問題を解くのと同じくらい注意深く、どことなく皮肉な目で、熱心に、なおかつ苛立った様子でこれを眺めていた。驚いたことに、そこにはヘルメット帽をかぶった高地連隊兵、飾り紐がついた騎兵服、何頭かの象と王の姿を認めることができた。レミはこれを独り占めしようとはしなかった。この日の自習監督は、とろい奴だった。挿絵は保護者の手を離れて順繰りに回された。われわれは目を凝らして見たが、同時になぜか怖くなった。そしてこの豊かさ、この遠くの世界、この凝固した力に我を忘れて夢中になった。レミは、大きな顎を昂然とそらし、いかにも満足した様子で、少年らがロランの戦利品を奪い合うのを見つめるのだった。まるで象の上から見下ろすインド兵の首領が、民衆の声につきうごかされ、英国軍士官らをなぶり殺しにしようと率先して指揮にあたるようだった。自習室の外では、ロランが彼を待ち構えていた。

　ロランの顔は蠟のように蒼ざめていたが、それはサーベルをふりあげ聖像崇拝者〔聖像破壊主義者がカトリック教徒にあたえた名〕らに襲いかかろうとするフランドルの清教徒の赤茶けた蒼白さだったと言っておこう。彼は何も言わず、堪忍袋の尾を切らして鉄拳を見舞うだけ、その目は情念の海に沈み、情念に息づいていた。弟は皮肉な笑いをうかべたが、その軽蔑の笑いはひび割れ、嘆くようでもあり、彼もまた怒っているのか、顔がゆがんでいた。「この本はもともとぼくのものだったんだ、泥棒、泥棒」と、逃げながら彼は喚いた。ロランは中庭の真ん中で弟をつかまえた。彼らはもみあい、硬い地面の上に倒れ込み、埃が彼らの涙にまじり、口にはいるのも気にせず、恋人のように地面に転がり、激しく揉み合い、くんずほぐれつの状態になり、ときに少しばかりのやりすぎはあったが、束の間の情熱がきらめくなかで、彼らの上には夢みるマロニエの木々の普段と変わらぬのんびりした姿があった。兄が立ち上がり、激しく争って挿絵をとりもどしたが、手のなかにあるのは、汚れてしまって元には戻らない無残な姿、それにまた口から血が流れていた。この日から、彼がほんのたまに笑うときがあっても、弟の刻印が消えずに残ることになった。それ以来、前歯が折れているのが見えるようになり、急に物思いにふけったりするときなど、激しい感情をこめたり、逆に宥めたりしつつ、そこを舌先で愛おしげに、もどかしげに、舐め回すことでますます状態を悪化させていったのだ。

　兄弟は大きくなった。成長につきものの重苦しい波乱は終わりを迎えつつあり、それが永遠に続くと思っていた者にしてみれば驚きだった。ロランの気持ちが穏やかになることはなかった。本を読んで道を踏み外すというのは、訳知りの人間がよく口にすることで、また少し後になって祖母が私に言ったのも似たようなことだった。道を踏み外したというべきなのか。たしかに彼はそんな状態――以前からずっとそんな状態だった――にあったが、本の世界が現実の世界に取って代わっても、相変わらずちゃんとものが見えておらず、むしろ本の世界は、容易に入り込めず、いくら頼み込んでもそのつど押し戻されるだけの、とことん意地悪なものだった。頑固な行文が絡み合い、固く縫い合わされていて、その下には鉛の鎧で固く身を守る女が隠れていて地獄の媚態を見せるようであり、人殺しをしてまで自分のものにしたいと思うその相手、二つの文のあいだのどこかに鎧の綻びがあり、身震いしながらそのあたりだと見当をつけて探す相手は、このページの最後のところに、この文の曲がり角に姿をあらわすかもしれないが、すぐ近くに隠れていると思ってもいつのまにかどこかに逃げていってしまい、うまく見つけることができない。さらに次の日になれば、またしてもあの小さなボタン穴を手がかりにして、相手を見つけようとすると、うまいことすべてが開いて、ようやく読解作業から解放されることになるが、夜になればまたしても難攻不落の鉛の重みをもつページをそのまま閉じることになってしまい、鉛の重みで倒れこんでしまう。彼は作家たちの秘密に分け入ることができず、文をもって彼らが仕立てた美しい衣装は、サン゠プリエスト゠パリュ出身のロラン・バクルートには、あまりにもホックが固くしまり、衣装をからげてみることができないのはもちろん、その下に肉体があるのか、それともただの空気なのかも見きわめがつかない。すなわちあの男、眉を顰める者「愁い顔」のバカロレア合格者を私はそんなふうに理解したわけだが、自分はといえば、同じ時期に、白痴じみた文学への熱中が後戻りできないほどの深みへと向かい、重い足取りで屈折した道をたどって堂々巡りを始めるなかで、めまいに我を忘れ、バクルート兄弟と一緒にまたしてもワルツを踊りながら、締めくくりとなる最後の文をどうすればよいのか見当がつかないままそこに向かってゆくのだが、元の木阿弥になるにきまっている。

レミはといえば、第二学級に進んだときから、娘たちの服に隠れた何かがある、そのあるかなきかのものが、強力な体験となるのを待ち受けているのに気がついていた。彼のコレクション——コレクションという言い方は変えずにいよう、というのも彼が小さかった頃とおなじく、導きの糸となったのは快楽の供給元となり、活性化させるものだったからだ——それは少女も含めて女たちの写真のコレクションであり、ひそかに買った雑誌の切り抜き、つまり太陽の光を浴びた肌も露わな若手女優、もしくは淫らな紙面を彩るガーター姿の下品なブルネットだったり、他校の女子生徒、プリーツ・スカートの衣擦れの音がこだまする驚異の、禁断の領域だったり、要するにあくことなき彼の昏(くら)い欲望、ポマードで固めた蓬髪、不良じみた雰囲気に惹かれる同年代の少女からせしめた凡庸なポートレート写真だったりしたが、その写真は去年だったか、庭で撮られたブルーのドレス姿で、彼女らはだいぶためらったあげくに耳元でなにやら囁き、不器用に指先で相手に触り、しつこく頼まれたので仕方なく渡したことにしたのは、夜になって別れる際、十一月のある日曜日のことだが、ひとりの少女が恋に落ちたということである。このような感傷的な少女たち、つまりいまだ下品なわけでも、太陽の光を浴びているわけでもない少女ら、男の目を惹く体をもち、表面は感傷的だが裏では自分でもその体に驚いている心優しき者たちは、レミの手がスカートの下に潜り込んでも見ないふりをした。そして彼がその話をするのは、兄の友人、あるいは兄自身が目の前にいるときだけであり、その目的が、レミ・バクルートの充実した生き方とロラン・バクルートの澱んで無為な生き方がかけ離れている点を際立たせることにあったのは疑いない。というのも毎週木曜日にリセの授業が終わるとすぐに、彼は同級生の手の届かないところに姿を消し、たまたま彼に出くわすことがあっても薄暗い公園で彼にもたれかかっている誰かがいるとか、人気のないカフェの一番奥のあたりで、うら若き乙女と思う存分お楽しみの最中だったりした。それでもハンサムという形容は彼にふさわしくはなかった。誰がみても顎は大きすぎるし、肌は粗悪な布みたいな色だった。服装も、気取ってはいるが、垢抜けしないうえにサイズが体に合わず、前にも言った通りバタヴィアふう、いつも変わらず、偽のスエードのジャケットを着ていた。要するに彼もおなじくサン=プリエスト=パリュの出だったわけだ。それにしても彼があのヴェロニカたち、真新しい小さき獲物を狙うときの熱の入れようは異様であり、その異様なまでの欲望が自分たちに、自分たちのスカートに、自分たちの涙、そして心の動揺に向かうのを彼女らは肌で感じとり身震いするのだった。彼女らはスカートに触れる手を払いのけはせず、涙ぐんで彼への欲望をつのらせるとともに怖くもなり、こうして相反するこの感情にとらわれるまま熱気をおびた両者のせめぎ合いに疲れ果て、全身の重みをすべて彼にあずけるのだった。

こうして日曜の晩に、あるいは木曜には、口のなかに残るあの味わいと、可愛らしい人喰い人種どもが貪りつくした唇に残るあの痛みとともに彼は戻ってくるのだが、リセの正面玄関へと向かう仰々しい広い並木道のあたりで兄に出会っても、相手を見下すようにふるまい、たぶん軽蔑なのか、逆に瞬間的にうらやましく思ったのかもしれない（相手に負けぬように意地を張っていたのは二人のうちのどちらだったのか、手に負えぬ恋人の鉛のスカートに手出しできないでいる方なのか、それともうまく下着に潜る抜け道を知る手馴れた方なのか）。というのもロランもまた同じ時刻に戻ってくるのだが、何かしら本を手にしており、唇が痛むのはただの冷気のせいで、たいていの場合はアシル推薦の重い荷物を抱えており、しかも若くて、激しやすく、とくに用いようとしなくても、ある種の生気が体に満ち溢れているはずなのに、十二音綴詩節（アレクサンドラン）のように格調高く、緩やかでかつ明確なリズムを刻む老教師の歩調に自分も合わせようとしていた。門のところでは、守衛室から落ちてくる強い光に照らされ、別れの挨拶がいつ終わるともなく交わされ、これが最後とロランが打ち切ろうとしても、そのつど、なおも熱心な助言や、いつもながらの訥々（とつとつ）とした解釈や、見当はずれの祝福の言葉などを呼び寄せてしまう。顔色は変えずにいても、その場をうまく切り抜けられないでいるロランは、珍しいものでも見るような視線が自分とあまりぱっとしない友人にそそがれるのを感じたが、それは戻ってきた生徒が面白そうに、揶揄う（からかう）目で見ていたからだ。アシルは最後に彼の頬にキスをし、街灯に照らされた並木道を悠然と去ってゆくが、その歩き方は、暗記している詩句のリズムに合わせ、詩の区切りに応じて急に足を止め、片足を宙に浮かせ、それから残りの半句へと勢いよく踊り込むと、また歩き始めるといった体で、どんな古文がきっかけになったのか、またしても足を止めると、自分らの城へと急足で向かう途中の女子生徒が、恋人を引き連れ遅れてやってきて、この標石に似た人物とすれ違う際に思わず吹き出し、その生き生きした笑い声をあとに残して姿を消すのだが、彼女らが夜の眠りにつくとき、この晴れやかな一日を改めて振り返り、思い返すと嬉しくなり、鮮やかに残る抱擁の記憶、体がしびれ頬が熱くなって考えるどころではなくなる何かが華やかな彩りをもってよみがえり、ほとんど劇的な出来事といってよいそのすべては、さっきは無邪気な笑いによって突如断ち切られたわけだが、頭のおかしい老教師、毛がすっかりなくなり、一羽のサギみたいにぽつねんと片足で立つ老教師をいま思い出すと、またもや笑いが抑えられなくなる。

というのも彼すなわちアシルは最後はどこか箍が外れたようになってしまったのだ。かつらが少し斜めにずれて、見た目が悪くなったり、妻が死に、ほんのわずかでも陽気な焔がともることもなくなり、ときには教室の騒ぎに完膚なきまでうちのめされ、何も言えなくなって嵐がすぎるのを待つだけになり、裸の目を大きく見開き、その奥のところに何かをじっと見つめるだけだったりしたが、その何かとは、ひょっとすると、遥か昔の裸の妻だったのかもしれない。想像力などほとんどないくせに口が悪いのが特徴の連中に言わせると、彼は酒を飲み始めたという。たしかにそのようなことが一度あり、土砂降りの雨のささくれだった夜のことだが、カフェ・サン゠フランソワからボニョー広場に出てくる泥酔した彼の姿を見たことがある。ポンム通りの急な坂道を体を大きく揺すって勇ましく降りてくるところで、体に合わないぶかぶかのレインコートは一歩進むごとにじゃれているようにも見え、その歩き方は十二音綴詩節というより、むしろ小唄を模しているみたいで、酔った勢いに加えて、風に舞うケープもしくはインバネスの効果も加わり、上機嫌で昂然とした様子はほろ酔い気分のヴェルレーヌといったところだった。ただしこれほどまでに羽目を外すのは例外中の例外であり、もちろん本質的なことではなかった。生まれつきおとなしい人間だったのだ。生まれながらにして呑んだくれになる人間に植えつけられる暴力の種子、酔っ払うたびに大きく育ってゆくそんな種子が宿っていたはずもない。とくに彼の心を動かしたのは贈与行為であり、それも手から口へと向かうだけで、自閉的な高揚と憎悪を繰り返す、あの回転ドアのごとき閉じた回路ではなく、さしだす手から受け取る手へと渡されるあり方だった。こうして彼はロランに本を送る習慣を守り続けたが、その贈り物が、とくにその中身が相手にとって適当なものかどうかを気遣うでもなく、ただひたすら贈るためだけに贈る傾向がしだいに強まり、お門違いで、本来の目的から逸脱するものとなり、ロランが顔を赤らめ、居心地が悪そうにするのも珍しくなくなった。こうして、彼がすでに第一学級に上がり、おそらく「ポケット版」の有名作家の宝庫を漁りながら、ユイスマンスにするかサルトルにするかの選択に四苦八苦する――だが選択に悩むのも、大人になりたいと思っているという点で認められることになるわけだから、まんざらでもない――頃のことだが、まさにその年、アシルは他愛ないロニーの『人類創世』や挿絵入り『ほら男爵』を彼に贈る始末だった。彼はこの子が大きくなったのに気づいていなかったのだ。翌年の秋、ロランが最終学級に進み、私が第二学級に進んだとき、かつらをつけた悠長なローマ貴族の末裔による年度はじめの演技が、栗の実と子供らの合唱の洗礼をもって迎えられることはもはやなかった。彼は退職していたのだ。同じ年に彼は亡くなった。葬式に出るための特別な外出許可をえたロランが、朝早く共同寝室で黒っぽいネクタイをしめ、寸詰りの服を着て、丹念に髪をとかしつけ、生えかかった髭を剃り、愛情をもって自分に接してくれた唯一無二の存在と思っていた相手のために心から涙を流したのは疑うまでもないが、もはやこの寂しい鏡像に向き合い、女子生徒の嘲笑の的になった厄介な存在のお供をして、この落ちぶれた父を支える必要がなくなり内心ほっとしたと考えるのはひどくやりきれなくても、弟レミにとっても父ではないにせよ長きにわたっていわば共有した相手というべき存在であったわけで、兄弟は大聖堂を飾る絵のように、すなわち騒ぎの煽動者たる小悪魔とあまりにも堅苦しい善良な天使となって、哀れな男の魂を両側から挟んで、絵に描いたような対立抗争へと引きずり込んだのである。こうしてロランはアシルの埋葬を終えて、彼がいなくなったことを心から惜しみ、そして厄介払いをした。クルティーユに向かう街道沿いの小さな家で、老教師の善良にして勿体ぶったまなざしのもとで、ロランは頭のおかしい夫人が用意した手作りの菓子を食べたものだが、アシルの唯一の財産といってもよいはずの数々の書物はその後どうなったのだろうか。その蔵書は、どこの競売場、屋根裏に運ばれ、あるいはどこの地下室に漂着して腐りゆくまま死者の安らぎを見出したのか。あるいはまた、どこかで友愛の手によってよみがえったのかもしれない。なおも彼がロランに贈ろうと考えていたが、その機会が失われた他愛ない本の数々、そしてそのほかは見掛け倒しで、無邪気なまでに教養的、同語反復的で、自分の余生を楽しませてくれるのをあてにしていた本の数々。だがひょっとすると、天国にあって、古の作家たち、誰もが簡単に読めるわけではない本物の書き手、そして彼らの仲介者たち、今世紀初頭に流行った顎髭姿の親切心あふれる注解者たちは、めいめいが書いたものを彼に口伝し、その声は生者の声よりもはるかに生き生きしたものになる。

ロランの場合は、作家は生きた声をもって語ったりしないという確信があった。彼はむしろ作家たちの果てしない沈黙の部分にとどまろうとしたのだ。誰も実際に体験していない過去の渦巻き、自分以外の誰かに生じたのは確かだが、それでいて体験者がいない出来事へとさらに過激に潜り込んでいった。ほんの子供だった頃のある日、メガラでハミルカル〔カルタゴの将軍〕がモダン・スタイルの庭園で宴を催したと知ったときに彼が感じたのが果たして魅惑だったのか不安だったのかはわからない、敵対するほぼ双子と言ってよい兄弟、ひとりは浅黒く、ひとりは褐色の肌、いずれも同じひとりの王女をわがものにしようと狙うこの兄弟の跡を追いかけて、ロランはこの土地の奥深くにさまよいこんだのだが、それは単純過去をもって「ライオンどもを礫にする土地」であり、実際は存在しないこの土地はティト＝リウィウスの書にならってカルタゴなる現実の地名で呼ばれていた。それ以来、彼の人生は単純過去の連鎖のなかに迷い込んでしまった――そうだとわかるのは、私も彼の同類だからだ。いままさに彼はエンマ〔フローベールの小説『ボヴァリー夫人』のヒロイン〕が兄弟とも思える砂糖色の毒薬を両手でむさぼるように口にしたのを知り、ペキュシェ〔同『ブヴァールとペキュシェ』の主人公〕が兄弟同然の男と手を組んで研究の真似事に取り組むなかで愛憎を体験したのを知り、悪魔があらゆる変化の技を用い聖アントワーヌの足元に近づくのを知ったところだ。彼が本から顔をあげると、壮麗なる単純過去は目の前の光景のなかに崩壊し、木々の葉がそよぎ出し、太陽がふたたび顔を覗かせるが、そこにあるのは、いつだってレミの姿、すなわち現実のいまという時を生き、現実そのものに苦しみ、娘らのスカートをめくりあげ、笑いながらロランを見つめるレミの姿をした難攻不落の現在形なのだ。ロランの場合は、この笑いさざめく現在形を手中におさめるには鉄拳をふるい、歯が折れてもそれを追求しなければならず、全身で打ち込み、そこでもなお殴り合いを演じてみせたのもそういうわけであり、彼なりの本物の生を得るにはそれで事が足りたのだろう。リセの最終学級のあと、ロランは文学部に迷い込むことになったが、たしか行き先はポワティエだったはずだ。

レミの方はさらに二年間リセG校にいたわけだが、ロランを厄介払いしたのは、言い方を変えると連れ合いを失くしたようなものだった。風が舞う廊下、あの亡霊的な校庭であっという間に子供たちが七年分歳をとる一方、日曜の夜には街灯がともる気取った並木道で、寸詰りのジャケットを着ているやはり赤毛の別の少年に幾度となくすれ違ったはずだが、もはや殴り合いなどしなくなっていた。おなじく、時にはたぶんアシルにも出くわしたはずだ。私たちが不良グループを結成したのもその頃のことだった。メンバーはバクルート、リヴァ、ジャン・オークレール、メトロー兄だった。外見をよくしようとこだわっても、格好をつけるだけで理想からはほど遠いのに引け目を感じるあたりはみなおなじだった。毎週木曜は、ツンとすました娘らに声をかけてみるのだが、笑っているばかりの彼女らがわれわれ同様に、弱く、飢えているとは想像できなかった。グループの誰もたいした幸運に恵まれなかった――つまり、震えながらも貪欲に手が伸びてくるとか、スカートのなかの欲望と糸で結ばれた別の欲望が長い時間はけ口を見出せぬままでいる苦しい状態とか、甘美な心の痛みや自習室で殴り書きした詩のできそこないが生まれるきっかけといったものだが――、誰もバクルート弟みたいに恋する娘の目を自分に向けさせることはできなかった。われわれはこうした他愛ない話に盛り上がったが、面白おかしくやるか、感傷的にやるかはそのときの気分しだいだった。レミはといえば、もはやそんな話題は口にしなくなっていた。話を聞かせるための申し分ない相手、もしくは彼の快楽の宛先となる人間はだいぶ前に遠くに行ってしまい、手柄話を聞かせたり、戦利品を見せびらかしたりできなくなっていたのだ。たしかに、あの膨大な写真コレクションはまだ手元にあったが、憂鬱な思いで、あるいはすでに過去を懐かしむように、その点検をする段階に達していて、それは、あたかも平穏な情勢を背景に和平への流れができあがり、閲兵式に臨んでも苛立ちを隠せずにいる王のようなもので、ゲートルのボタンが一つも欠けていないのを繰り返し確認したとて、敵の方は動員解除になり、妻を腕に抱き、進軍ラッパの届かぬ遠方で宴会に興じ、すでに日常の仕事に復帰しているのであれば、そんなことに何の意味があるだろう。だが日曜日でも、四回に一回は赤と青に塗り分けられたおんぼろバスに乗り、背の低い草むらに点々と岩が転がるあたりを通り抜け、そしてサン゠パルドゥー、フォ゠ラ゠モンターニュ、ジェンティウーを経由し、田舎女と学校の生徒を乗せてサン゠プリエスト゠パリュ、サン゠プリエストへと向かう、おそらくその最終地点には、レミがもはや仲間内では「白痴」と呼ぶだけになった相手がいるはずだが、そのときの彼はまるで恋人に会いに出かけるように嬉々としていた。

教室でのバクルート弟は成績優秀だった。——兄の方もたしかに勉強がよくできたが、もっと地味だったし、いるのかいないのか影が薄かった。レミが恐れることのない外の世界、それはいくらでも延長可能な言葉のコレクションであると考えることも可能であり、言葉には予見しえぬ一致があるとしても、そのコレクションを構成するそれぞれの専門分野は、理由はどうであれ、ある一定のひろがりの幅をもって分割され、植物学のためには言葉の小さな芽がじかに地面に生え出し、光学のためには天の星から圧倒的な言葉の光が降りそそぎ、そして光学の言葉は植物学の言葉の上に宙吊りになってフランス文学を待ち受けている。かつてのレミのやり方もそんなふうであり、ある日は独楽（こま）を取り出し、次の日は釣りの浮きを、その翌日には浮きでも独楽でも形は同じなのだから、役割は違っても、同一系列にあると気がついて、ひとまとめにしてみるのだ。現在を操作する風変わりで専制的な規則、彼はそのすべてを熟知していた。哀れなロランは単純過去の扱いに四苦八苦したというのに、レミはそれも巧みに操ることができたが、単純過去にはくそ真面目な教師を驚かせるほかに取り柄などありはしないと思っていた。彼は要領よくふるまい、ラテン語と数学は完璧なレベルに達していた。フランス語作文では、悪達者というほかないが、擬餌をいろいろと使い分けながら、くたびれた教師や騙されやすい哀れな連中を釣り上げて支配下におくのだった。つまり、こうした連中をも自分のポケットに入れたのである。それから誰もが知るように、安物の飾り、胸が苦しくなるような小さな魔術的物品（フェティッシュ）に夢中だったのは、本来そこにないものが完全に姿をあらわすからだった。彼はロランとは違って、傲岸不遜にも永遠に検証不可能な本質なるものに手を出そうとはしなかった。彼は垢抜けない服装を嫌っていた。時代遅れの筒型軍帽（シャコー）と緋色の肩章が彼の目を奪った。というわけで、彼はサン＝シール陸軍士官学校を受験してみごと合格した。

　彼は向こうに行ってから何通かの手紙を私によこした。散り散りになったグループのほかのメンバーにも手紙は届いた。だが、盛装した彼を見たのは一度きり、そのときの彼はすでに死んでいた。

　クリスマス休暇のことだ。私は文学部に進んでもロランには会えずじまい、いまだに単純過去とただの現在のあいだでうろうろし、たしかに気持ちの上では後者に向かっていたが、現在への欲求があまりにも強すぎるせいで、逆にもうひとりの相手、つまりひょろ長く、顰め面をした食欲不振者に向かわざるをえないことがわかっていた。この年のクリスマス休暇を私はムリウーで過ごした。グループのひとりからレミが死んだという知らせを聞いた。メトロー兄は2CVを運転して私を迎えにきてくれて、一緒に葬儀に行った。いかなる偶然がレミに訪れ、その息の根を止めてしまったのかは彼も知らなかった。やはりその偶然がわれわれ二人をオンボロの2CVに乗せ、サン＝プリエスト＝パリュへと向かわせたのだ。

その年はすでにたくさんの雪が降った。雪が降りやんでも、天気とおなじく、層をなす吹き溜まりがあたり一面を覆い、これもまた天気とおなじく灰色の風景に変え、もともとが起伏に富んだこの土地の起伏を目立たないものにしていた。フォ＝ラ＝モンターニュに向かう途中にある、岩石が崩れ落ちて散らばり樅木が倒れる台地は、ふだんはその上で雲の速い動きが殺伐たる印象を強め、この荒涼たる風景に比べればサン＝グソーの古い教会もまだ愛想がよいといえるほどだが、そのあたりで雪溜まりの層がさらに厚くなった。岩石の下の部分は埋もれて見えなくなり、岩石の古き怒りは鉾を納め、寄生虫みたいな地衣類に覆われて不満げな顔をみせ、前に進むとさらに難破はひどくなり、竜骨がひっくり返り、汚らしい空のもとで身動きせぬこの汚らしい海に漂っている状態になった。われわれが乗り込む車（マシーン）は、メルヴィルの本に出てくる大型船みたいに、地に倒れた怪物のあいだを縫って少しずつ進んだ。われらがマストにセントエルモの火〔悪天候時などにマストの先端が発光する現象〕は灯らず、また2CVの幌には大神パルスらしきものが宿り、これは獰猛であっても手懐けられそうだった。われわれは車中で思い出話にふけった。メトロ一は不良グループ（もう大昔の話だ）の愛唱歌の一節を口ずさみ、おたがいの近況に話を向けることはなかった。それから二人とも黙りこくった。予定よりも早く、サン＝プリエスト＝パリュに着いた。

バクルート家の農園のありかを教えてもらうと、村外れの、ほとんど森に入り込んだあたりの〈ツグミの野〉と呼ばれるところだとわかった。ジャガイモを食べる者たちの棲家であり、巨大な灰色に押しつぶされたように縮こまって見えた。屋根の雪は溶け始め、滴となって流れ落ちていた。道の向こう側にある石造りの侘しい灰色のちっぽけな避難所はバス停で、ダンスの催しの案内ポスターが貼られていたが、そこに記されていたのは片田舎のありえないような地名だった。日曜日になると、まさに赤と青に塗り分けられたバスがそこに停まり、顎で嘲笑うような若い男が飛び降りると、いつもながらの話、最初の武勲の話をたずさえて言い争いをしにいったわけだ。スブルボストやモンテイユ＝オ＝ヴィコントでのダンスの催しに一緒に歩いて出かけることもたびたびあったはずだ。土曜日の夕食後に、二人はスーツを着込み不細工なネクタイを締めた痩せこけた姿で、横に並んで、ときには離れてこの街道を歩き、接近して体がふれあうこともあるが、目は合わせず、怒ったような乱暴な歩き方で、居酒屋の奥まった一室へと向かうのだが、めかし込んで着飾っているのがかえって不気味に見える連中がたむろするその一室は、熱にうなされた夢に浸りきったように、ブラスやアコーデオンが鳴り響き揺れ動いていた。二人は同時に戸口に姿をあらわし、顎も、バタヴィア人らしき肌の色も、フランドルの狂気も、短くぞんざいに刈った髪もすべて同じだが、女を見る目つきやスカートのなかに滑り込む手の扱いは同じではなかった。話し方も別物で、お祭り騒ぎの最中の、汗の匂いがこもる錯乱したホールにあって、ケルビーノ気取りの若い方はもう一方が見守るなか、あてつけるように田舎娘らの心を奪うのだが、兄の方は朝まで壁にへばりついたままだった。その後は、まだ暗い道を歩いて〈ツグミの野〉まで戻り、弟の方は女たちの匂いをその指に残し、兄の方はたぶんその手に自分の指のあとだけを残し、またしても肩を寄せ合い、またしても怒ったような足取りで歩きながら、一心同体になったように突然立ち止まり、まるで示し合わせたかのように、まだ夜が明けきらぬなか、口汚く罵り合うのだった。

台所には煙がたちこめ、長テーブルの上にコーヒーポットとワインの大瓶がおかれ、高貴にして荒々しい飲み物、つまり農民の考えでは、口から入って体全体を温め魂を悦ばすはずであり、もはや喉の渇きをおぼえることがなくなった死者との別れを告げにきた者たちにしてみれば、純朴なる生への執着という点においても申し分ないと思われる飲み物と一緒に、軍帽(シャコー)のコレクションが並んでいたが、槍騎兵もしくはアンデルセンの鉛の兵隊の帽子の数々が見えるのは以前やはり冬に生じた惨事の名残だった。

台所には誰もおらず、薪が音を立てて燃えていた。もうひとつのドアから、冷え切ってじめじめした奥の部屋に入ると、蠟燭に火が灯されていた。そこに彼はいた。二脚の椅子に支えられた棺桶は蓋が開けられたまま待機していたが、彼の方は、二束三文のコレクションの点検をするときや、女を口説き落とす際がそうだったようにいつもどおり悠然と構えていたのは、軍服姿の彼を少しでもみんなに披露して好奇心を満足させなければならなかったからだ。そんな最終的な厳(いかめ)しさをかもしだすには完璧ともいえる軍服だったはずなのに、すでに魂が抜け出て、態度と作法、袖を手首に引き寄せる指先のわずかなしぐさ、ほんの少し身を反らして見栄えをよくするしぐさも見られぬこの名もなきマネキン人形をもとに判断するならば、その当の軍服の着こなしがなっておらず、結局のところ、まさにスペイン貴族の剣を身につけたフランドルの使い走りといったところだった。気をつけの姿勢なので大きな顎がどことなく滑稽で意地悪く見え、裏切り者のペタン派のごとく、先行きまずい展開になるのを予期していたにちがいない。せめて足を覆う大きな田舎風のキルトの上に赤いズボンが重ねてあればよかったはず、そしてまた煤色の黒々とした軍服の上着、蠟燭の焔に照らされている分だけ光沢が加わったこの暗闇の衣装は、黒々とした甲冑を着てナンシーの地に横たわり、もはや脅威ではなくなった突進公の姿を連想させるほどになれば、たぶんもっとよかっただろう。

ロランもまたそのことを考えていたのだろうか。ほかならぬロランに軍装は捧げられていたわけであり、すでに彼を白痴と呼ぶ者がこの世にいなくなって、不細工な顎をさらしてひとり亡霊のように座り込んでいたが、舌で触っている歯は、いまは死んでそこに横たわる者によってへし折られたものなのだ。果たして二人はどこかで和解したのだろうか、口先だけでも矛を収めることにしたのだろうか。とうてい言葉にはならぬ、だから言葉にしたこともなかったはずの狂おしい愛、頑固な怒り以外の何かを口にしたことがあったのだろうか。かつてあれほど生彩があった蒼白さがいまや弱々しいものになったのをロランは見つめていた。彼は顔を顰め、唖然としたまま、本を読むようにして見つめていたのだ。いまはレミもまた一冊の本になってしまった。この対面の周囲には脇役がいて、何人かの不器用なサン＝シール陸軍士官学校生の場違いな勲章がときおり暗がりのなかで金属音を鳴らし、同じ村の親戚縁者、そして両親、禿頭のフランドル系の父親、目を涙で濡らし、おろおろするばかりのフランドル系の母親、その両者は苦痛を顔にあらわし、なすすべもなく、それでいてこのサン＝シール陸軍士官学校生の葬式を誇りに思っている様子だった。彼らには特筆すべき点はまずないといってよかった。それでも、どのような経緯によるのかはわからないが、まさにそこから、つまりごく平凡な田舎者夫婦の忙しく動き回る下半身から、あのような他を圧倒する競合関係、古代ふうの一騎討ちが派生し、兄弟二人を等身大以上の大きな姿に変え、二人に優れた学業成績をあげさせ、そのうちの片方には隠居じみた老教師への愛を、もう片方にはあくなき女への欲望を植えつけ、物の理そのままに、一方の死によって終止符が打たれたのだった。

　そのときが近づいていたが、レミに合図が聞こえるわけはないので、彼に代わって、われわれが手順を考えた。彼に軍帽をかぶせると、真っ青なキャロット帽の天辺に羽根飾りが細かく顫え、それがまるで小さな魂が旅立とうとする合図に思えた。二人の士官学校生が彼の脇と足を支えて、ゆっくりと棺桶に入れる姿は、出陣を前に武装したオルガス侯爵を埋葬するにも似た恭しいものだった――だというのに、レミの方はなんたることか、飾り襟がきちんとしていなかったのだ。剣を柩のなかに入れるのにも手こずり、ある者が彼の傍に剣をおこうとすると、組み合わせた手のところにおく方が礼儀にかなっているとほかの誰かがつぶやき、最終的にはそんなかたちになった。サン＝プリエストの棺桶作りの職人は段取りの仕上げにとりかかり、艶消しの蓋がしかるべき位置におかれ、その下の方で少し屈み込んだかたちになっていたロランには愛しい分身がもはや見えなくなった。レミの姿は見えなくなったのだ。

母親は泣きくずれ、立ち上がった陸軍士官学校生の金鎖が揺れていた。家の外では少しずつ雪が雨に変わり始めていた。

サン＝プリエスト＝パリュに墓地はなかった。あまりにも狭い土地だったのだ。われわれはサンタマン＝ジャルトゥデクスまで移動しなければならなかった。双子みたいな小村であり、ちっぽけな農家がいくつか、難破船のように、岩石が散るなかに浮かんで漂っていた。墓地の中央にある小さな教会がすっぽりと雪の帽子をかぶり、押し潰されたように見えるのは、ボリナージュ〔ベルギー南西部の地名。一八七〇年代末にファン・ゴッホが滞在〕、ドレンテ〔オランダ東北部の州。一八八三年にファン・ゴッホが二カ月間住んだ家がある〕、ニュエネン〔オランダの町。一八八〇年代前半にファン・ゴッホが滞在〕など、油絵と泥炭の土地に特有の風景であるようにも思える。寒風のなか、弔鐘が響きわたり、数多くの人びとが待っていた。ジャン・オークレールはあれから二年も経ってないというのに、すっかり贅肉がつき、すでに彼の父親にならってあくどい仕事に手を出して絶望していた。リヴァは一番忠実な舎弟というべき男で、彼もサン＝シール陸軍士官学校をめざしたが、受験に失敗し、その時点ではそうでなくても、いまになって初めて意外に思ったかもしれない。彼は士官学校生の白っぽい軍帽を、その逞しい手にはめられた聖体拝領の娘のもののような手袋を見つめ、軍帽と手袋を身につけてはいるが、自分と似たり寄ったりで自分以上に優れているとは思えず、眼鏡をかけ、弔意の乏しさを隠す連中の姿を見つめていた。黒い帽子を被り、肩掛けを羽織り、小さな巻き毛が覗いて見えるのは、その小郡庁に住む田舎女の名もなき一団だが、彼が大人になる姿を見ていた老婆たちから、レミが昔アコーデオンの響きとともに恋の虜にした女たちにいたるまで、いまはそれ相応に歳をとった女らが集まるなかに、灰から残り火が燃え上がるようにひときわ鮮やかに、豊かな髪のとても美しい娘が背筋を伸ばして挑むように立っていた。髪の毛は凍れる藁のよう、ヴィクトリア朝の女を思わせる体つき、絵から、もしくは甘ったるい歌謡曲から抜け出してきたような赤毛の女だった。見覚えのある女性で、クレルモンの大学の周囲で見かけたことがあったが、話をしたことはなかった。私たちの目が合った。それとなく挨拶したが、彼女がこれに応えたのかどうかははっきりしない。四人の陸軍士官学校生が死者を支えて、私たちのあいだをゆっくり通り過ぎていった。死者の重みはしんがりを務めるロランに一番強くのしかかった。ボリナージュの小さな教会を思わせる場で、ラテン語の朗誦がなされ、一同が席から立ち上がり、また座り直すときに椅子が動き、奇妙な行列の動きが、凍てつくような寒さが、金銀細工のきらめきがあり、毎日がそうだともいえる「怒れる日」をもってすべてが終わった。

バクルート家には先祖代々の墓がなかったので、土を掘って新たに墓が造られた。この穴と新たにできた盛り土が、積もりに積もった灰色の雪と、錆びついたキリスト像が並び、枯れた花々がまだ残る墓石のあいだにあって、春を思わせ心慰めるものとなっていた。工夫らは新たな労働で掘られた穴に、縄を使って、中にあるものが見えなくなった棺桶職人の作物（さくぶつ）をゆっくりと降ろした。クールベ、グレコなどの絵でお目にかかるような、サンタマン＝ジャルトゥデクスでも珍しくない埋葬の光景だった。サン＝シール陸軍士官学校生の吐く息が、唇に白く、羽飾りのようにまとわりついた。赤いズボンの裾の部分は土で汚れていた。田舎女たちはハンケチを手にし、思い切り背筋を伸ばした赤毛の女は、青い煙が、手の届かない樹木のように屋根からたちのぼり、太くなり、遠くの村の方に流れて消えてゆくのを見つめていた。ポプラの木が二本、風でその枝が絡まり、カラスが一羽だけ、空の一角から別の一角へと距離を測るようにして、啼かずに飛び去った。スコップで最初の土がかけられた。穴の縁に立って、ロランは素早く身をかがめ、怒ったような彼の手から何かが落ちた。メトロー兄はすぐそばに立ち、ロランと土に覆われて消えてゆくものをかわるがわる見つめていた。そのうちに土が木棺に落ちる乾いた音がしなくなって、最後は土が土にかぶさる音だけになった。すべて終わった。われわれは出口のところで型通りの挨拶をして、急いで車に乗り込んだ。われわれの車が動き出したとき、ロランがひとりで墓に向かうのが見えた。突っ立って身がまえた姿は、まるで誰かを殴ろうとするみたいだった。小説のようで愚かだが、白鯨に乗ったまま一緒に海のなかに沈んでしまった船長の姿を私は連想した。

帰り道、転覆せる捕鯨船と死せる怪物のあいだを縫って進んでいるとき、メトローは奇妙な声で突然私に向かって言った。「レミがキップリングの本から破り取った挿絵を覚えているかい。ずっと昔のことだけど」。もちろん覚えている……。「ロランはさっきあれを穴に投げ入れたんだよ」。われわれがあの台地を抜け出る前に雪がまた降り始めた。最初はしみったれた様子だったが、そのうちに勢いよく、大きな塊になって降ってきた。世界が消え去った。

「そして私ひとり難を逃れ、そのことを告げにきたのだ。」

フーコー爺さん

一九七〇年代初頭、季節は初夏、場所はクレルモン゠フェラン。芝居の世界とのかかわりがあっけなく終わろうとしていた。劇団は空中分解し、すでにほかの場所で契約を結んだ者がいたし、私もふくめて誰もが風の吹くまま、徒手空拳で自分の運命をきりひらこうとしていた。「別荘（ヴィラ）」とみんなが呼んで共同生活をしていた大きな家にはマリアンヌと私の二人だけが残っていたが、その家は丘の上にあって細長い庭の奥に建物があった。サクランボの花はもう散っていた。大きなサクランボの木がブロンズ色の熱を帯びた影となって、私たちが暮らしていた二階屋根裏の窓を覆いつくし、私はそこであせらずマリアンヌの服を脱がせ、熱く燃える部分を隅々までたしかめ、日々の気だるさに焼かれて金色になった床に彼女の体を放り出した。組み合わさった影のなかで、その太腿がひときわ鮮やかなピンク色になってちらつくあたりは、どの一枚だったか、ルノワールの絵の色調にも通じるものがあり、その絵だとモーヴ色の肉体の起伏が強い陽射しを受けながらも、積み藁のハーフトーンの影に引き寄せられ、金色に、そして緋色の麦の色に染まって、裸がなお一段と裸に見えるのだった。私の手の乱暴な動き、快楽の絶頂に跳ね上がる彼女の体、痙攣する口などが、肉体とそのニュアンスをかぎりなく顫わせ、そこに深味を加えていた。スカートをからげたマリアンヌの叫び、汗、豊かな陰影は、あの夏一番の記憶となっているが、これからお話しするのはその少し後の出来事である。

その夏、マリアンヌはわずかばかりの報酬をえるためにパートタイムの仕事を引き受けたが、どんな仕事だったのかは知らない。とにかく私たちには、ほんのわずかでも金があったのだ。おそらく、たがいに汗をかくのに飽きたのだろう、ある晩、連れ立って外出した。ひょっとするとマリアンヌは、この日の午後の遅い時間、時間の推移がもたらすその細かなかたち、大きな広場の菩提樹の並木の下を通り抜けるとき、影と光が交錯して変化する私の顔、そのとき私が洩らしたひとこと、さらには日が暮れるにつれ菫色に変化するル・ピュイ＝ド＝ドームの威容に目を向ける一瞬の動きなどを覚えているかもしれない。そのあたりのことはまったくこちらの記憶にはないが、まさにその日買った有名作家の本『ジル・ド・レ』を手にしていたことは覚えているし、彼女もまたその本の表紙が、まるでクリスマス・プレゼントの本みたいに、光沢のない真紅だったことを覚えているはずだ。私たちはミニム通りのレストランで食事をしたが、そこは夜になると厚化粧の女たちで混み合い、ポーチの暗がりから翳りのある目がみつめ、硬いヒールの音が響くような場所だった。私はかなりの量の酒を飲んだ。その仕上げにヴェルヴェーヌ・ドゥ・ヴェレーを何杯も飲んだが、この僧院由来の蒸留酒は、シャセリオーが描いた泉のような緑色をしていて、鈍く、熱く、べたつく味だった。酔っ払って店を出ると、あたりは夜の闇だった。マリアンヌは不安げだった。娼婦たちの所在なげな視線が暗い道をゆく私たちを遠くまで追いかけてきた。中央の並木通りの灯りにひどく気分が悪くなった。私たちはバーを探して歩き回った。うまく言葉が出てこないので、どんどん怒りが激しくなった。私の言葉はしだいにべたつき始め、暗く沈み込み、やたら声が大きくなった。自分で自分をさらしものに仕立てあげたにひとしかった。舌が絡まってどうにも言葉が思うままにならない。こんな状態で果たして執筆などできるものだろうか。だとしたら、むしろ単純な愚行に突走るほうがましだ。ジンフィズとビール、そしてまたしても「おのれの悪徳をかついで、この道」をたどるのだ。満足ゆくものが書けずにくたばろうがかまいはしない、たとえそれが馬鹿馬鹿しい高揚感、つまらぬ生命維持の働きのカリカチュア、つまり泥酔だってかまわない。マリアンヌは呆気にとられて、私がまくしたてるのを聞きながら、その大きくひらかれた目が私の口を摑んでいた。

ラ・リュヌではピンクの下着を思わせるネオンが居合わせた者たちの顔を照らし、のっぺりとしたデスマスクめいたものを唐突に浮かび上がらせていた。薄気味悪い椅子と吸い殻があふれる灰皿が、怒りの火に油を注いだ。私は逃げ出した。私はこの合成樹脂の椅子そのままに不安定で、なおもこの死人は生きていた。そしてブラスリー・ド・ストラスブールのドアを押した。『ジル・ド・レ』を手にしたままだった。バーに入ると、まるで曲芸師のように、髪結の女らが笑いさざめくテーブルから、糸姫らが媚態をみせる別のテーブルへと移動する目立ちたがり屋のひとり舞台を目にした。体格のよい若い男で、きちんとスーツを着込み、女たちを靡(なび)かせる自信が目に溢れていた。ひどくうぬぼれてはいても、とくに害があるわけではなかった。品のないドンファンが懸命に努力しているといった話しぶり、その話を聞く女たちの寛容な雰囲気、彼女らの節操のない厚化粧と含み笑いが私の体を熱くし苛立ちを高じさせ、これみよがしに賢いところを言葉遣いで見せようとするが、下手な詐術では素性は隠せず、剥き出しのおぞましさがもろに透けてみえるばかりで、すべてが相まってすでにたかぶっていた私の感情が別の方向に捻じ曲げられることになった。私はほくそ笑んだ。怒りの矛先は私自身から離れて、いくぶん激しさが弱まり、まるで哀れに感じるというかのように、別の獲物に向かった。私は口をひらいた。

私は部屋の奥の暗いところに座っていた。能面のような美男子はバー近くの照明の光のもとでさかんにパフォーマンスをくりひろげていた。われわれ二人で同時に話したり、一方が話しをやめるともう一方が話し始めるというように、声を張り上げ芝居を演じるみたいに、双方が憎悪をたぎらせ、しゃべり続けた。相手は歯をくいしばり、こちらの話など耳に入らぬふりをして、十八番(おはこ)の演技を果敢にくりひろげた。だが、彼の話は危なっかしいところだらけで、しゃべるといっても、揚げ足をとろうと手ぐすね引いて待っている私に向かってひたすら口をひらくようなものだった。たしかに、こちらが大声をあげ、まるで舎監みたいに、言葉遣いの誤りを正してやったのも一度や二度ではなかった。言葉が途切れたところで話を引き取り、たっぷり皮肉を詰め込んで返したのも一度や二度ではなかった。彼の言葉の隠れた意図の一部始終——髪結の女たちの肉づきの良い体が「一部」だとすれば、この体をものにしたいという思いが「始終」に相当する――をさらしてみせたのも一度や二度ではなかった。おそらく酔いが回っていたせいだろう、舌の動きにちょうどうまいぐあいの緊張感があり、場違いで、とびきり上出来とうぬぼれるほどの展開になった。まさに急所を突いていたのだ。しゃべり続ける男とその欲望の息の根をとめるにはどうすればよいのか見当がついていたのは、およそのところ相手の嗜好は私自身のそれであったし、言葉が本来のあり方から逸れ、太陽に顔を向ける花々の習性にも似て、狙いが女の体にあるがゆえに濫用が生じるあたりも私と同じで、この場合、そもそも言葉にしようということじたいが濫用以外のなにものでもなかった。ひとは誰でも似たり寄ったりだ。私とおなじく、この男もまた相手を惑わす言葉の力を利用してひとに好かれたいと思ったのかもしれず、ネオンの光にうきあがる唇の紅と肩の白い肌に刺激され、不細工な恋文を書き、つれない相手の心を奪う恋唄(マドリガル)を即興で仕上げようとしたのかもしれない。そして、私が場違いにも気障(きざ)な本を手にしてこの無邪気な祭りに乱入し、酒の勢いにあおられ、怨恨、思い込み、僭主の怒りに駆られるまま絡んだりしなければ、首尾よくつれない相手の心を奪っていた、あるいはほぼそれに近いなりゆきになっていたはずなのだ。彼が私のうちに見たのは、言葉を超え出ようとするのはただの見せかけで、ことごとく言葉を解体する人間、言葉にしても精神にしても、高みをめざすと言いながらも得意なのは粗探しだけで、本を書くだけの技量はもたぬ人間、要するに気難しい読者だったわけだ。

そして世の常として、彼もまたこの種の読者に向き合えば、降参するほかなかった。この憎むべき分身のせいで、魅力的な獲物を取り逃したのだ。古代悲劇の王のように、台本に誤りが紛れ込んだせいで、彼の王権はおぞましき死者たちの犠牲の上に、また粘土の王座の上に築かれた危なっかしいものだというコロスの長の物語を聞かざるを得ない羽目になった。——そして彼の臣下の女たちも、時ならぬオフの声を聞くことになったのだ

彼女らは、あからさまに怒りと軽蔑の目を私に向け、相変わらず彼を盛り立てているように思われたが、廃位となればもはや宮廷でおとなしくしていることはできず、防戦に乗り出さなければならなくなった。スルタンの神通力は消え失せたのである。神々が私にかくも特別な役柄を与えていたと気づくのは、酔いが覚めたあとになってのことである。つまり全能を標榜するコロスの長として舞台に登場し、王を攻撃し、王冠の脆さを指摘し、王冠を自分の頭に乗せ、簒奪者の地位を手にしようとする役柄であって、コロスの長ではなく王のライバルになろうとするが、ライバルといってもごくありきたりのものでしかない。たしかに泥酔が格好の見せ場を私に与えてくれた。私は苦い幸福に浸って泳いでいた。

そんな幸福はすぐに消え失せた。私は酒を飲み続けたが、まだ正気のかけらが残っていて、なおも投槍（バンデリーリャ）を突き立てるにはじゅうぶんだった。それにまた、相手の男は夏の重苦しい夜の闇のなかに姿を消していたが、彼が出てゆくのに気づかず、回転ドアと一緒に暗い闇が少し動いたように見えただけだった。抜け殻同然になった私を残して、やがて女たちも夜の闇に消えていった。そのうちのひとり、褐色の美しい長い髪の女、イミテーション宝石を身につけ、下品な厚化粧の口もとに、幼さの名残が見える女が、置き忘れたバッグか手袋を取りに戻ってきた。がさつなしぐさからして育ちは悪く、やけに自信ありげなのは、そんな境遇から抜け出る努力をしたがうまくゆかなかったせいだろう。彼女もまた

レ・カールの家にあるような井戸とハシバミの木を見て育ったのかもしれず、そしてその近辺の男の誰かが、彼女に思いを寄せていても不思議ではなかった。彼女は私と目を合わさないようにしていた。おそらく軽蔑に値する人間などではなく、もちろん彼女の肉体にもそれなりのちゃんとした記憶があるはずなのだ。親しい人びとの死を経験するだろうし、思い通りにゆかず挫折も味わうだろうが、けっして私の女になる気にはならないだろう。酒の酔いはやわらぎ、自己満足の気分に深く浸っていた。

みんな外に出ていったあとも、私たちはブラッスリーに長々と居続けていたのだろう、マリアンヌは死ぬほどうんざりした様子だったが、私の方は感傷的な気分になっていた。先ほどの中毒のような状態は悪酔い程度のものに変わっていた。個人的な特徴をすべて塗りつぶして誰のものでもない暗黒の形而上学にしてしまう酔い、そして日曜の夜になるとムリウーの農夫らを泣き言ばかりのでくのぼうに変えてしまう酔いと同じものだ。私はさきほどの出来事をすでに忘れかけていた。むしろ正確にいうと、記憶に残っているのは、朦朧とした意識の奥に立てかけられた悔恨と恥辱の画布、すなわち舞台装置としての地下牢、もしくは黒く塗りたくった張子の夜に浮き上がる小道具然とした地獄の口でしかない。マリアンヌの弱点は、私の話を必要以上におとなしく聞いてしまうことにあった。そしてたぶん、まず私を無罪放免にした証人であり裁判官だった彼女の目に映るのは、やみくもに無実を主張することで、自分を甘やかす狡猾な人間、こんがらがった繰言(くりごと)の罠から抜け出せない人間の姿だったのだ。彼女に私が無実であると証言してもらいたかった。あの男を攻撃してはいない。彼も私も、ただ情けないと思っていただけではないか。この哀れみの感情が膨れあがり、辛辣な言葉のやりとりになっただけではないのか。言葉をうまく使えぬ不幸な人間という点では、どちらも似たり寄ったりで、われわれの言葉の用法だと、まちがいなく的を射る、つまり彼の場合は肉体をしびれさせ、私の場合は一冊の本を書き上げるための至高の武器とするには、あまりにもお粗末な技量しかもちあわせていなかったということではないか。白き肉体は彼の手をすり抜け、嘆かわしくも手が届かぬ先にある私の本のページは相変わらず白いままで、同じように私の手をすり抜けてしまっていた。彼も私も、掠(かす)れ声の悦楽をもってするにせよ、あるいは書き記された言葉をもってするにせよ、しかるべき姿で夜を埋めつくすことはできないだろう。要するに、どちらも扉をあけさせるための合言葉を知らなかったのだ。

酔いが発端となった悪戯の錯綜ぶりを忠実にたどりなおすのに必要な記憶が欠けていて、あえて試みても徒労に終わるだけだ。手短にすまそう。どのような経緯で気分が舞いあがり、バーテンダーに難癖をつけたのかはわからぬが、店を追い出される結果になり、手荒な応対であっても、相手に怒っている様子はなかった。私たちは歩き始め、たぶん別のバーに向かっていったのだと思う。汗が出ていた。ささくれだった気分で、頭上の空は緑青色だった。そこから百メートルほど先のところで、例の男が待ち構えていた。はなから喧嘩腰というのではなく、顔は大理石そのもの、押し殺した声で「話をつけよう」と凄んだ。私はこれに応じ、小馬鹿にするかのようにすぐ近くのカフェを指さし、ざっくばらんに話をするため、私の奢りで騎士長が一杯やりたいなら、と言ってのけたのだ。石のように硬い拳が私の顔面に飛んできた。体が動かなかった。なにしろアルコールのせいで感覚が麻痺していたのだ。でも言葉が口をついて出た。彼が耳にしたのは、どんな言葉だったのだろうか。何度も私の口めがけて拳で殴ってきた。私にとってその拳は慰めであっても、彼にとってみれば私の言葉と笑いは刑具も同然だったのだと思う。強烈な悦びがあった。相手は自分から奴隷だと告白し、自分自身の言葉の無力さを黙劇として演じているようなものだった。私という主人に仕えるにあたって、彼は肉体の不透明さを舞台に乗せねばならなかった。農民が王を殺すように、自分の方が位が下だと白状しているにひとしかった。私は地面に倒れた。言葉の切れ目から血が奔り出た。苦痛と笑いでねじ曲がった私の顔を彼は何度も足で蹴った。こっちが死ぬまでやる気だなと思い、二人に共通の勝利、共通の敗北を完璧なものにする気があるなら、殺すまでやればよいと思った。気を失う前に、動顛した顔が見えた。苦痛を浮かべるマリアンヌの顔だ。私が好きだったモーヴ色の木綿のドレスにくるまれた体を壁に押しつけている。私を襲った男がろくでなしではないように、私も王ではなかった。苦痛に喘ぐ視線のもとで二人とも犠牲になっていた。われわれは怖かったのだ。

彼は私を殺さなかった。私の顔を靴の踵でひたすら蹴り続け、無感覚なその顔はついに黙りこみ、そのとき天の恵みとしか言いようがないが、巡回中の警察官が数人あらわれた（私の人生はこの挿話のように不運の連続だったが、私の肉体の方はいつも幸運にめぐまれ、なんとか生き延びることができた）。意識が戻ったときに自分がいたのは近くのカフェ、そばのバーから漏れてくる鉛色の光に照らされたテラス席で、その時間は、ほかに誰も客がいなかった。私はマリアンヌをしっかりと抱きしめた。上から落ちてくる光のせいで、警官らの顔はケピ帽の尖った庇の影に沈み込んでいた。鎖と飾り紐がきらきら光っていた。影になった何人かの顔からは何も読み取れなかった。黒白装束の小鬼のようなバーテンはコニャックを飲ませてくれた。彼のエプロンは少しばかり私の血で汚れていた。広場の街灯は、空の星を相手に、草やパンを思わせる黄金色と緑色が混じった菩提樹の一抱えほどの葉を、じつにやさしく照らしていた。すっかり気分は落ち着き、何もわからないまま、何の気がかりもなく、眠いだけだった。自分の死の利用権は思う存分堪能した。告訴するかどうかと訊かれた。にべもない返事だと思われないようにしてこれを断った。おそらくたいしたことだと思っていなかったのだろう。酔っ払っている上に、顔が痺れあがって、エクスタシーの仮面のようだった。そのほか、相手の男は知り合いで、友人みたいなものだと説明した。警官はそれ以上強くは言わなかった。タクシーに乗って私たちはヴィラに戻った。

目が覚めるとマリアンヌが私の顔を覗き込んでいた。彼女は泣いていた。受刑者が棍棒で叩きのめされたあと、傷だらけの自分の体を見つめ、何が起きたのかすぐにはわからず、言葉にならないほど怯えているにひとしい姿だった。昼間の光が厭わしかった、恐ろしくひどい頭痛がした。恐怖に襲われ私は凍りついた。自分は人を殺してしまったのではないかと思ったのだ。石になったように動けない私を見下ろして、マリアンヌは彼女なりに苦痛をなだめすかしていた。ようやく私は前の晩の殴り合いを思い出した。まず心をしずめ、体を動かし、よろめきながら立ち上がり、鏡に手を伸ばした。不純で奇妙な物体が鏡のなかからこちらを見つめていた。顔の左側は紫色に腫れ上がりまるで皮袋みたいで、そこに化膿した瞼の緩んだ裂け目が走っていた。右頬と目が無傷だったのは、まるで悪――「不徳の致すところ」――のすべてが不吉な左手へと集中し、狂える意志をもってロマネスク教会の楣(まぐさ)を飾る悪魔の膨れあがった姿に告白を肉付けしようとしているかのようだった。おなじくロマネスクというべきはこの敬虔な傷であり、マニ教的で、原始的なまでに象徴的な、おかしな論理だ。つまり、私はあるひとりの男から言葉を奪い、これを捻じ曲げて送り返したのであり、相手はそのお返しに私の体を捻じ曲げ、これで貸し借りなしになったというわけだ。私の顔にはその受領書にあたるものが残されていたことになる。私はベッドに身を投げ出し、マリアンヌに許しを乞い、二人が負う苦難のせいで、一層愛しく感じられるあの愛しい顔を顫える手で撫でた。枕元で吐いてしまったが、構わずにまた横になっていた。彼女は子供をあやすように話しかけ、この世のものとも思われぬ安らぎを与えてくれた（不器用なのに、なんであんなに優しいしぐさができたのか、うまく説明できるだろうか）。彼女の口と手をもって表現されるすべてがバラ色に変わり、嘆きの聖母を描いたイタリア絵画やジャン・ジュネの情夫みたいだと思った。その日の午後、私は入院した。眼窩と頬骨に骨折があった。眼球そのものは奇跡的に難を免れ、無事だった。

　何か失くなっているものがあった。気障で文学崩れの親指小僧というべき私は、小石の代わりに『ジル・ド・レ』をどこかに置き忘れていた。

　入院して最初の日々は何もせぬまま幸福な時間が過ぎていった。半ば昏睡状態のなかで、中毒はいつ果てるとも知れなかった。相変わらず二日酔いがつづき、それも致し方なかった。執刀手術がなされた。たぶん麻酔が十分に効いてはいなかったのだろう、頬のあたりの骨にトレパンの動きが感じられたが、苦痛はなく、浅い夢のなかで自分自身の緩やかで逆転可能な検死に立ち会うのは、これからの自分をやりなおすためだとでもいうかのようだった。本のページをひらくように私の体は切り裂かれ、ひらかれた本と向き合い、本となった自分自身を混乱したまま大声で読んでいるつもりだったのか、医学生らは大いに面白がり、笑い声が聞こえた。私の体は中蘊(バルド)をさまよい、歯と爪で頭蓋骨をかじる女神らの攻撃にさらされたが、バルドの「由緒正しい息子」に語りかけるように、すべては幻覚であり、外に出れば手で摑めぬ夏であっても、私の体よりも堅固だとささやく親切な声が聞こえた。その私の体が幻であることを忘れさせてくれるものは、酔い、さまざまな本の身体、聖体のごときマリアンヌの肉体だけだった。

私が入れられた共同病室は中庭に面しており、広場で半死半生の目に遭ったときとおなじく菩提樹の花が咲き乱れているのが見えた。金色の光は菩提樹の花の金色のフィルターを通過することでますます力強いものになっていた。豊かな風合いのその木々のもとに、蜂が好んで集まってきた。蜂の大きな唸り音は夕方になると一段と強くなり、まるで樹木そのものの声、その密なる輝きのアウラのように聞こえるのだった。顔を伏せるエゼキエルの前で、天使らの翼はやはりこのような唸り音を響かせていたにちがいない。死体安置所もこの中庭に面していた。ときおり何か横たわる物体がシーツに覆われて運ばれて行った。担架をかつぐ人たちと患者らが、開け放たれた窓越しに冗談を言い合うこともあった。私はシーツでくるまれてかつがれる運命は免れ、私の目は夏の到来を見てとり、暇にまかせて、死んだ人びとのことを話した。病院で過ごした日々、深く幸福を味わった記憶がある。マリアンヌは『ジル・

ド・レ』の跡をたどって探し出してくれ、私は夢中になってこの本を読んだ――私を追い払った例のバーテンは親切にも私に返そうと保管してくれたのだ。ヴァンデ地方の夏、この時刻にはティフォージュの廃墟は焼け焦げているはず、その夏を思い、昔ジル・ド・レなる殺人鬼が踏みしめた丈の高い草むらを思い、彼が木陰で罪を悔い改め、恐怖に身震いしながら涙を流したとき、そのそばを流れる銀色の川を思って読み耽った。この本を読むのに、色褪せたシーツにくるまれて苦しんでいる何人もの肉体のそばで、そして七月のけたたましい笑い声が聞こえる場に身をおくほど理想的な環境はなかっただろう。わがもの顔にふるまう看護婦たちの愚かさを目の当たりにして、私はジルを赦す気になった。死の床にある者たちの天使のような我慢強さを目の当たりにして、私はジルを呪った。私の顔を覗き込むマリアンヌに、絞殺された子供らすべてが涙を流して泣いている姿が重なった。そしてうまく死を免れた子供らは、マリアンヌの笑い声をもって祝福を表現するのだった。私のなかでは、曖昧で、優柔不断な人喰い鬼どもが、中途半端に終わった祝宴のつぐないをしていた。

午後になると毎日マリアンヌが来てくれた。彼女はほかの患者に背を向け、私のベッドのすぐそばに座り、周囲の人間に気づかれずに、私は薄手の布地のスカートのなかに手を滑り込ませ、長いこと彼女に快感を味わわせながら私は開いた腿とうつむいた目の睫毛をじっと見続けていた。このまだるっこしい快楽のなかでも私の読書は続いていたといってよい。それでも熱に浮かされていた状態ばかりではなかった。私たちは明るくおしゃべりもしたので、気ままに暮らすキジバトのように見えたにちがいない。その戯れは、たまたま同じ部屋に暮らすことになった人びとの気晴らしになったのか、それとも目障りだったのかはわからないが、ほかはみな老人ばかりだった。ある日のこと、そのひとりが私のベッドのそばまでくると、気弱そうな人間のぎこちない早口でマリアンヌにひとことふたこと話しかけたのだが、最初は何の話か見当がつかなかった。喉の疾患のせいで、ひどく声が掠れていたのだ。マリアンヌの心優しい受け答えに勇気づけられ、彼は同じことを繰り返した。ようやく何を言おうとしているのかわかった。雇い主に連絡しようと思っても、うまく電話ができないというのだ。マリアンヌに手伝ってもらえるだろうか、自分の代わりに話してもらえればありがたい、というわけだ。

二人が遠ざかる、衣装方の若い女が翼の下に凍える老人を抱えて運んでゆく姿を私は見ていた。最初の日から、老人のことが気になっていたが、思い切って話しかけようとはしなかった。穏やかで言葉数も少ないひとなので、こちらの方が気後れしてしまっていたのだ。それにまた目立たずにいようとするつもりがあっても、かえって目立つ結果になるという点でも珍しい存在だった。同じ部屋の人びとの他愛ない会話に加わろうとする様子はなかった。でも面と向かって何かを尋ねると、はっきりした答えが返ってくる。慇懃（いんぎん）だが寡黙なところなど、拍子抜けするほどだ。冗談にも笑わず、かといって馬鹿にしたふうでもない。ただ距離をおこうとしているだけなのだ。確固とした意志があってそうしているということではなく、正体不明の何か、自分よりも強くて自分よりも古い何かが、ありきたりのものから彼を遠ざけている、そんな様子にわざとらしさはなかった。

私は本を読むのをやめ、彼の様子を窺った。元気一杯で色気たっぷりの看護婦の姿が目に入ることがあっても、ずっと目で追うとなると相手は彼だった。彼のベッドは窓のそばにあった。日光に心を奪われていたのか、それとも日光のなかに彼のためだけのとっておきの思い出があり、その動きに心を奪われていたのか、彼は何時間も光の方へ顔を向けて座り続けていた。たぶん天使の翼の唸りは彼に向けられたものであって、その音楽に耳を傾けていたのかもしれない。だが、彼の口から黄金と蜜が織りなす言葉についての言及がなされるわけではなく、その手が光り輝く闇を書きとめることもなかった。菩提樹は、彼の頭上に顫える曲線の影を描きだし、その禿げた頭はいつも驚いているように見えた。彼は分厚い手を、空を、そしてまた手を、最後に夜の闇を、かわるがわる見つめた。横になっても呆然とした様子だった。ファン・ゴッホが描く椅子に座る男にしても、そんな強烈な苦痛は感じておらず、もっと愛想良く、熱っぽくて、あの老人みたいに消え入りそうではない。

（ファン・ゴッホだと言ってよいのだろうか？　レンブラントが描く教養ある人士がおなじく窓のそばの日陰の部分に座り、光の滴を顔に浴びて、おのれの不甲斐なさに驚く様子などは、やはり彼に似ているのだが、なんといってもこの場合は、教養ある人士なのである。われらが老人の方は、コーデュロイのズボンとツイードの上着、それに加えて鈍重な身のこなしからしても、いかにも庶民である。）

彼はフーコーという名前で、看護婦らは、不躾だが親しみをこめて「フーコー爺さん」と呼んでいた。現代を代表する哲学者、名高い宣教師――つまりそのひとは「爺さん（ペール）」ならぬ「神父（ペール）」であったわけだが――と同名のこの老人は、姓は同じでもどこか正体不明のところがあり、ともすれば人びとの笑いを誘発することになるのだった。彼のファーストネームは知らなかった。おなじく看護婦ら（私は彼女らの受けがよかった。彼女らが警戒心なく私に話しかけてきたのは、おそらく彼女らがその手足となって支える権威筋の連中とおなじく、私もまた相手の心をくすぐる、危うい、内容空疎なおしゃべりに長けていたからだろう。彼女らは、場合によってはそんなおしゃべりが、自分たちが後生大事にするものの拒否、確信犯的なおとぼけ、怒ったようなぞんざいな態度をカムフラージュするために用いられることがあるとは思いもしなかった。それにまた私の方でも、とくに裏表がある態度をとる必要はなかった。私もまた、たぶんそうなのだろうが、彼女らに好意をもっていた。彼女らが順応主義に徹するのはうんざりしていたが、その肉体、その危うさが気に入っていた。そして白衣の医師らを相手にする際には過剰なまでに相手におもねるのに対して、それと同程度に、患者のなかでもとくに弱い者にはきつい物言いをし、保護者然としてふるまったり、からかったりする監視役という役目を離れれば、気立のよい女性たちだったはずなのだ)、つまり彼女らから耳にしたことだが、フーコー爺さんの病気は喉頭癌だった。病はいまだ重篤という段階ではなかったが、転院してヴィルジュイフに移れば助かる見込みがあるのに、理由は不明だが、患者はこれに応じず、治療設備も不十分なこの片田舎の病院を頑として離れようとせず、自分の方から進んで死の宣告に署名しようとしていたのである。いかに手を尽くして説得しようが、頑固に座り込んだまま動こうとせず、自分の死がしだいに大きな姿になってゆく陰の一角に背を向け、光がふりそそぐ樹木をひたすら見つめていた。

この拒否の姿勢にはどこか不可解なものがあった。老人の抵抗の根底には、たしかに強固な意志が、強い動機に裏づけられた何かがあるはずだった。医療の見地から発せられる至上命令が届かぬ場に身をおこうとしても、巧妙な圧力が繰り返し強く加えられたことを考えれば、並大抵の努力では済まなかったはずだ。ただし私が考えるのは、ごく平凡な理由である。つまり家族から離れたくない、あるいは不透明で感傷的だが、田舎者としての根の部分から離れたくないという気持ちである。マリアンヌは、例の電話の一件のおかげで、またそのあとも何回か電話口に立つことで、フーコー爺さんの仲介役となり、細かな情報を仕入れた。どうも家族への執着はないようだが、雇い主にあたる隣村の若い製粉業者からたいへん大事にされていた様子だった。この製粉業者は、無意味にも思える一件をめぐって、老人を安心させようと一生懸命になっていた。つまり「彼はすでに書類を完成させている」ので、もしほかの書類を用意しなければならないとしても、クレルモンに行くにあたって適当な時期を教えてもらえば、それで済む話だと言って老人を安心させるのだった。そのあとは、老人の面倒をみるなかで、たがいに少しばかり親しくなりはじめ（彼の方はおずおずと、つましく、その上にせっかち、私の方は萎縮しがちだったが）、彼の口から直接、おそらくまだ「フーコー兄さん」と呼ばれていた若い頃だが、妻がいたこと、それから妻に先立たれ、まだ若くして寡（やもめ）になったが、子供はいなかったことを聞いた。暮らしてみたいと思う土地があるわけでもなかった。ロレーヌ地方で生まれ、南仏のどこかで製粉業の見習いとして働き、最終的にそこにたどりついたのは、雇い主の人間関係や家庭内の偶然のなりゆきなど、根拠がなくとも耳寄りな話を聞いて動きたくなる根無草の傾向が彼にあったのかもしれない。

どの土地でも不自由なく暮らせるならば、いったいなぜ定石どおりの看護を受けようとしなかったのだろうか。彼はあいかわらず馴染んだ場所を動かず、奥へと引っ込んだその小さな姿は、他人が預かり知らぬ厄介事、立派であっても馬鹿げているというほかない決意、明らかに破滅に向かう運命といったものがなければ、ひどく滑稽なものになっていたはずで、その彼の姿からは、まもなくこの世を去ろうとする者に特有の気配が感じられた。彼がじっと見つめるのは、奇妙きわまりないみずからの死の序曲——天使が周りを取り囲んでいるのか、そうでないのかは別にして——だった。驚きに目を丸くして見つめる先にあるものに、そのまま驚きが刻印されているようだった。菩提樹が揺れ動く中庭には、まるで壮麗なる広間の雰囲気を壊すトイレみたいに、清潔な琺瑯(ほうろう)仕立ての死体安置所への入り口があって、いかにも模範的な風景となり、そのなかに私もまた深く沈み込んでいったのだ。本を読んでいても、そこに浮かび上がるのはさまざまなフーコー爺さんの姿、帽子を目深にかぶり、何を考えているのかわからない表情をうかべ、吹けば飛ぶようなボロをまとい、馬に乗りティフォージュへと早足で馬を駆ける傲慢で陰鬱な男が発する「控えよ、無礼者めが!」の言葉に街道脇の溝にあわてて逃げ込む者たち、馬の鞍に斜めに座った怯えた様子のひとりの子供の姿などが目にちらつくのだ。そんな者たちに混じって、見たところは諦め切った様子のひとりが慎ましい手に帽子をもって道の真ん中に立ち尽くしたまま、馬に乗り罵声を浴びせて突進してくる男を見つめている、と思うと、次の瞬間には草むらに倒れ、馬の金具にこめかみが切られ、血が流れている。彼は、偉そうな先生方が通るときは、彼の先祖がヴァンデ地方に名を轟かせる陰鬱な殺戮者ジル・ド・レが道を通るときそうしたように、脇に寄った。生ける人間を切り刻むという点では似たり寄ったりのこの連中、こちらの場合は快楽も悔恨もなく、火刑に処されるわけでも、贖罪の余地があるわけではないが、その偉そうな先生方に向かって、慎ましく、穏やかな笑顔で抵抗したのだ。控え目な態度でも頑固で、「彼のために」必要とされる転院を受け入れなかった。

この「ために」という点に関してだが、彼自身はあまりにも小さき存在であって、ほかの人びとのように決め手となる要素があるわけではなかったし、決め手となる要素といっても、その実態はただの慣習が必要不可欠な選択に見えるだけの話だと彼には思われた。それでも頑としてこれを撥ねつけるというふうではなく、いわば必要不可欠な選択から身をかわし、身柄も財産も顧みずこの大罪に身をまかせるのだったが、身柄も財産も顧みずというのは、医学的信念（ドグマ）の観点からすれば、異端信仰にもまさる許しがたい罪だった。ただし彼は死以外の何かを考えに入れるつもりはなく、医学を信奉する担当医の説得をやんわりとかわし続けた。

　こうして医学の使徒たちは毎日のように彼を攻め立てた。ある日の午前などは、ふだんにもまして大人数のグループが、夜警団の首領らを先頭にして勢揃いした一団を思わせる芝居じみたあらわれ方をしたので、こちらは読書を中断せざるをえなくなったが、フーコー爺さんのベッドを目指してまっすぐ突き進んでいったのは、まるで大審問官のように威厳に満ちた厳かな様子の鋭角的な横顔の医師、これとは別に体格はみごとだが、顎髭を除けば何とも締まりのない顔をした若い医師、何人かのインターン、喧（かまびす）しい看護婦からなる一団だった。異端転向者たる老人を改宗させようとして担当者全員が派遣されたわけであり、常ならぬ尋問が繰り返された。フーコー爺さんはお気に入りの場所に陣取っていた。彼は立ち上がったが、また座らされた。陽の光は彼の硬い頭と頑なに閉じられたままの口のあたりに落ちていて、立ってしゃべっている医師たちの顔は、光の届かぬ暗がりの部分にあった。《解剖学講義》〔レンブラントの名画〕の医師らがそのまま別の絵に移動し、窓辺の「錬金術師」〔これもまたレンブラントの名画を暗示〕の背後に集まり、ふだんの彼が静かに瞑想に耽る場所は、白衣が重く加わった彼らの気配、けたたましい彼らの学識のノイズに埋めつくされたようになった。彼は人びとが急に自分に関心を抱いた様子に気後れし、満足な応答もできずにいるのを恥じて、彼らの方に目を向けることもできず、不安そうにあたりをわずかに窺う程度、なおも菩提樹、熱い木陰、涼しげな小さなドアに心の安らぎを求め、ふだん通りのその姿を見て落ち着きをとりもどすのだった。たぶんこんなふうにして、聖アントワーヌは自分の小屋にある磔刑像と水差しを見つめていたのではないか。というのも、ここに登場した誘惑者たちは、パリの病院は宮殿みたいに素晴らしい、病気が治る、分別ある人間と分別のつかない無知な人間は違う、そんな話をすることで、たとえ説得できなかったとしても、大いに彼の心を揺さぶったのはまちがいない。それにまた医長は真剣だった。仕事の面では自信過剰だったにせよ、そして傭兵隊長のような顔(マスク)を別にすれば、根が善意の人間であるのは疑いなく、頑固な老人といえども彼には親しみを感じていたのだ。そんな理詰めの議論に答えるというだけでなく、親しみを感じている以上、答えざるをえないとフーコー爺さんは考えたのだろうし、何はどうあれひとまず彼が答えたことにまちがいはなく、その答えは言葉数少ないものであっても、長々と弁舌をふるう以上に明快かつ決定的なものとなった。彼は顔をあげて自分を問い詰める相手を見つめ、いつもの驚きがまたしても重くのしかかり、これから口にしようとする事柄の重みがさらに加わって、彼の姿は揺らいでいるようだったが、小麦粉の大袋を肩から下ろすときと同じ勢いで、申し訳なさそうに、でも奇妙なまでに明るい声で「読み書きができないんだよ」と言い放ち、病室全体にその声が響きわたった。

私はまた枕に頭をのせ、そのままでいた。強い酔いにも似た歓びと苦痛にわれを忘れた。果てしない友愛感情に私は浸された。専門知識と能弁をもって組織されたこの世界にあって、誰か、たぶん私に似た誰かが無学であることを意識し、無学のせいで死ぬようなことがあってもかまわないと思っている。病室にグレゴリオ聖歌が響きわたった。

　医師の先生方は、愚かにも教会に迷い込んだ場違いのスズメが飛び去るようにいなくなった、もしくは単声歌（モノディ）が追い払ったというべきかもしれない。側廊部分にひかえるちっぽけな聖歌隊員たる自分は、周りを知らず、周りから知られずにいる不屈の合唱聖歌隊の指揮者の方に目をむけることができなかった。そのひとがネウマなど知らずにいることで、むしろ歌はより透明なものになった。菩提樹が唸り声をあげた。太い幹が葉を茂らせるその陰で、担架をかつぐ陽気な二人に挟まれ、死体（マカベウス）が一体、安置所の主祭壇の方に運ばれていった。

　フーコー爺さんはパリに行きはしない。すでにこの田舎町だって、そしてたぶん彼がいた村ですら、周囲にいるのは学識が豊かな連中、人の心を巧みに読み取る連中、現用通貨、すなわち書字の利用者ばかりだと彼には思われた。学校の先生、セールスマン、医師はもちろん、畑仕事をする連中だってみんな、どれほど自信があるのかは別にしても、サインしたり決断したりしているのだ。それにまた、ほかの人間にとっては明々白々なこの種の知識を必ずしも疑っていたわけではなかった。「死」という言葉が書けるなら、いつ自分が死ぬかを知っていることだってありえなくはない。まったく理解できず、決断できずにいるのは自分だけなのだ。どこかしら怪物じみたところがある、そんな適合困難なあり方とうまく折り合いをつけるのは彼には無理だったし、たぶんそれなりの理由もあった。人生の現実、そしてその公認の注解者たちが彼に叩き込んだのは、読み書きを知らないなど今日ではありえない話であり、そんな告白もありえないということだった。パリに行くとどんな結果になるのか。毎日似たような告白を繰り返さねばならず、近くには、あの周知の恐るべき「書類」を記入してくれる親切な雇い主はもういない。そんなパリという街にあって、稀有なる無学な年老いた病人は、いかなる恥を新たに味わうことになるのか、そこでは読み書きの対象は壁にも及んでいて、橋には歴史的由緒が記され、商店の品物や看板は彼の理解がおよぶものではなく、この都にあって病院は国会に相当するものとなり、そこにいる医師らは、田舎医者の目には最高度の見識をそなえた者に見え、ごく普通の看護婦すらマリー・キュリーみたいに偉くなってしまうのだ。そんな人びとの手にゆだねられたら、新聞も読めない彼はどうなってしまうのか。

ここを動かずにいれば死は免れえない。向こうに行けば、ひょっとして助かるかもしれないが、引き換えに恥をかかねばならない。何よりも文盲という罪を、死をもって厳かに償うわけにはいかなくなる。そんな物の見方はさほど純朴なものではなく、私の方でもそれなりに思うところがあった。私もまたそうなのだ、知と文章を本質的なものとしてまず神話的領域にうやうやしく据えたにせよ、そこから追放された身となっていた。オリュンポス山では、難解な大作家と読者のすべてが、比類なき書物の該当部分をみずから演じることで、読んだり、捏造したりしているというのに、そのふもとで、目に一丁字なき私は孤立するほかなかった。そして神々の言語は、やぶれかぶれの私の語法をもってしては、まず接近不可能だった。

私もまたパリに行けば、たぶん状態がよくなるのではないかと言うひともいた。だが、もし私がパリに行って破廉恥でお粗末な原稿を誰かに見せれば、即座にハッタリは見抜かれ、私がいわゆる「無知無学の者」であると知れてしまうだろう。私にとっての編集者は、フーコー爺さんにとってみれば、大理石のように真っ白な指で申請書類の空白部分を指摘して相手を萎縮させる情け容赦ないタイピストのようなものである。守衛たち、飢えた全知なる死者の神(アヌビス)、編集者、タイピストなどが、貪り喰う前にまず相手を辱めようとするのだ。中途半端な文学的教養という騙し絵の背後にあるのは、生半可な知識、混沌状態、あきれるばかりの無学文盲ぶりを恥じずにいる人間、氷山だとすれば、表に出た部分は人を引き寄せる囮(おとり)でしかないことがすぐに見抜かれ、そして山師だと非難されることになるだろう。死者の神と真っ向から勝負するにふさわしい者となるには、隠れている不可視の部分もおなじく言葉によって磨きあげられ、辞書の揺るぎなき宝石のように、完全に氷結していなければならなかったはずだ。でも私は生き物だった、そしてまた私の人生は字引きではなく、頭のてっぺんからつま先まで全身が文学に貫かれていてほしいと思う一方、つねにそれを捕まえ損ねていたわけだから、作家になるのだと言いふらしてはいても、要するに嘘をついていたことになる。そしてこうした詐欺行為をみずから断罪し、わずかばかりの我流の言葉を酔った勢いで粉々にくだき、行き着くところは沈黙か狂気のどちらかしかなく、「白痴の恐ろしい笑い声」を猿真似し、嘘に嘘をかさね、際限なく往生の真似事に身をゆだねたのだ。

フーコー爺さんは私よりもずっと作家に近かった。つまり無学文盲を生きるより、死んだ方がよいと思ったのだ。

私は何も書いていなかった。それにまた死のうとも思わなかった。私は中途半端な文章の道に生きていた。それでもフーコー爺さんとおなじく、すっからかんだということはわかっていた。だが、私を襲った男とおなじく人びとの歓心を買いたい、そしてこのちっぽけな糧をもってがむしゃらに生きたいと思っていたが、雲のような言葉の背後にある空虚を隠せるうちはそれでよかった。まさしく虚勢を張るあの男の隣に私の居場所があり、あれは私のライヴァルだという告白もそれなりに的を射たものだった。彼は私を殴り倒すことで、似た者同士のわれわれの関係を聖別化したのである。

まもなく私は病院を出た。フーコー爺さんと別れの挨拶をしたかどうかは覚えがない。二人とも相手を避けていたし、彼はみんなの前で告白したことを恥じていたが、いずれ癌が進行し、彼の声帯もろとも喉を通って表にあらわれる告白を完全に破壊していたはずだ。私の方は本の出版、死、沈黙への退却のどれも選べず、告白にまで到らないのを恥じていた。そして退院する日も、私の顔は傷のせいでまだなお腫れたままで、元の顔に戻らないのではないかと心配だった。マリアンヌはやさしく私を宥めてくれたのに、その彼女にきつくあたった。私は押し寄せる怒りの波に突き動かされ、『ジル・ド・レ』、大樹の光景、そしてフーコー爺さんの沈黙を抱えて出ていった。

病はやがて最後の段階に達するだろう。秋になれば、紅葉した菩提樹を前に、彼は完全にしゃべらなくなるだろう。陽が傾くと色が褪せるこの銅色の光景のなかで、忍び寄る死がことごとく言葉を奪い去り、彼はレンブラントが描く教養ある人士たちの朽ち果てた姿に何から何まで似たものになってゆくだろう。つまらぬ書類、ささいな要求のメモの走り書きなどが、彼の完璧な瞑想を邪魔することはもはやなくなるだろう。彼の驚きは強いままだった。初雪が降る頃に彼は死ぬ。最後の一瞥が中庭の純白の天使にその身を託すことになる。顔がシーツで覆われるとき、その顔はかつてあるかなきかの生の証に驚いていたように、あるかなきかの死に驚いていたはずだ。生前めったに開かれることがなかったその口は永遠に閉ざされる。そしてまったく動かなくなり、何事ももたらさないまま、緩やかな変容の空無を摑んで閉じられ、いまこの世から消え失せたのは、一文字たりとも書き記したことがなかったその手なのだ。

ジョルジュ・バンディ

ルイ＝ルネ・デ・フォレに

一九七二年秋、マリアンヌは私を見放した。

彼女はブールジュ劇場で冴えない『オテロ』の稽古中で、こちらは何カ月も前から母の家に転がり込み、愚かにも「書」の恩寵を待ち続けてみたが、一向に訪れる兆しはなかった。寝転がってばかり、あるいは薬物服用のあげく神経過敏になったが、相変わらず周囲は視界に入らず、無気力、なおかつ感情の起伏が激しく、気が狂いそうな感覚麻痺に陥り、ただの一文字たりとも書く必要を感じず、原稿が書けずにいてもこれをよしとする状態だった。そもそも満足に本も読めないほどだったのに、書くことが可能なのか。ひどい場合はSF小説のいい加減な翻訳、少しましな場合でも、世評がよいのを鼻にかける一九六〇年代アメリカ発のものとか、一九七〇年代のフランスの前衛的な出版物、私にとって唯一の糧となるのはそのあたりだった。だが、そんなぐあいに読む方のレベルは落ちたというのに、それでもモデルというには手強すぎて、真似すらできなかった。私は挫折感に打ちのめされ、魂が抜け出た無気力状態に陥り、おまけにペテンが加わるというありさまだった。マリアンヌ宛に毎日のように書いた手紙は恥知らずなものであり、嘘で塗り固められていた。奇跡のようなみごとな原稿が書けたと言いつくろい、自分が〈驚異のオペラ〉になり、毎晩パスカルの夜が訪れ、天の導きもあって筆が進み、原稿用紙が次々と埋まるなど出まかせの自慢話ばかりで、生ぬるい叙情と涙もろい狡賢さを溶かし込んだ湯舟に浸っていたようなものだった。原稿を読み返すと、笑わずにはいられず、自己嫌悪も激しかった。すべてはこの仮構の読者宛の手紙に始まるというべきだが、あれを書いた時分から果たして私の文章作法は変化したのだろうか。

マリアンヌは小説の読者ではなかった。彼女を擬似餌にするのはフェアではなかった。彼女は毎日熱気あふれる手紙を書いてよこし、私を信じているので、自分にはひどくつらくても、原稿執筆にプラスになるなら、離れて暮らすのも我慢すると言ってくれた。何も書けずに、陰気な一冬を過ごしたあと、アヌシーを離れる計画を立てたときも背中を押してくれたが（思うに、ムリウーで私を待っていたのはおなじく白紙のままの原稿であって、場所を変えようが、引きこもって充電しようが、白紙は相変わらず白紙のままだということが彼女にはわかっていなかった）、気楽に過ごせてウィンタースポーツ特有の華やいだ雰囲気とさまざまなしんどい訓練に適したこの街に暮らすせいでかえって心が荒れたのは、もっと大規模な都市だと惨めなのはあたりまえで、それなりに慰め合う人間もいるはずなのに、そうはならなかったからだ。おまけにマリアンヌが地方巡業に出ていたこともあり、私は軽はずみから文化会館がらみのどうでもよい仕事を引き受けてしまった。文化的なミッションに身をささげ、たえず創造性の追求を競い合う使徒や、趣味のよいお役人連中と顔をつきあわせざるをえず、ひどく嫌な気分になっていた。何度も文学談義の夕べの催しがあったのを覚えている。上の階では、詩と欲望、本の制作にたずさわる筆舌に尽くしがたい歓びといった話がなされ、その一方で私は階下で建物内にあるミニバー用ビールの保管棚の鍵を見つけ、恥も外聞もなく酔っ払うありさまだった。雪や花々が街灯に照らされ淡い色をおびていたこと、建物の周囲では、人や車の往来によって踏み固められた花々が重く黒ずんでいたこと、そしてそこに倒れ込んでしまいたいと思ったことも覚えている。そしてある晩そこに招かれ、居心地が悪そうにしていたブラン・ヴァン・ヴェルデのこわばった笑顔、そしてまた一昔前の丈長のギャバジンのコート、おしゃべりなファンを前にして座ったまま不器用な手に持ったままでいたソフト帽などを思い出すと目に涙が浮かぶが、穏やかで物静かなその老人は、柱を見上げる柱頭行者のように言葉を見失い、浅薄な質問が向けられると言葉少なにうわべだけの同意をあらわすほかに手立てがないこと、そしてまた自分の仕事、そしてこの世がすべての人間にもたらす運命、この世がおしゃべりな人間に強いる滑稽な言葉、この世が寡黙な人間を放り込んでなきものにする滑稽な沈黙、そしておしゃべりな人間と寡黙な人間のどちらにとっても不幸な虚栄心、そのすべてにいたたまれない思いを抱いていたのだ。

あの瞬間にこそ、私にとってのアヌシーを凝縮した姿があり、それで一月もしくは二月のある朝、この街を離れることにしたのだ。まだ夜は明けきらず、凍てつく寒さだった。私たちが住んでいたのは駅からかなり遠く離れたところだったうえに、何個も荷物を抱え、それが馬鹿馬鹿しいほどたくさんあって重いのは、徒刑囚の足につけられた鉄球のようにどこまでも私について回る本がぎっしり詰まっていたからだ。マリアンヌと私は二人とも原動機付き自転車（ヴェロソレックス）を持っていた。それになんとか荷物をくくりつけたが、私は惨めな気分で気が立っていたうえに悪寒がして、マリアンヌの方は寝不足で顔が汚く見えた。彼女のソレックスが動き出し、何メートルか進んだところで積荷が落下した。私の貧しさ、私たちの手を覆う手袋、目出し帽、荷物の段ボールに食い込む粗末な紐、そのすべてに私たちの不器用さが滲み出ていてつくづく嫌になった。休暇で旅行に出るセリーヌの小説の登場人物みたいなものだった。私は自分のソレックスを側溝に投げ込むと、ばらばらに散った鞄の蓋が開いて、忌まわしい文学書が転がり泥まみれになった。黒い湖のそばの黒い樹木の下で、誰かが腕を振り回し、「キリストよ来たれり」の朝、大声をはりあげ、連れ合いをなじっていたが、その私とおぼしき人物は、前夜の泥酔状態から抜け出せぬまま、女房が弁当の用意を怠ったので手ぶらで仕事に出る羽目になった労働者みたいだった。ひっくり返り、足で踏みつけても反応のない本、自分もまたその一冊であればよいと思った。マリアンヌは泣き出し、面倒な本を元通りにサドルに括りつけようとしたが、泣いているばかりでうまくゆかなかった。目出し帽をかぶっているので本来の美しさが隠れてしまった哀れな顔、そして寒さと、悲しさに私の心は引き裂かれた。今度は私が泣き出す番だった。私たちは抱き合い、子供みたいに優しい心になった。駅では、私を乗せた列車が動き出すと、それに合わせて彼女もホームの上をかなり長いこと走り、涙のせいで喉が詰まって何も言えなくなっていたのに、不器用ながらも輝いて見える彼女がじつに細やかな気遣いのおどけたしぐさをしてみせ、走り方もひどくおかしく、希望にあふれている様子だったので、私は暖房の効きすぎた車内に戻ったあとも長いこと泣いていた。

列車のなかでは心が張り詰めていた。これから本を書かなければならないが、できそうもなかった。それまでの私は壁の下に身をかがめていても、左官職人ではなかった。

ムリウーに落ち着いて、私の地獄はまた別のものになった。それ以後、この地獄に私は腰を据えたのである。毎朝、机に原稿用紙をひろげ、神のご加護によって白紙が埋まるのをむなしく待つ状態が続いた。私は神の祭壇に入り、儀式用の道具類はすべて揃っており、左側にはタイプライターが、右側には白紙の束があった。すっからかんになった冬が窓から入り込み、実り多き夏以上の確かな手つきで、事物を名指すのだった。シジュウカラが空を舞い、それに相当する表現を待つばかりで、空の表情は刻々と変わるが、その変化は二つの文に要約しえたのかもしれない。さあ始めればいい、世界は本の一章をなすステンドグラスに嵌め込まれたら、刃向かってはこないだろう。本が私を取り囲み、私を迎え入れ、みずから沈思黙考をかさね、私のためにお膳立てをしようとしていた。そのような善良な意志に〈恩寵〉が嫌な顔をするはずもない。数々の苦行（じっさい私は貧しく、軽蔑に値し、ありとあらゆる種類の薬物を常用することで健康を損ねてしまったのではないか）、数々の祈り（読みうるものは手当りしだい読んでいたのではないか）、数々のポーズ（私には作家たる雰囲気があり、たとえ目には見えなくとも、作家たるものにふさわしいユニフォームをまとっていたのではないか）、そして数々の大作家たちの生涯の悪漢小説的な〈まねび〉をもって恩寵に与ろうとしたのだから、やがて訪れがあるはずだった。でも〈恩寵〉は訪れなかった。

つまり傲岸不遜にもジャンセニストを気取り、ただひたすら〈恩寵〉をあてにしていたわけだが、それが私に訪れることはなかった。私が〈制作〉へと身を落とすのをよしとしなかったのは、それをなすのに必要な仕事が、いかに熱のこもったものであっても、見習い修道士という不安定な身分を抜け出すには足りないという確信があったからだ。怒りと絶望が肥大化するなかで、私はこの場で、いまという瞬間に、ダマスカスへの道〔聖パウロの改宗〕を、あるいはゲルマント大公の書斎で『フランソワ・ル・シャンピ』〔ジョルジュ・サンドの小説〕を再発見したことが『失われた時を求めて』の出発点をなすとともに、作品全体の予感を輝きをもって示す目的地でもあるという、シナイ山での啓示にも匹敵するプルースト的体験をむなしく追い求めていた。（理解したといってもたぶんあまりにも遅まきの理解だったが、〈制作〉を通して〈恩寵〉へと到る道は、メゼグリーズ経由でゲルマント家へと到る道とおなじように、「もっとも適切なやり方」であって、いずれにせよ、目的地の見当をつけるためには唯一のすぐれたやり方なのだ。こうして夜通し歩き続けた旅人には、明け方になって教会の鐘が鳴り、いまだなお遠くにある村へと合図を送ってミサに来るよう促すその響きが聞こえてくるが、朝露に濡れたシャジクソウを踏みしめて旅人が先を急いでも、ポーチをくぐりぬける頃には、合唱隊の少年らはもうお仕着せを脱ぎ、小瓶を片付け、教会内で笑い声をあげる屈託ない時間に変わってしまっていて、ミサへの臨席など叶わない。だが、そのことを私はしっかり理解したのだろうか。夜通し歩くなど好まぬはずのこの私が。）数多くの運に見放された単細胞の人間とおなじく、『見者の手紙』〔アルチュール・ランボーのイザンバール宛の書簡〕の若書きに特有な虚勢を神棚に祀り、自分をもまたそれに匹敵する何かに仕立てるために「書き」ながら、奇跡が生じると思い込み、何かがもたらされるのを待っていたのだ。つまりビザンチンの麗しの天使が、ほかならぬこの私のためだけに光輝に包まれた姿で舞い降り、その風を切る翼から豊かな羽ペンを抜き出して私にさしだし、そうかと思うと翼を大きくひろげて、すでに完成した私の作品が翼の裏に書き記されていると言って、これを読むように促すのだが、その作品は目にまぶしく、非の打ちどころない究極の出来栄えであり、これを超えるなどありえないというわけだ。

　なんともおめでたい話だが、その裏には、捩れた欲望があった。私は殉教者の傷痕とその救済、聖女の幻視を求める一方、それに加えて沈黙を命じる司教の杖と冠を、王たちの言葉すら色褪せたものにする司教の言葉もまた求めていたのだ。もしも〈書〉が私にもたらされるなら、すべてが得られたにひとしい、と私は考えていた。愚かにもこの信念に目が眩み、頼みとする神があらわれぬまま、自分も抜け殻同然になり、来る日も来る日も無力と怒りにさいなまれ、呪われた者らの頬を挟んで叫び声をあげさせる、あの拷問具の二本の刃のあいだに深く沈み込んでいったのだ。

　そして拷問具の圧力がさらに加わるなかで、今度は地獄の傷痕の見物人にして欠くべからざる端役といった役回りの疑念がふと生まれ、あてのない信心に苛まれる状態から私を引き離すと、一段と陰鬱な刑苦へと追いやり、私に向かって、仮に〈書〉を手にしたとしても、何かが得られたことにはならないぞ、とつぶやくのだ。

この愚かな信心のせいで道に迷った私は抹香臭い匂いを嗅いでばかりいて（その匂いはいまでも残っているような気がする）、何もかもが下降線をたどっていた。私は世にあるものの存在を忘れ、カルパッチョ〔ヴェネツィア派の画家〕の絵のなかで聖ヒエロニムスを無心に見上げる子犬を、雲を、人びとを、目出し帽をかぶり、列車を追って走ってきたマリアンヌを忘れてしまった。いうまでもなく文学理論が飽きるほど繰り返していたのは、現実世界が消える地点に文章世界がたちあらわれるということだった。でも何たる間抜けだったのか。現実世界を見失うだけでなく、文章世界も見出せなかったのだ。ムリウーでは季節が夢のように次々と過ぎていった。ムリウーにいるとき、日光が白紙の上を移動し、まぶしさに目が眩み、ささくれだった気分になることがあっても、その日光のほかに特別な何かが目に留まることはなかった。春の訪れに気づかず、夏になったとようやくわかったのは、輝かしい成果もないまま逃避をきめこんだ際に、ビールがうまいと感じ、自然に、気持ちよく酔えたからだった。〈恩寵〉を求めつつ、このように陰惨な日々ばかりが過ぎるなかで、私は言葉の恵み、語る者と聞き入る者の心を温める素朴な語り口の恵みを見失った。自分が生まれた環境と似たような場に生きるごく普通の人びと、変わることなく愛していながらも離れてしまった人びとに語りかけるすべを私は忘れてしまった。グロテスクな神学を奉じることに私は熱中した。そのせいで、ほかのすべての言葉は追い出されてしまったのである。田舎の親戚は、私が何かを話せば、私を笑う、もしくは居心地が悪そうに口ごもり、私が口をつぐめば、私を怖がる、それ以外はないといった状態だった。

ときにムリウーを抜け出すことがないわけではなかったが、それも近隣の街を飲み歩くことに費やされ、現実離れはますますひどくなったが、私はいい気になってこれを芝居じみたものに仕立て上げた。駅を出ると、最初に目についたカフェに入り、腰を据えて飲み始め、さらにバーをはしごして街の中心部へと進む。この日課から外れるのは、本を買いにゆく、もしくは通りすがりにその気がありそうな女に声をかけるときだけだった。酒に酔うのは、そのつどゲネプロを試み、地に堕ちた〈恩寵〉の言葉をくだくだと口にするようなものだった。その時が来れば〈書〉はおのずと訪れるはずであり、それは外部から到来する奇跡的なもの、疑いの余地などない実体変化に類するものであり、私の肉体が言葉に変化するのは、酒の酔いを通じて肉体が純然たる自己愛へと変化するのに似ており、ペンを持つなど肘をあげるよりも楽にできると私は考えていた。最初の一ページの歓びは、最初のグラスがもたらす微かな顫(ふる)えのようなものだろう。酒量が上がるにつれ原稿枚数が山のように積み重なったとき、出来上がった作品は大編成のオーケストラに匹敵するものとなり、体の隅々までゆきわたる酔いが金管楽器とシンバルのように響きわたるだろう。何という古色蒼然たる手段、片田舎のシャーマンのあきれた屁理屈だ。キクラデス諸島、ユーフラテス河、アンデス山脈の二足動物は、〈啓示〉の千年の幾度目かの到来に怖れ慄(おのの)く一方で、その〈到来〉を生きるふりをしてそんなふうに酔い潰れ、破滅していったのだと思える。名だたる〈平原の先住民〉の最後の生き残りは、そのせいで、おそらくは焔の水を飲んでメシアたちの到来を夢想しつつ、あるいはそのなかの軟弱な者たちに『イーリアス』および『オデュッセイア』に相当する着想が宿るのを期待しつつ、ひとり残らず死んでしまったのだ。

マリアンヌはあるときムリウーにやって来た。私が暮らし始めた三月のことであり、天気はとてもよかった。公平を期すために言っておくと、〈恩寵〉にはまるで無縁だったわけだが希望は捨てずにいたし、実際にはすでにつつましい作品の何章分かは書いていて、何よりも現代的であろうとする熱狂的な信仰に凝り固まったこの作品は、年代記作者フロワサールもしくはノルマンの詩人ベルールの世界から抜け出てきたような鎧姿の騎士たちに型通りの「探求」を無理矢理に着せたようなもので、これに自分でも満足していて、マリアンヌを呼んで原稿を読んでもらおうとしたのだが、あの冬の陽光に包まれた彼女の姿を思い出すと心が華やぐ。タクシーから降り立った彼女は美しく、輝いていて、おしゃべりで、化粧もしていた。通路で私は彼女を抱いた。黒い下着姿の彼女の白い肉体、私の手の動きに応じて彼女の言葉が顫えたのを思い出すと、激しく彼女を引き寄せたあの瞬間とおなじくらい大きく心が揺れ動く。私たちは苔むす岩が転がり野草が生えているあたりを歩いたが、その野草の芽のひとつひとつを霜が包んでいてスイーツのようになっていた。あるとき私たちは朝日が霧を通して漏れてくるのを目の当たりにした。光が射して森は眠りから覚め、詩篇によれば神の肉体をなすという無限の笑いにマリアンヌの笑いがかさなった。うっすらと紅潮した彼女の顔、冷気のなかで彼女が吐く息、明るく輝くその目がいまもありありと私の記憶にある。そんな時間を共有したのはこのときが最後だった。そしてこの年のことは、すでに述べたように、マリアンヌが私に与えてくれた冬の数日を除けば、季節の変化もほかの何もかもまったく覚えていない。

その後の私たちのことは、フォークナーの苦しげで白痴じみた登場人物によって語られるのがふさわしい。何よりも敗北と破滅への欲望に取り憑かれ、さらに破滅を芝居に仕立てあげ、これを延々と語る行為に取り憑かれた人びとの物語というわけだ。リヨンで（たまたま地方巡業中の彼女と一緒になった）私は酒を飲み——もしくは破綻を来たし——たった一日でなけなしの滞在費を使い果たしてしまった。鉛のような足取りでフルヴィエールの丘を登った。もはやマリアンヌの体に触れたいとも思わず、裸で仰向けになり、その上にマリアンヌが跨った。子供が横になり夜具にくるんでもらうようなものだった。トゥールーズでは、彼女が見ている前で、再会した幼なじみの女友達に言い寄ってすべてを台無しにしてしまった記憶がある。そして最後はブールジェだ。司教館の中庭に小さな食堂があり、マリアンヌがブールジェの近くのサンセールまで車で連れていってくれたのは、陰鬱な気分をやわらげようとする気遣いからだった。彼女がなおも希望を見出そうと熱心につとめる一方で、私は彼女をあの寂しい一日に引きずり込んでしまった。ワインを飲みながら大声で喚きちらし、呆気に取られている旅行者に悪口を浴びせかけ、ロワール河へとくだる谷を大きな階段桟敷に見立てて、どう見ても痩せこけたファルスタッフでしかないのに、酔っ払ったアジャックス、あるいはペンテウス（テーバイの王）を演じているつもりだという、滑稽きわまりない幻想に取り憑かれていた。マリアンヌにしてもいくら忠実だとはいっても、観客としてうんざりした思いにならざるをえず、おぞましくも私がこうした役柄をこれまでもずっと演じてきたことが骨身に染みてわかりはじめたのだ。

その次に彼女がムリウーに来たときが最後になった、私は恩寵に見放され、どん底の状態にあった。昼間から、酒はもとより、バルビツール睡眠薬を飲んでいた。朝から足元がふらつき、護符のように大切にしている詩の数々や、難解なジョイスの文章を小声で口ずさむことがどうにかできる程度で、天使は思いっきり笑いながら私の朗読を聞く、といっても彼らの姿が目に見えるわけはない、そして私を冥府へと置き去りにする。〈書〉が姿をあらわさぬなら、もはや生きていたくはなかった、つまり詰め込むばかり、寝ているのか起きているのかわからない、箸にも棒にもかからない状態は嫌だった。それでも退路を絶ち、自分自身を亡き者にする血なまぐさい行為におよぶのは、名誉欲に突き動かされた薄っぺらな人間にふさわしい中途半端で陰険な一手だと思われたが、どう見ても自分は、名誉とは無縁なただの薄っぺらな人間であったことはたしかだ。そんな子供じみた行為に私が嵌まり込んでしまったのをマリアンヌは見て取った。彼女は明白きわまりない事実に目を向けざるをえなかった。要するに、それこそ私の真実であり、手紙は嘘をついていたわけだ。

その頃の彼女はいくつか契約があり、仕事があり、小さな車も買っていた。ある日、私たちはレ・カールに行った。ドアを押すと、そこにあったのは見覚えがある生家、つまり感傷的な記憶がある場所ではなく、ただの廃屋にすぎず、漆喰は崩れ落ち、地下室の匂いがした。階段上には、ほかの道具類に混じって斧が一本あり、首斬り役人が手にするに格好な道具に思われた。干草を荷車に積み込んで束ねる太縄は、グランギニョル劇に用いられても不思議ではないものだった。マリアンヌはハイヒールを履き、おまけに華奢な下着をつけていて、逃げ出した女王が狼藉者の邪（よこしま）な思いの犠牲になる姿が重なって見えた。それでも私は彼女を愛していた。自分が不作法な人間であり、無骨な手と満たされぬ目つきをしているのを意識すると、心から血が流れ出した。白い綺麗なドレスのスカートをめくりあげると、子供の唄に出てくる白いドレスと金色の帯のことが頭をよぎった。埃だらけの部屋で、裸の彼女に無理な体位を強いた。彼女は嫌がっていたが、やがて興奮し始め、快楽の絶頂は彼女がかみしめる埃のように苦い味だった。この女王、もしくはこの子供を難破する自分に服従させるために剣を向け、攻撃的な硬い切っ先にその頃の私の陰鬱な全存在が流れ込むと、その硬さは否が応でも強まった。蜘蛛の巣のなかで、私たちは名もなき存在となり、相手を貪り喰う昆虫となり、獰猛で、精確で、敏捷な生きものになり、もはや私たちの絆はそれだけだった。帰り道はもう夜になっていた。マリアンヌは黙り込んだまま機械のようになって車を運転した。私たちの足元にはマルティーニの空き瓶が転がっていた。ヘッドライトの先に、驚いて薮から飛び出し、駆け出す一匹のウサギの姿が見えた。ウサギの特徴でもあるが、パニックになったのか、それとも恐怖に金縛りになったのか、どちらとも区別がつかない。私はこの死を招き入れる偽の光線の先で飛び跳ねるウサギを意地悪く見つめていた。マリアンヌはウサギを跳ね飛ばさないように注意していた。悪意から私が左手でハンドルを摑むと、車は横に滑り、ウサギを死に追いやった。車から降りて、ウサギを拾い上げてみた。長い耳をして軽快に走り回る剽軽な小動物は、ねっとりと濡れた毛の物体に変わっていた。ウサギはまだかすかに息をしていた。私は車に戻り、これを殴り殺した。それは《貴婦人と一角獣》のタペストリーの花々が咲き乱れる風景を跳ね回る小ウサギの兄弟であり、聖人の手から食べ物をもらうことだってありえたはずだ。ウサギの息の根をとめようとしていたとき、頭から離れなかったのは、たぶんこの他愛ない話だったのだ。突然はっきり意識が戻り、恐怖で気弱になり、恥ずかしさに打ちのめされた。アヌシーの駅にいたときの私は、機関車を脱線させて列車の重みでマリアンヌの轢死を企てることだってできただろう。私は彼女に目が向けられなかった。どこかに姿を消したかった。彼女の苦痛と嫌悪はあまりにも激しく、一言も発せず嗚咽するばかりだった。

その後すぐに手紙が届いた。別れたい、その決心は変わらないだろうとマリアンヌは書いていた。この年、天が私に送り届けた文章のなかで重要なものはこれだけだった。全身を震わせながら手にして読んだその文章は、たしかに揺るぎないもので、それなりの流儀で驚くほどみごとで、書き手は私ではなかったが、まちがいなく私を土に変えた。言葉の錬金術を目指す大げさな意図は逆方向に作用したわけだ。一匹のウサギにとっての闇のなかのヘッドライトのようなものとして、私はこの奇跡的で致命的な言葉を読み、何度も繰り返し読んだ。十月末のことだった。家の外では、古びた太陽が強い風にあおられて揺らいでいた。私は風に吹き飛ばされた葉となった。風があおりたてる葉となって大地に送り返された。

私の記憶のなかで、これほど耐えがたく強烈な日はほかにない。そのとき私は言葉もまた消えることがあり、肉体から言葉が抜き取られたあとの血溜まりに蝿がたかり、四六時中攻撃にさらされているありさまを身をもって体験したのだ。言葉が消え失せたあとに残るのは、愚かさと叫びだ。言葉も涙もすべて枯れ果て、私は小突かれたろくでなしの叫びをあげ、唸り声をあげた。ドングリを食わせようとして放たれた豚が、そこまで連れてきてくれた田舎女に襲いかかるようにして、レ・カールの家の部屋で私はマリアンヌに摑みかかり、豚に似た唸り声をあげたのかもしれない。だが私の唸り声はもっと悲痛で、むしろ屠殺場の匂いがした。いっときでも苦痛から離れ、苦痛を言葉で表現し、自分が苦痛を体験しているのを見ても、笑うことしかできなかった。実際に血尿が出ても、「血尿が出る」という表現に笑ってしまうようなものだ。

　叫びに驚き、不安に駆られて動顛した母は、私がついに狂ったのだと思った。哀れな母は、何が起きたのかを話して落ち着きを取り戻すように私に迫った。心の底から愛してくれ、絶望的に憐れんでくれる母という証人に見つめられていると、かえって苦痛がグロテスクなまでに強まるばかりだった。ようやく母は部屋から出て行った。言葉が私に戻ってきた。マリアンヌを失ってしまったが、私は生きていた。窓をあけて凍てつく寒さに身をすくめ、空を見上げると、いつものように、そして『詩篇』に書き記されているように、神の栄光が語られていた。もう金輪際原稿など書きはしないだろう。いつまで天が産衣でくるんでくれるのを待ち、書かれた天の糧（マナ）を待つだけの乳児のままでいるつもりなのだろうか。私の欲望は満たされず、傍若無人なこの世の富を前にして、相変わらず癒されずにいるほかない。邪険な継母の前に膝まずき、飢えて死ぬほかないような私だった。語るべき〈大いなる言葉〉が得られず、それにまた私がこれを語っても耳を貸そうとする者がどこにもいないなら、この世の歓びに何の意味があるだろうか。もう読者など得られないかもしれない。私を愛し、その役目を果たしてくれた女（ひと）はもういないのだ。

　そのうちに大作が生まれると信じているふりをし、かぎりなく優しい気遣いをもって接してくれたこの仮構の読者を失ったのはひどく身にこたえた。かなり前から大作が書けるなどと思えなくなっていて、まだそう信じてくれていたのは彼女だけだった。ある意味で彼女は、私の目と私の手のなかに生きていて、私が書いたものすべて、書くことができたかもしれないすべてだといってよかった。それがグロテスクに聞こえなければ――そして実際そうなのだが――、私の作品だともいえる。彼女が去ったあとでは、たとえ嘘でも、自分が信頼に足るものだとは思えなくなった。だが、それ以上にぐあいが悪いことがあった。つまり精神的孤立、虚しい孤独を生きていた私にとって彼女はほかのすべての人間に代わる存在となっていたのだ。世界を思い描くにあたっては、彼女だけが頼りだった。花束を手に、そこから誰も見たことがない花々を取り出す女であり、注意を向けるべき地平を指でさししめし、名指したものと同じ価値をもつ女だった。目出し帽から黒い下着まで、生のあらゆる局面に彼女が遍在し、ひどく惨めな獣の獲物であるとともに、その欲望をかきたてる獣でもあった。彼女は聖ヒエロニムスの足元の小犬だった。そして小さな動物は私がヘマをしたせいで、逃げ出し、書物も書見台も書き物机もすべて持ち去り、学識豊かな総大司教がまとう高位の者のための緋の衣と黒の頭巾付き肩布を剥ぎ取ってしまうと、燃え尽きた絵に残るのは、裸のユダのような人物、自分こそがその責めを負うべき十字架のもとにうずくまる許されざる者なのだ。

それまでは誤った道に迷い込まぬようにしてくれた同志たる小犬を失った私は、いたるところで猟犬の群れに向き合わねばならなくなった。その最後の瞬間、私は自分が鹿になった感じがしたのだ。この恐ろしい世界から逃げ出さねばならなかった。自然のなりゆきでまず思いついたアルコール浸りの九日間の祈祷は、堂々巡りの袋小路以外の何ものでもなく、次の注射を待つあいだに、抜け出さねばならないものだった。こうして選んだ解決法は軟弱だとはいえ信頼に足るものだった。私はラ・セレット病院に行くことにしたのである。

その年、私が何度も訪れることになった精神科の病院は、外観はモダンで、田園風景の真ん中にあり、塀に囲われていないところなど、それなりに魅力がないわけではなかった。私はそこでC医師の診察を受けるようになった。背が高く物憂げな若い男、どこか勿体ぶったところがあるが、なかなか親切な人物だった。彼の診察室の大きな窓からは森を見渡すことができた。壁にはジュール・ヴェルヌの神秘の島の大きな地図が貼られ、といってもどこの海を探しても存在しない島の地図であるわけだが、そのほかには、狂気に陥り、その分も計算に入れると二度死んだことになる何人かの詩人の肖像が掛けられていた。彼の知識は並々ならぬものだったが、私もその点ではひけをとらないと気づいたせいなのか、二人の接点ができた。流行の話題、狂気と文学との関係をめぐるお馴染みの話題をとりあげ、そしてルイ・ランベール〔バルザックの小説の主人公〕、アルトー、ヘルダーリンについて私たちは語り合った。(それも熱をこめて語り、彼の祖父は何の取り柄もない人間だったというが、青春時代にその祖父からセリーヌを読めと言われたという話も記憶している。) でも、私がここに来たのは診察のため、さらに裏の理由がないわけではなかった。というのも、こうした治療に結びつく会話や、記憶を取り戻す奇跡、自由連想という魔法の呪文などをあてにするつもりはほとんどなく、手練手管をつくして無理を押し通してでも医師に処方箋を書かせ、お目当ての薬剤を手に入れようと思っていたのだ。ときには彼のご高説に賛意を表し、あまり不自然に思われないように気をつけながら、相手が反応しやすい文学に関する話題をもちだし、ここぞというときには、この医師のお気に入りの主題であり、話しぶりも堂に入っていたドイツ・ロマン派へとむかう話の流れをつくったのは、小一時間もすれば、相手は上機嫌になり、こちらの期待通りに処方箋一式を出してくれるという確かな読み筋があり、さらには眉ひとつ動かさず、睡眠薬の何回分かの分量を指定するのも間違いなしと踏んでいたからで、全部足せば牛一頭だって殺せるほどの分量を手にして診察室から意気揚々と引き上げ、そのあとは何日もぶっ続けで、仄かな泡の膜を通して世界を眺めて快感に浸れると思っていた。

だが、この明るく、しかも恐るべき十月の光は、泡の膜程度のものでは遮断できなかった。遮断できるとすれば、それは光を通さぬ深い海の不透明さだけで、そんなものがあれば頭から浴びたいという気になった。海底深く生きる緩慢な魚に、そして無感覚で貪欲な革製の酒袋になりたい、だから睡眠療法をやってもらいたかった。C医師がこれを断らないのはわかっていて、話はすぐにまとまった。ケミカルな潜水具を仰々しく背負い込んで、無文字の水のなかを静かに下降してゆくと、その先には過去が化石となり、魚たちの死が巨大な石灰岩——その変種のひとつは大理石だ——に書き記されるのを待ちながら喪失の鋳型にぎっしり鉛活字がさしこまれている。私のスタンドがまた明るくなり、わずかな時間だが、看護人が母親のように食事の世話をしてくれたうえ、震える手では煙草が持てないので、何本か吸う手助けまでしてくれた。フクロウナギ、つまり深海に棲むグラングジエは大きな口をもつ生き物で、実際に見たという証人がいなくても、満ち足りている。

また浮かび上がらなければならなかった。元に戻るのは苦しかったが明るい光があり、これを説明するとしたら、さきほど濫用した私の隠喩など何の役にも立たないだろう。

睡眠療法のあと、ラ・セレットに二カ月滞在した。冬との接触がたぶんまた始まったのだと思う。またしても私自身の喪が始まり、以前とおなじく恩寵は宙吊りになったままだった。だがそこでとくに私の目を惹いたのは、話すにしても黙っているにしてもそれが犯行現場となるリハビリ中の人びとだった。というのも、ほかのいかなる場所にもまして、精神病院では世界が劇場になるのだ。どのひとが演じていて、どのひとが本来の姿でいるのか。獣の唸り声を真似して、天使の唄と思える何かを純粋なかたちで出現させようとするのは誰なのか。自分が歌っていると思い込んでいつまでも唸るのは誰なのか。そして究極の狂気とは、言葉が通じなくなった状態でなおも繋ごうとする演技の枠を超えた演技だとするならば、たぶん誰も彼もが演じていることになる。

そこには、あの都会的インテリの患者たち、メディアやベストセラー小説を通じて、神経衰弱は特権的な病いだと教えられ、これを装うのに熱心な患者たちの姿もあった。彼らはここでもおしゃべりだった。つまり精神疾患に絡む順応主義、多数をしめる病弱なエリート層に属しているという優越感、不運を共有しているという高揚感、そうしたものすべてが、結局のところ、この選ばれし者たちを満足させていた。それでも単なる媚態というわけではなく、この人たちもまた苦しんでいたのだ。だが、彼らと一緒だと、どうしても同意や同調など相手に合わせる傾向が強まって気が重くなることが多いので、できるだけ顔を合わせないようにしていた。彼らに比べれば、たとえ極端なまでに不器用で涙もろかったり、バル・ミュゼットに流れ、あるいはジュークボックスから流れる歌謡曲で覚えた言葉しか知らなくても恥じないでいる、頭のおかしな片田舎の人びととつきあう方がましだった。そして、おそらく彼らの場合だと思考はいきなり錯乱となってあらわれ、それにまた思考はいきなりこの一瞬のきらめきのなかに宙吊りになるのだった。樹木を深く愛した放火魔、母を亡くしてひとりぼっちになった男、そのほか私の記憶に姿が残る懐かしい人びとのことは、また別に語る機会があるだろう。まずはジョジョの話からだ。

ジョジョという名で呼ばれていたのは、強度の進行性の老人性痴呆症を患う貴族というべき男だった。この不名誉な名の短縮形は粗野な笑いや威嚇を誘い出すのがつねだったが、そう呼ばれて彼が返事をするようになる以前の名前はどのようなものだったのか。もはやまともに口をきくことがなくなり、ほとんどつねに喚くか、支離滅裂なことを呟くだけになった彼から本来の名を教えてもらうなど無理な相談だった。たぶんジョルジュ、あるいはジョセフだったかもしれない。そうすると、かつてこの愛称を彼に贈ったのは、やさしく笑顔を浮かべ、まだ体が熱(ほて)ったままの女だったかもしれず、シーツに包まれてそっと笑顔で見つめあい、裸のままで煙草を吸い、晴れ晴れとした素直な気分でいたのかもしれない。まちがいなく彼は何人も女を知っていたはずで、たぶんたくさん本を読んだはずだ。

ジョジョは汚かった。ギクシャクした動きは操り人形みたいだった。いつも欲張りなところが否応なく目についた。欲しがるばかりで、これを抑え込んで落ち着かせる言葉の助けがなくなっていた。欲しいものを露骨なやり方ではなく、優雅に手に入れるために必要なしぐさが加わることもなかった。彼自身そんな適応力の欠如に苛立っていたのだ。談話室に彼が姿をあらわして笑いが起きるとき、公園にいて周囲の静けさが際立つとき、またどの場面でも、蠢く怒りがそのまま塊となり、最大限の力をたくわえたアステカの神々のごとき激しい勢いで彼は登場するのだった。アステカの神々のように、一瞬のうちに、これから破壊される世界に燃えたぎる視線を走らせる。それから踵を返し、姿を消すが、アステカの神々のごとく、大殺戮と阿鼻叫喚の真っ只中で、皮を剥がれても土色のまま、まるで斧が樹木を薙ぎ倒すようにして歩くのだ。

食堂の広間での食事の際には、彼のために特別席が設けられ、蓋をしたサラダボールにはごった煮が入っていた。彼は腰のあたりを椅子に括りつけられ、ナプキンがわりにシーツが首に巻かれた。ナイフとフォークの代わりに大きなスプーンが与えられた。こうした周到な準備にもかかわらず、彼の体の動きがあまりにも不規則で、それに加えてこの哀れな男の食欲が激しいものだったので、この飼い桶めいた器による食事が終わると、体のあちらこちらに、そして周囲の床にまで食べかすが飛び散っていた。食堂で、私は自分の席から彼を見ていた。陰険にも彼をこっそり観察し、似た者どうしだというのに、彼のことを陰で笑っていた。あるとき、次の料理がくるのを待つあいだ、ふと顔をあげると、あの怪物の姿は見えず、その上に身をかがめる男の後ろ姿が目に入った。すぐ脇に立って、彼に話しかけているようだった。見覚えがあるとも思えないが、体は大きく、田舎市で買った安物のジーンズを履き、農民みたいに泥だらけの重いブーツを履いていた。話し声はあまりにも小さく、知恵遅れの人間の嘆きも同然だったが、ひどく奇妙なところがあり、それだけで彼に注意が惹きつけられた。頸のあたりには髪の毛が密に生え、手にブロンド煙草をもち、さりげないが優雅さもあって、周囲を見下したような寡黙なしぐさに見覚えがあって私はショックを受けた。以前どこかで目にしたことがあるはずだった。食堂を出た。ジョジョの顔を見ると、ずっと人間らしくなっていた。うっとりとした様子、あるいは怒りに火がついたのか、胸に抱いていたものがついにその標的を見つけて爆発したかのようだった。あるいは、その昔名前を呼んで抱き締めてしっかりと手で摑んだことがあった何かを急に思い出したかのようだった。これまで聞いたことがなかったような、何やらゴボゴボいうかすかな音がたえず漏れていた。相手の方は相変わらず彼の上に屈み込んでいた。その人は私たちの通路をあけるために、しぶしぶ脇に寄った。彼の上着のところどころに、痴呆症患者が吐き出した食べかすが付着していた。彼は私に顔を向けた。私たちの目が合い、一瞬のためらいがあって、視線が離れて床に落ちた。バンディ神父だった。

でも見分けがつかないほど変わり果てていた。時間の流れは彼を田舎じみた人間に変えていた。僻地のアクが頭のてっぺんからつま先まで全身に染みわたり、強い匂いを発していた。それだけでなく、さらに強烈でひどかったのは、最初は何だか正体がわからなかったが、これとは別種のアクだった。顔じゅうが赤い斑点だらけで、果たして目がまともにあるのかどうか、靄がそこにかかっているようだったのだ。そんな目の奥に埋もれた視線は、雪が解け始めてもまだ穴の奥に残った雪のようだった。極端に痩せ細り、といっても人目を引くとか驚くほどの、といった形容があてはまるものではなくて、その痩せた体の肌を見ると化粧パウダーのような色だった。手が少し顫えていて、それでも上等な煙草を扱うあの冷ややかな手つき、軽蔑というよりも頑固さが目立つその作法は相変わらずで、煙草を手にしていれば、煙草のことは考えずにすむと思っているかのようだった。向こうの方でも明らかに私が誰かがわかったようだった。そして私とおなじく、何も言わずにその場を立ち去った。

私の部屋の窓からは、そのあとすぐ神父が外に出てきて、冷気に身震いし、上着のジッパーを引き上げ、吸い殻を投げ捨てるのが見えた。彼はバイクにまたがり、遠ざかっていったが、その先には、もうマリアンヌがいない、そして赦しもなく、夏も彼方に去った苦い田舎の風景があった。私の記憶にあるバンディ神父は別人だといってもよい。

私が教理問答を習うようになった頃のことで、大人になって自分に能力があり、逞しく、何があっても動じないようになれば、ほかからの救いなどなくとも自分だけでどうにかなると思っていた。要するに私は子供で、しかも聞き分けが良い子だった。司祭のなり手が著しく減り、教区の地域的かつ精神的な一体性が危ぶまれる状態になっていた。ムリウーの教会では、おなじく村にある古き時代の聖者像を擁するほかの小さな鐘楼ともども、サン＝グソーの司祭が聖務を仕切っていた。司祭職にあったレルビエ神父は、考古学に造詣の深い温厚な老人だった。彼が亡くなり、バンディ神父がその後釜として来るという噂が流れた。本人の登場以前にいろんな話が聞こえてきた。良い家柄の人で、たぶんリモージュもしくはムーランの出だろうという話だった。とりわけ教区住民が警戒心とともに漠然と誇りに思ったのは、前途有望な若き神学者だが、反抗的なところがあるので、本気で司祭職に取り組む気があるのかどうかを確かめるためにも、あえてアレーヌ、サン＝グソー、ムリウーなどの片田舎に送り込んで教区民の教導にあたらせるのがよいとする司教管区側の判断があったらしく、まるで異教国（イン・パルティブス）の管掌に飛ばされるかのような話が伝わってきたことだった。彼が赴任したのは春だった。そして、聖母の石膏像の足元をリラの花束が飾っていたという私の記憶が確かだとすれば、たぶん五月だったはず、それはムリウーで最初のミサをあげる際の聖母像への祝福の徴（しるし）だった。私はまさしくブロンド煙草の香りがただようその場で、聖書が言葉によって書き記され、聖職者は神秘的であると同時に人びとの羨望の的になりうることを知ったのだ。

　ステンドグラスを通して内陣の階段に明るい光が溢れていた。戸外では無数の鳥が囀（さえず）り、リラのむせかえる香りは、さまざまな色に染まってステンドグラスそのものから強烈にたちのぼってくるように思われた。灰色の敷石の上に黄金の光の溜まり場ができて、その光を浴びたバンディが神の祭壇に入った。美しく揺るぎない姿で、しかも信徒に祝福を与える身ぶりはこのうえなく的確であり、腕を思い切りさしのべて、その先の離れたところにいる信徒の心までしっかりと摑んでいたのである。私はほとんど涙が出そうになり、ひたすら陶然とした気分になった、熱を帯びた言葉がいきなり冷えた教会内に流れ込んできたのは、あたかも鉛の盥（たらい）に銅球が投げ込まれたようだった。ラテン語の経文は意味がわからなくとも、体全体が驚いて揺れ出すほどに明瞭だった。ラテン語ゆえに各音節は力強さを増し、個々の言葉は俗世に生きる人びとが〈神の言葉〉に頭（こうべ）を向けるように命じる鞭となって響き、最後の部分の豊かな唱和は、まさに「主は皆の者とともに（ドミヌス・ヴォビスクム）」にさしかかったところで、金色の祭服を揺らして司祭が戻ってくるのに合わせて最高潮に達し、敵、群れ、富者、被造物のすべてを金縛りにする太鼓の通奏低音にひとしいものになった。そしてこの世のすべてが平伏し、降伏した。急に光が射し込んできても変化がない隅のあたりに、この緑なす平野の真っ只中にある教会に、さまざまな香りと色に包まれて熱く燃える言葉を口にし、神が造られた世界がなくても生きることができる誰かがいたのだ。柱と柱のあいだで、おそらくマリー＝ジョルジェットは気を失いかけたのだろう、あたかも約束のようにつぶやかれる応唱(レポン)に聴き入り、白いヴェールを頭にかぶり顔を白縮緬(ちりめん)で覆い、顫える赤き肉の唇だけになって、大きく目を見ひらき、バンディから目を離さず祝福の視線を投げかけるのだが、そのありさまはグレートハウンド犬が狩の主人を、あるいはその昔ルーダンで白衣姿のウルスラ会修道女がユルバン・グランディエを祝福した視線を彷彿とさせるといってもよかった。

　この日の説教の中身は覚えていない。でも、晦渋にして冴えわたったいつものバンディの説教とおなじく、束ねられた固有名が燃え上がり、鋭く響く個々の音節は絶対権力の崩壊、恐ろしい天使たちや古代の大虐殺、そしてたぶんダヴィデのことだったと思う（バンディはダヴィデの名の末尾の音を口蓋内ではじくようにして発音し、しっかりと最後を締めくくることで、王の威風をあらわす頭の部分の大文字の効果を強める、あるいは承認するというかのようだった）が、そのほかは、ダヴィデが晩年になって若き婢女(はしため)を求めたのは、死期が迫った年老いた殺戮者たる王のひからびた心に巴布(パップ)をするに似たものだとか、川辺で天使に出会い、魚を獲たトビー（彼はトビーユと発音し、子供だった私には犬の名としか思われない、どこか奇妙なこの語が口蓋摩擦音をひとつ余計に加え、長く引き伸ばされることで、高貴な響きをもって聞こえてきた）だとか、その運命が名前とおなじく斧と呻き声のカオス的な響きを発するアハブの破滅だとか、アブサロムなどで、そしてアブサロムは毒蛇のような子音の響きがこのダヴィデの息子の倒錯、もしくは彼の体を貫き通す投槍のようにシュッという音を立て、一本の大木に髪の毛が引っかかり宙吊りになったまま、鉛のフィナーレのように重く、追い詰められたその姿がうきあがるというわけだった。というのもバンディは好んで固有名、王たちの亡霊、あるいは殺戮の古き唄のルフランをもって攻め立てるのだが、懐古的な世界、あるいは脅えた世界のほかに固有名を撒き散らすにふさわしい場などはそもそもありえなかったのだ。

私の場合もまた、言葉によって思いもよらぬ遠くへと引きずられてゆく。私の言葉遣いが不器用なせいで、バンディのうちに破滅的な説教師や、ゴシック小説やその亜流を通じて流布された姿を見るようなことがあってほしくはないし、それは見当はずれというべきものだ。彼はひとを怖がらせたりはしなかったし、狙いは別のところにあった。宥和をめざす彼の倫理は、凡庸なルター派の牢獄ではなく、むしろカトリック教徒の戒律ゆるやかな庭へと誘(いざな)うものだった。災厄の話は脅しとして用いるのではなく、彼が「エジプトの七つの災い」の話をすると、正当な天の裁きというよりも刺激的でミステリアスな過去の事件みたいで、「膝の腱を切られジュミエージュに流された兄弟」あるいは「サルダナパール王の死」などと同じ種類のものになるのだった。彼が世界を手懐けようとしたのは自分なりに目指すものがあったからで、特定の人間を傷つける意図はなく、ただひたすら言葉の運用能力をもって語と語の完成をめざす姿には、教訓話にまとめようとする偏向など見られなかった。そして彼はこの世が悪だとは考えていなかったはずで、それどころか、この世は圧倒的に豊かで奇跡的であり、その豊かさに応えるには、渾身の力をこめてごく細部に到るまで言葉の贅をつくす、あるいはこれを付け加える以外にすべきことはない、つねに挑戦しなければならないと考え、その傲慢さこそ彼を動かす動機となっていたのだ。

「あのひとは自分の話に聞き惚れている」と祖母が口癖のように言っていたのは、白縮緬とスミレの花束の年頃はとっくに昔のものとなっていた頃だ。たしかに祖母の言う通りだ。自分が口にした言葉がこだまのように響くのに酔いしれ、言葉が女たちの肉体、子供らの心を揺り動かすのを見ると彼の心も動くといったぐあいで、結局のところ、みんなの心を征服してしまったのだった。すべてにわたって完璧な彼のミサは誘惑のダンスといってもよかった。ミサでの固有名のきらめきは、鳥が得意そうに羽をひろげて見せるときのようだった。完璧なまでに耳に快いラテン語の響きは、時節によって変化する色、つまりキリストには白、殉教者たちには赤、そして普段は明るい野原のように控えめな緑というのが決まりの祭服、輪郭のはっきりした茶褐色の男性美、自然の恵みとして彼にあたえられた美を補完するものだった。彼はいったい誰を誘惑しようとしていたのか。神だったのか、女たちだったのか、彼自身のうちに潜む誰かだったのか。たしかに彼は女たちを愛していた。たぶん神を愛してもいたはずだが、恩寵は富める人びと、見事な語り手にしか与えられないと信じたうえでのことだった。そして自分自身を愛していたのはまちがいない。つまり教会では祭服に身をつつみ、外ではバイクに乗り、美しい愛人たちばかりか神学をほしいままにしていた彼自身を。

ようやくミサが終わった。最後の祝福は最初の祝福とおなじく静かで厳かだった。マリー＝ジョルジェットには、自分が何を求め、どうすれば時間を無駄にせずにそれが手に入るのかがわかっていて、椅子が動く音がしはじめると、乾いた踵の音を響かせ、思い詰めたような表情で聖具室に向かったが、どんな口実を用意していたのかはわからない。われわれ子供らは、正面入り口から階段上の部分に出て、そこに座り込んだが、階段の一番下には大きく重たい黒のバイクがおかれ、それは誰も見たことのない種類のもので、たしかまだ物珍しい輸入BMWの一台だったはずだ。マリー＝ジョルジェットがまもなく外に出てきた。彼女のスカートがわれわれの頭上に舞い、彼女の香水、笑顔が夏に向かってひろがりだし私をとりこにした。彼女が広場を渡り終えないうちに、今度はバンディ神父が姿をあらわした。彼女は振り返って神父を見つめた。神父は彼女の方には目を向けず、少し瞬きをして、ひどく驚いた様子で木々の葉から屋根へと飛んでゆく一羽の鳥を目で追った。彼はブロンド煙草に火をつけた、ムリウーでは見られなかった贅沢、ほとんど典礼的で女と聖職者の匂いがする香りだった。彼は何度か煙草をふかし、それを投げ捨て、ブルゾンの胸のボタンをしめ、その形容しがたい身ぶりは、かつて狩の際に領主らが見せたものに似ていて、思い切り両手をひろげ、僧衣姿のまま体の重みをすべて軸足にゆだね、巨大なバイクにまたがり、そして姿を消した。マリー＝ジョルジェットは振り返り、その瞬間に彼女の家のフジの紫色の影が服の上に踊ったかと思うと、彼女の姿もまた見えなくなった。明るい光がそそぐ大きな広場には、三、四人の平凡な農民が立ち尽くしたまま、まるで神話の光景に出会ったかのように驚きに目を丸くしていた。つまりピアフの唄から抜け出たようなバイクに乗って、口元は金色で横顔はアポロのような司祭が通り過ぎて行ったというわけだ。

彼はほとんど十年近くサン＝グソーにいた。彼がその地を離れるときには、私は思春期をむかえていて、こちらもまた彼とおなじく女たちに自然と心をときめかすようになった。彼の興味の対象は考古学ではなく、むしろ若い女と聖書であり、結局のところ、姿をあらわさぬ〈父〉、かつて〈書〉を書き記したその〈父〉と、はっきり姿をあらわし、ありありとした存在が感じられる被造物の究極のかたちをなす女たちを両脇におき、この世には彼自身、つまりとてつもない魅力と弁舌の才があり、〈父〉が不在であっても、女たちの内在をもってこれを称える〈息子〉のための場しかないとたぶん思っていたのだろう。彼は聖地への旅のお土産として持ち帰ったスライドの上映をしてくれたが、司教区の上司とのもめごともあった。でもその詳細はわからなかった。彼は何も洩らさなかった。たぶんマリー＝ジョルジェットか、その当時の彼の愛人だったほかの誰か（彼女らはみな美しく、男好きで、お洒落で、彼が担当していた五つの教区のどれかに属していた、つまり片方の手の指で数えられる以上にはいなかったということにもなる）たぶん彼女らのうちの誰かに聞いてみれば詳しいことがわかるはずだが、みんな歳をとって忘れてしまったか、しゃべりすぎて記憶が歪んでしまったかのどちらかだろう、つまり何度も季節がめぐり、この田舎の土地が静かに彼女らを屍衣で包み込んでしまったのだ。

彼は聖座の許可を得て僧衣を脱ぎ捨てた最初のひとりだった（そういうわけで、バイクのエンジン音をとどろかせる前に、司祭然として十字軍の出陣に向けて馬にまたがる、あの筆舌に尽くしがたい彼の身ぶりをもはや目にすることはなかった）。彼はエレガントだった、服はきまってグレーだが微妙な色のちがいがあった。糊の利いたカラーの上にスカーフを巻きつけ、頭の天辺からつま先まで、いかにもバイク乗りらしい装いだった。それでも祭服の約束事はきちんと守り通し、不変不朽の複雑なしきたりを破ることはなかった。五旬節には、使徒たちに授けられてもバンディには授けられることがなかった揺るぎない炎のごとく燃え立つ赤、晩冬に羽織る紫はクロッカスの最初の花を誘い、リラの花を予告するものだが、その花の香りを嗅ぐことはたぶん彼にはもうないだろう。それに加えて四旬節の第三日曜日の淡い赤、女性の下着のように繻子の艶をおび、模様が入った淡い赤がしきたりだった。ミサをあげる際、すでに触れたことだが、彼は言葉の響きの正確さ、高位聖職者を思わせる朗々たる響き、それを飾るごく控えめな身ぶりを義務のようにして守り通した。彼の言葉は、このうえなく美しく響き、語の難解さゆえにさらに磨きがかかり、アレーヌ、サン＝グソー、ムリウーなど田舎じみた聖人像やら動物の治療師像を擁する教会内で十年にわたってそれがこだました。私は秘められた彼の怒りを想像してみる。言葉の意味をまったく理解しない敬虔な面持ちの農民、そして心を奪われた田舎女を前にして、労働者の集会で聴衆を呆然とさせる哀れなマラルメのように、飾り立てた説教を朗々と唱えたときに胸の内にあったその怒りを。

ミサから解放され、バンディは天使ではなくなった。無口で陰険な人間でもなく、情熱家でもなく、重んじたのは単純素朴であり、慇懃（いんぎん）であること、そして彼はそれをうまくこなした。それでもひそかに手に負えない何かが奥にあった。つまり彼自身の言葉ということだが、あたかも指先で煙草を玩（もてあそ）ぶように、これを離れたところにおいて扱っていた。そしてまた、やはり何か暴力的なものがあったのかもしれない、怒ったようにバイクのスターターを踵で蹴るときのように暴力的に抑え込まれた何かが。（農民が死ぬと彼は埋葬に立ち会った。人びとが苦しむのを見るときの彼は無邪気だったのか、それとも不機嫌だったのか、いずれにせよ不器用だったのはまちがいない。五月の夜には夜鳴き鶯の声を聞き、麦が緑になる頃にはカッコーの声を聞いた。セイルーの鐘のようにいつまでも鳴り続けるひび割れた鐘の音を聞き、ムリウーの鐘のように深々とした音を聞き、彼の教区全部の鐘の音を聞いた。野に出て刈り入れ作業をする人びとは、彼が白い衣をまとい十字架と棺桶のあいだを通って歩くときに挨拶をした。要するに彼は渡鳥のような人間だった。巨大な夏の手のなかにおさまるちっぽけな肉体は、棺を抱えて運ぶ者たちとおなじくその白衣の下で汗をかいていた。彼の心はこれに動かされたのだろうか。私はそうだと思う。)

教理問答は懐かしい記憶だが、昼休みに聖具室の澄んだ空気に包まれるだけで何も学ばなかった。聖具室のバンディは愛想がよかったが、それでも傲慢で厳かに見えた。われわれみたいな無骨な田舎の餓鬼などに甘い期待を寄せてはいなかった。つまりベルナノスが描いた司祭とは違っていたのだ。私が何か馬鹿なことを口にしたときの彼の目を覚えているが、その青い目は冷たく鷹揚であっても、憐れみなど見せず、最悪の場合を予想しているようだった。

夏の盛りに生じた出来事を覚えている。おそらく六月だった。夏休みが近くなり、漠たる欲望がふくらむなかで、ミツバチが菩提樹の花弁に落ちて花粉に酔うように、子供らの意地の悪さも強まる一方でそんな自分に酔うまでになっていた。リュセット・スキュデリーもやってきて、われわれのような怒りっぽく、すぐ笑い出す活発な子供らと一緒になった。見るからに哀れな娘で、十歳になっているのに、満足に言葉がしゃべれず、ことあるごとにほっそりした手をあげるのは、ぶたれないように身を守るためで、それはあながち彼女の純然たる思い込みというわけではなく、途方に暮れる顔に涙をためて、そうでなければ呆けた笑いを見せるだけで、それだってどうにも我慢できない種類のものにはちがいなかったが、透き通るように色白の肌の顔には不似合いなまでの可憐さがあり、われわれが辟易したのもそのせいだった。つまり、このような可憐さが精神薄弱や痙攣と同居しているのは、悪辣なことをやってもよいと天に許されたも同然と思えたのである。その日はひどく暑く、神父はなかなかやって来なかった。私たちは教会の正面階段で彼を待っていたが、卑猥な言葉や悪ふざけで日頃の鬱憤が晴れるわけでもなく、膝の裏にあたる冷たい石の感覚も欲望を抑えることはなかった。そんな鬱屈した感情はまもなくリュセットに吐け口を見出した。リュセットの髪は彼女とおなじく惨めな母親の手で、華奢な二つ結びのおさげにしてブルーのリボンがこれを結いていたが、彼女はこれが自慢なのか、しょっちゅう手で触って甲高い声をあげるのだった。われわれはその二つ結びをバラバラにほどいてしまった。むしろ拳でこれを破壊したといったほうがよいだろう。われわれは野原に向かって駆け出し、ちっぽけなブルーの戦利品を空中に躍らせ、笑い声をあげた。リュセットは腕をバタバタさせて泣き出し、そのまま階段の日陰の部分をふらふらと歩いたかと思うと、突然、口をあけ、瞳孔を大きく見開き、知性の恵みに見放されていたのが一瞬元に戻ったかのように視線が定まった。彼女はその場に倒れ、口から泡が出た。

彼女は激しい発作に身をよじったが、それが初めてではなく、そばで同じような光景を目にしたことは何度もあった。そこに神父があらわれた。急ぎ足で二歩ばかり、と思うと暗い姿がもう頭上にあり、感情を押し殺した美しい顔がわれわれを見下ろしていた。彼は立ちすくみ、子供のように驚いたまま、言葉以上に強い必然から痙攣するその顔、泡を吹く唇の顫え、強い照り返しを受けたその白眼を見つめた。彼は落ち着きをとりもどし、夢でもみているように、ハンカチを取り出そうとしてポケットを探ったが見当たらなかったので、私が手に握ったままでいたブルーのリボンをとりあげた。彼はかがむと、ニコチンだらけの指で、顫える唇をぬぐった。指についたあの芳しい香りは、いまなお「聖油」、「芳香」、「聖なる塗油」などの言葉を思い起こさせる。昔の絵に描かれているように、聖者の能弁な口元から空色をした巻物の細い帯が繰り出されてゆくみたいだった。イラクサの白い花々のなかを飛び回る一匹の黄金色の紋黄蝶が、しだいに落ち着きを取り戻す子供の頭をかすめて飛んでいった。完全に静かになっても心が裂けたままのその子を腕に抱え、母親のもとへと向かって神父が立ち去ったあと、涎に濡れたリボンは緑の草むらに落ちたままになっていた。

教理問答のあとで、私がひとりで聖具室に戻ったのは、学校の先生からの伝言があったのを忘れていたか、あるいは出欠表にサインしそこなっていたのだろう。私が近づく物音が神父には聞こえなかった。低い窓に両手をつき、少し背を丸め、遠くの田園風景を眺めているようだった。何かを話しているのだが、無防備で、たぶん何かを訴えるような、あるいは驚いているような声だったので、私はその場に凍りついた。途中で私がいるのに気づいたようだった。私の方をふりむくと、驚いた様子はなく、田園風景のなかの一本の樹木、あるいは教会内の一脚の椅子を相手にしているようにこちらを見つめながら、前と同じ調子で話を締め括った。いま思うと、こんな言葉だった。「野の百合を見よ。それらは種を蒔くことも、紡ぐこともしない。だがソロモン王はその栄光に包まれていても、野の百合ほどに立派な着物は着ていない」。彼は出欠表にサインし、家に帰るように言った。

バンディは病院と関係の深いサン＝レミ村の司祭だったという話を聞いた。リュセット・スキュデリーの方もラ・セレット病院で姿を見かけた。彼女はだいぶ前からここにいて、病院を出ることはないだろう。私を見ても誰だかわからないようだった。苦しそうな大きな目をして唇が垂れ下がった顔からは、かつてあった美しさは消えていた。記憶なき彼女にとって、時間は、発作と発作の合間を意味するだけになっていて、子供じみたリボンと六月の記憶もその重みを失っていたはずだが、その彼女にも幾年もの歳月が降り積もっていた。以前、小さな教区で一緒だった私たち、つまり将来は司教職を約束された若き司祭、洋々たる前途があるはずの元気な少年、未来なき精神薄弱の少女の三人がここに流れついたのだ。昔は未来があった、そして現在が私たちを結び合わせた。みんな対等であり、そうでなくとも、ほとんど似たりよったりの状態だった。

　十一月のある日の午後、サン＝レミまで出かけたのは、煙草屋の奥に売れ残りの「セリー・ノワール」叢書〔ガリマール社刊行の推理小説シリーズ〕のストックがあり、それも角が折れ、表紙には蠅の糞がこびりついた状態だったが、毎週そこで新たに手に入れることにしていたからだ。村までは数キロの道のりで、天気のよい日は散歩も魅力的だった。栗林と古い花崗岩のあいだを縫って進む道があった。小高い丘の中腹を通るとき、その天辺には三つの木の塊があって丘の頂上が三つに分かれているように見えた。地元の人びとがつけた「三本の角の山（ピュイ・デ・トロワ・コルヌ）」という呼び名からは、馴鹿（となかい）時代に描かれた鹿の神の連想が生まれたが、その絵は地中に埋もれてしまっていて、どこからが幹でどこからが根なのか見分けがつかない巨木の森のほかに目撃者はいない。街道脇には、飛び出す鹿の絵が描かれた標識が立ち、フィクションの獣、化石化した獣、神になった獣への注意をうながしていた。森を抜け出ようとすると背後で私を呼びとめる声がした。栗林から重い足取りで出てきたのはジャンだった。私は彼が近づくのを待ったが、うれしくはなかった。

彼には親近感を覚えていたが、惨めな連中の仲間だと村人に思われるのは嫌だった。失寵と破滅だけでじゅうぶん、告白は勘弁してもらいたかった。私に合流したジャンは、あそこの連中のなかではましな方だった。むしろ温厚な方で、ある程度親しくなれば、執拗に、陰鬱なまでに忠誠をつくす男だった。仲間のひとりがサン＝レミで彼を待っている、帰りがけに村のカフェで落ち合う気があれば、行きも帰りも一緒になれると彼は言った。あえて断るほどのことはなかった。私たちは並んで歩いた。彼は黙りこくっていて、角張った頭は重い肩に埋まっていた。時々うなり声が聞こえ、彼の拳に力が入った。私は横目で彼を観察した。彼の怒りがどのようなものかは知っていた。つまり彼は母を亡くしたところで、それまで長いこと結婚せずに母と一緒に暮らしていたのだ。母の喪だけではなく、長年におよぶ田舎じみた諍い(いさか)がおまけとして接木されたのだ。長いこと彼と仲違いをしている農場の隣の住人らが、夜になると疲れを知らない母の遺骸を掘り起こし、彼の家の井戸に投げ込みにくる、あるいは堆肥の下にこれを埋め、豚小屋の飼槽に飼料としてこれを放り込み、雌牛の鼻先にこれを寝かせたりする。連中が夜を徹して続ける身の毛もよだつ作業のせいでドアが軋み、犬が吠え、風が巻き起こるのに彼は耐え、夜が明けるのを震えて待つのだった。日の出とともにようやく明るくなりはじめると、いたるところで亡霊が辱められ、半ば食いちぎられ、頭に鶏が乗せられ、ツタが手足に気味悪くからみつき、熊手が顎に突き刺さっているのを彼は目撃する。様子を見に来た憲兵らを道に迷った墓掘り人夫、敵方に雇われた者だと思い込んだ。そして封土を授かった死者を冒瀆する連中、偽の憲兵と偽の隣人たち、異様な風体の葬儀人夫すべて、墓の狂信者すべてを敵に回して、彼は歩きながら拳を天に向かってふりあげ、声を押し殺して、樹木に、お門違いの周囲の空間に向かって悪口をあびせるのだった。たしかに哀れではあるが、心のなかでは滑稽だと思った。私にだってロワール地方で旅行者を相手に似たふるまいをした二カ月前のサンセールでの出来事があったが、執筆の邪魔になって原稿が書けないといって彼らに悪口をあびせたのだ。

煙草屋では、前から目ぼしをつけていた「セリー・ノワール」叢書のなかから読むに堪える本を選び出すのに手間取った。表に出ると、冬の日が早々と暮れていた。空には星がきらめく澄んだ光があった。傲岸なめまいが私を襲い、心から溢れ出るものがあった。天空の超自然的な存在が見えぬまま、あれほど追い求めても〈恩寵〉がえられないのは、おめでたいかぎりだと思った。つまりそれが私に与えられると思うのは〈恩寵〉を汚すもいいところなのだ。マリアンヌはすでに遠くに去り、凍りついた美しい夕べには、痛ましいまでの天の空虚と私を分け隔てるものはどこにも認められなかった。私自身がこの冷気であり、この荒んだ光だった。子供がひとり口笛を吹きながら通り過ぎ、間抜けな顔を小鴉に向けるこの文学崩れのごくつぶしに嘲笑的な視線を投げた。恥と現実が戻った。私は女を抱きたいと思い、その女(ひと)が私に目を向けてくれればと願い、夏の野に白い花が咲いているのを見たいと思った。ヴェネツィア画派の絵にある緋色と黄色に輝く緑になりたいと思った。俗悪な本を小脇にかかえ、薄暗い村を急ぎ足で歩いた。村でただひとつのカフェ、ツーリスト・ホテルの侘しい灯りが広場の奥に揺れていた。フォルミカのテーブルが並ぶ陰気なホールに足を踏み入れると、床はさんざん水洗いされたあげく白っぽくなっていた。いくらエキゾティックな趣があるとはいえ、蒼く光るジューク・ボックスのあたりにただよう強い堆肥の匂い、典型的な場末のカウンター、たっぷり贅肉がついて疲れ切った様子の女主人の頭上に点滅するテレビの目玉など、どれも救いようのないものばかりだった。泥の匂いがする押し黙った客がそろって顔をあげた。ジャンは目を輝かせ、バンディ神父と一緒のテーブルにいた。

二人のあいだには赤ワインのボトル一リットル分がおかれ、四分の三がなくなっていた。彼らの疲れた顔には、身を持ち崩した者に特有の色が不健康な斑点のようにあらわれていた。彼らが一緒に酒を飲むのは初めてとは思えなかった。

私は彼らのテーブルに近づいた。「あんたはピエロを知っているかい」とジャンが聞いた。

神父は何も答えず、曖昧に手をさしだした。あのときとおなじように彼は私を見つめた。私に見覚えがある様子ではなかったが、まったくの初対面というふうでもなく、たぶん単純に、そしてあえて、私を知らない人間だということにしたかったのだろう。相手は誰でも、彼にとってみれば、森の木、バーの椅子、野の花同然であり、責任能力のない彼の目の前にある責任能力のない物体でしかなかった。要するに、どれもが無駄でありながらも必要不可欠なものであり、すみずみまで知り尽くした舞台に出る手練れにしていまだに大根という、盛りが過ぎた役者、大地から生まれて大地に還る者なのだ。彼が見つめるのはその往還の動きであり、それぞれの人間、小さき者が、それをどう生きたかということではなかった。

それでも私の視線を受け止めた彼が、独自の運命をそこに認める気にならなくても、ほんの一瞬であっても、ひとりの子供が、舞い踊る言葉、魔術的な言葉、紋章となった言葉に衝撃を受けて涙を流して見つめるのを感じ取っていた若き司祭の眩い姿が、まるで光を受けたステンドグラスによみがえるように、その瞳になおも映っているのに気づいたと思いたい。私に限らず、すべての人びとのまなざしをそこに見た、つまり昔と今の違いがどうあれ、また学識があるのか、酔いどれなのか、弁舌に長けているのか、滑稽なまでに慈悲心に溢れているのか、その辺の違いはどうあれ、「司祭様」であることに変わりないそのひとに向けられるまなざしをその瞳に認めたと思いたいのである。彼の視線はそのあと例のボトルに戻り、みずからワインをジャンについだ。ステンドグラスに鉛がかぶさった。彼の視線はそれと同時に雪のなかに埋もれた。司祭様はただの年老いたジョルジュ・バンディに変わっていた。「乾杯」を口にするジャンの声には、鋭い陽気さがあった。司祭は大きなグラスを細心の注意を払ってしっかり握り、まるで黄金を飲むようにして一気に飲みほした。

私は立ったまま、居心地の悪さを感じながら、自分も食わせ者だが、もうひとりの食わせ者の仮面を思い切って剥ぎ取ることができぬまま待っていた。あるいは食わせ者ではなく、聖人だったのかもしれない。私はジャンにそろそろ出よう、夕食の時間に間に合うように帰らなくてはいけないとためらいがちに言った。それにまたボトルはすっかり空になっていたので、彼らは席を立った。神父はカウンターまで行って勘定をすませたが、腰回りがだぶついた安物のジーンズ姿で、泥まみれのブーツが、宣教師らが履く膝から下が細身のズボンのように見えた。頑固に背を伸ばす彼の体を包むコーデュロイのハンティング・ジャケットは、この地方の農民がサン＝テティエンヌ工場に頼んで作ってもらうもので、裏側にポケットがあり、鹿の角が浮き彫りになった金属ボタンがついていた。彼は歩き始めたが、綱渡り芸人のように、周囲はどこも奈落の底だというのに何も目に入らぬふりをする酔っ払い特有のこわばった動きだった。ジャンは、生気のない女主人から神父が釣り銭を受け取ったのを陰で指さし、おどけたふりで敬意をあらわしてみせた。そんな自然な様子はこれまでみたことがなかった。喪の重荷がなくなり、ほとんど誇らしげだといってもよかった。神父はにこりともせず、テーブル客と握手をかわし、先に出口に向かった。星がきらめく空を彼は見上げた。「諸々の天は神の栄光をあらわし（カエリ・エナラント・グロリアム・デイ）」というわけだ。人を寄せつけぬ雰囲気の口元にヴァージニア・ブレンドの煙草が見えたが、とくに何かを引用する言葉がその口から洩れることもなく、マリー＝ジョルジェットのように彼に夢中の女や、ダナエのように黄金の雨に体をひらく村の女らの裸の胸にその口が触れたのは昔話になったと私は思った。言葉にしろ、接吻にしろ、かつての彼があれほど口で触れて味わった贅沢なもののなかで最後に残ったのは、すぐに灰と化すこの痕跡、先端が金色で女の香りがするブロンド煙草だけだった。

　彼はブーツで吸い殻を踏み消し、われわれに会釈した。彼のバイクは粗末な漆喰壁に立てかけられていた。彼はハンドルを握る手に力をこめ、バイクにまたがり、相変わらず空の星を見るように、ことのほか頭を高くあげたまま、そして盲（めし）いた無数の眼球、ほとんど人間の目といってよい星々が見守るなかで墜落するのは御免こうむるというかのように、エンジンをかけようとしてペダルを踏み込んだ。バイクは少しばかりジグザクに動いて、彼は転がり落ちた。ジャンは目を大きくひらいて少し笑った。神父は地面に両手をついて顔をあげたが、空の星、すなわち澄み切って冷たい星、天地創造とともに作られた星、三博士の導き手たる星、白鳥、蠍、雌鹿とその子供たちなど、さまざまな生き物の名をもつ星、素朴な花々とともに穹窿（きゅうりゅう）に描かれた星、祭服の上に刺繍された星、子供らが銀紙を切り取ってつくる星、そんな星のどれも揺れ動くことはなかった。酔っ払いがひとり倒れても、星々の無限の物語にその挿話が付け加えられることはない。神父はどうにかこうにか自力で立ち上がったが、ワインの力がもたらす地面の揺れをそれ以上こらえることはできなかった。バイクを脇におくと、こわばった足取りで、夜の闇のなか、世界の果てにあるこの村の路地に向かっていった。「主の前で大地は揺れる、酒に酔った人間のように」。すなわち彼は主のまなざしであり、大地の揺れであり、そしておそらくは、かなりの歳月を経て、ここで、ひとりの人間になったのだ。彼の姿はもう見えなかった、夜の闇を通して、またしても機械音がした。おそらくまたしくじったのだろう。

　帰り道は足早に歩いた。ジャンは陽気で、さかんに生家の話をした。亡霊の話は出なかった。要するに、休みなく邪険な母を生き返らせようとする墓の彼方のあの陰気な墓掘り人の話をまともに受け取るのは医者だけだったのだ。医者らは最後は説得に成功したのだろう。死者はたしかに死んだのだと彼に告げたのは神父であり、彼にはそのあたりの事情がわかっていたのだ。段々と調子がよくなっている、夏のサン＝ジャンの祝日には神父の家に行くんだ、そしてわれわれも神父と一緒にハムを食い、友達みんなを集めて、風通しのよい台所で延々と酒を飲もう。森を通り抜けるあいだ、ジャンは黙り込んだ。

月が出ていて、背の高い木々のあいだに月の光が踊ると、あちこちに白樺の亡霊が浮き上がった。夜の闇のなか、冷えた標識の上で絵になった鹿がいつまでも飛び跳ねていた。ずっと昔、僧衣をまとうケンタウロスがバイクにまたがった姿を思い出した。その頃の彼は、優雅で、香水の香りがする女たち、彼が言葉の力で征服したその肉体しか目に入らなかった。それから私が知る由もないある日のこと、女への信仰は失われてしまった。信仰、それはたぶん美しい女たちに好かれたいという思いだったのであり、この点ではドンファン以上に強い信仰を持つ者はいない。そして不意の驚きとともに、たぶん恐怖とともに、鳥の飛翔あるいは癲癇(てんかん)を起こす少女がもたらすあの驚きとともに、彼は別種の生き物が存在していることに気づいたのだ。歳を重ね、われわれ誰もがこうした存在、つまり樹木や、狂える人間にしだいに似てくると悟ったのだ。もはや美男の司祭でなくなったとき、笑いさざめく女たちが年老いた司祭に見向きもしなくなったとき、彼が自分の近くに呼び寄せたのは、別種の存在、つまり恵まれぬ者たち、言葉を失い、魂ばかりか肉体さえも満足に与えられていない者たち、異様なまでに片隅に追いやられ、だからこそ〈恩寵〉に救われる見込みがあると言われたりもする者たちだったのだが、ほとんど無一物になった彼らを愛し、彼らとひとしくあろうとするため、身の程知らずの発心の上にいくら絶望的な努力を重ねようとも、彼がその境地に実際に達しえたとは思えなかった。あるいは、私は間違っていたのかもしれない。残るのは私が実際に目撃した事実だけだ。教区の恐るべき子供、誘惑に長けた一筋縄ではゆかない神学者だった人間は、アルコール中毒の農民となり、気が触れた者たちの聴罪師となったのだ。

何か特別なことが起きたわけではなく、誰の身にも訪れるものが生じ、歳をとって、すべてが過去になるだけの話だ。彼はさほど変わってはいなかった――単に戦術を変えただけなのだ。昔の彼は〈恩寵〉を求め、いかに彼がそれを受けるに値するか、自分がいかに〈恩寵〉のように美しく、いかに〈恩寵〉のように運命的であるかを示すのにやっきになっていた。情念を内に秘めた擬態、ある種の昆虫が獲物をとらえるために自分を小枝に見せかけるように、彼は自分を神の使いに見せかけたのだった。彼は純粋な言葉の巣のなかで神の雛鳥が来るのを待ち構えていた。いまの彼は、おそらく〈恩寵〉は従順で換喩的であり、天にまで切れ目なく織りなされてゆく彼の正しき言葉の環を順繰りにたどってゆけば最後は礼拝者たる自分に届くとはもはや考えていないだろうし、むしろこれをえるには隠喩の強力な跳躍、語法に反した言い回しの皮肉な閃光の力を借りるほかないと考えているはずだ。つまり〈神の子〉は十字架に磔になって死んだのだ。この明白な事実の上に立って、バンディはろくでなしの酔いどれ、ほとんど唖(おし)同然の存在となって、自己を破壊しようと試みたのだ、彼が抱える空洞は言葉では表現しえぬ現前によって埋められるほかなかった。酒に酔った連中は〈神〉が、あるいは〈書〉が、カウンターの向こうのすぐそばにあると思いたがる。

　昔のバンディを知っているということには触れずにC医師に尋ねてみた。彼は鷹揚な笑顔を浮かべて言った。神父は無能だが、害のない人間だし、それに病人らは彼のことが好きだとも。神父は病人らと似たような育ちで、おなじような知的障害がある。おなじく無信仰だが、彼らに安煙草を買ってあげているのだと。治療の観点からしても、たがいに顔を合わせる機会が増えればよい結果につながるはずだとも言った。私はそれ以上に聞き出そうとしなかった。話題はノヴァーリスに移った。Cは笑いながら、サン＝レミ教会の屋根が崩れ落ちたのは、神父の怠慢からだと言った、それ以後、病院の患者で、それまでミサにゆくのを外出の口実にしていた者たちにしても、凍るように寒く、水浸しになり、鳥の巣だらけの教会にあえてゆこうとするのはごく限られた数になった。そして田舎の教会の話題をきっかけに自由な連想作用が生じたかのように、彼はヘルダーリンの初期の詩を引用したが、それは鐘楼のみごとなまでの青、ツバメの青い囀（さえず）りを語るものだった。私は、おなじくこの詩で、人間は〈天上の者たちの喜び〉を真似ることができる、そして「神的なるものにあわせて自分を測ることができて、そこに幸福がないわけではない」と言われていることを思い返すと、心が苦しくなった。そして「だがつねに詩的なかたちで人間は地上に暮らす」と誤った言い方がなされているのを思うと、心が明るくなり、そして自分のうちでもまた、ひとりの苦しむ神父とひとつの鐘楼が一連の連鎖を、引用の数々を、風を呼び寄せたことを思って悲しくなった。情念（パトス）の軍旗のもとに、私はC医師と一緒に馬を進めていたのだ。

　この話もそろそろ終わりに近い。
　食堂では窓際に座り、トマを前にして昼飯を食べるのが習慣だった。純真素朴で考え深げなこの小男が笑顔を浮かべながら、あくまでも奥まった場に引きこもろうとしている様子にそれまでは気がつかずにいた。服装がきちんとしているのにも気づいたが、その点では、目立たずにいる、あるいはよく言われるように、周囲にとけこもうとするごく普通の会社員と同じだった。彼は食事仲間への気遣いを欠かさず、ほかの連中に料理の皿を回すときも礼儀正しく、そこにはすました様子もせかせかした様子もなく、好感がもてた。そしてまた、彼は筋金入りの無信仰者には見えなかったが、精神疾患の喜びや苦しみを口実として相手に媚びる様子もなかった。私たちのあいだで交わされる話は、政治、担当医師たちの人柄、テレビ番組などつまらぬものが主だった。ある日のこと、彼のフォークの動きが急に止まり、放心したような面持ちで喰い入るように窓の外を見つめていたことがあった、それもかなり長い時間だ。外には誰もいなかった。トマの顎が顫えていた、彼は呆然としていた。「見てごらん、みんな苦しんでいるんだよ」。彼の声が潰れた。私はおなじ方向に目を向けた。すると冬の微風を受けて、鋭い松の木が何本か弱々しく動いていた。ツグミが一羽いる。行脚僧のシジュウカラが何羽か、木から木へと飛び移り、無色の空が大きくひろがっていた。心の底から驚いた。なんという神秘を私に教えようとしたのか、それは私の目には見えていなかった。木々は、サン゠ポル゠ルーが言うには、言葉を交わすようにして、鳥たちを取り交わしている。いかにも人に好まれそうなこの隠喩が私の心に浮かび、笑いたくなったのは残念だが、皿をたたいて、私もまたこの苦痛を歌う、金切り声をあげて歌うこともできただろう、その苦痛は誰のものだったのか。私はゴンブローヴィッチの小説の登場人物になった気分だった。でも小説じゃない。私は狂人たちと一緒で、私たちは礼儀作法を守っていたのだ。

トマは先ほどの興奮とおなじように急に落ち着きをとりもどした。この冬の一角をとめどない苦痛でひっぱたいたばかりだが、もはやそこに目を向けることもなく、黙ったまま、彼は食べ終えた。私の方は、この荒れた地面に目が釘付けになっていた。何かがそこを通り過ぎていったのだ。木々はもはや名前がなかった、名前がなかったのは鳥たちもまたおなじで、さまざまな種が混じり合って私を驚かせた。これから言葉を受け取る生き物、あるいは言葉と理性を失う人間は、こんなふうにして世界を把握せざるをえないのだ。ジョジョは彼の守護天使との絆がとかれ、食事の真似事が散々な結果になったあとで、なんとも満ち足りない気分になり、この荒地に身を移して、バランスを取り戻す。バタバタ動く彼の哀れな腕が瞬間的に私の視野に入り込んできた。騒音とともに彼が接近すると、ナナカマドの木からスズメらが一斉に飛び立った。彼のかじかんだ拳が、またしても、どこもかしこもリングに見立ててボクシングの動きを見せたが、通りすがりに殴られる木々があり、噴水が彼をずぶ濡れにした。「〈煙を吐く鏡〉(テスカトリポカ)の神〔アステカの神〕は蟹の足をもち、胸のところには大きな音を立てる両開きのドアがある」とふと思った。耕作地の片隅で異邦の神がよろめき、森のなかに姿を消した。私は食べた。ジョジョは普通の二本足で歩いて行った、彼を神だとすることもできたかもしれないが、ひとりの人間であることはまちがいなかった。

私は看護人らが好きだった、何事にも前向きな連中で、彼らと一緒にトランプ遊びのプロットをやって勝ち負けを競った。トマの病気がなんだったのかは彼らが教えてくれた。トマは放火魔だったのだ、そして樹木を攻撃対象にしていた、たいていは乾燥しきった時期だった、看護人らは消火器をもって庭のあちこちを駆け回らなければならなかったという。彼らは事態を哲学的に受けとめた。陽気で、どんなことがあっても驚かなかった、そして彼らの笑いは、ほんとうのところは慈悲深いものだったと思う。無限に妄想的な言葉が絡みあう状態に素直につきあうという点において、妄想的な言葉を冷たい彫像のまなざしをもって見る特権があると考える医師たちとは完全に違っていた。そして看護人と精神科医との関係は、マルクス兄弟の映画と週刊誌の文化欄の記事との関係に重なっていた。つまり前者は、真面目じゃない、意地悪で、役に立つ、本質に触れているというわけだ。看護人らと一緒になってトマの無軌道ぶりを私は笑った、マルクス兄弟のひとりになり、手に汗握りマッチをもって夏の夜の闇に紛れ込んだ恋する男、あるいは殺人者といった役回りだが、同僚らは思いっきり水をぶっかけ、ずぶ濡れにして笑い転げている。それでも私たちには、それほど単純な話ではないとわかっていた。トマはどんな人間が相手でも、またどんな事物を相手にしても、かぎりない慈悲心をたぶん抱いていたはずだ。そのせいで身動きできなくなり、涙も不安もその説明ができなくなると、彼は刑吏の側に立ち位置を移して、束の間の火事の真似事であっても、身動きできない状態から解放されるのだった。燃えさかる悪魔祓いの光景に向き合い、神が生贄の匂いを嗅ぐようにして、赤くなった樅木に鼻腔をさしむけて匂いを嗅ぐと、ごく平凡な会社員の顔は〈雷の担い手〉たる者の栄光に包まれ荒々しく輝くのだった。彼はヘッドライトに金縛りになるあのウサギだった。ウサギを殺す松明走者だった。そしてこの二通りの交換可能な役割に挟まれてパニック状態に陥ってしまい、軽口をさかんに飛ばして、母親のように面倒見がよい看護人らが彼を部屋に連れ戻したときもなお体を震わせていた。そのほかの点では、すでに言ったように、彼には慈悲心があった。死すべき種族がこの世に出現して以来、赦しを奪われたままの状態でこの世にあるのを鎮めようと思ったのかもしれない、メロドラマの枠外に出て、世界を消し去ろうと望んだのかもしれない。この世のすべてが彼には哀れに見えた。〈所産としての自然〉はできそこないだった。

野の百合を見つめる彼独自のやり方がそこにあった。

一月のある日曜日、私の部屋のガラス窓に生き生きした夜明けの光が入り、私は朝早く起きた。この昇りゆく日輪、分裂症的あるいは病を装う、そしてその両者であるような人間たちすべてが湯気がのぼる食器を手にして食堂を行き交い、そして席につき、あてどない空虚感に打ちひしがれ、ゆっくりと食器へと口を近づけていた。きちんとした身なりの者がたくさんいた。トマもそのひとりだった。彼は半ば冗談のようにして、ミサに一緒にゆかないかと誘ってくれた。私は言葉を濁した。何年も前からミサには行っていない、私は昔もいまも無神論者、それも確信があっての話ではなかった。それにまたミサでは、きっと退屈してしまうと言ってみたが、なぜぐずるのか、本当の部分には触れなかった。つまり頭のおかしい流浪の一団と一緒に村にゆくのが恥ずかしかったのだ。すると彼は私の気持ちを察したのか、まっすぐこちらの目を覗き込んで、苦しそうに、そしておずおずとこう言ったのだ。「一緒に行っても大丈夫、ミサにはわれわれしかいないから」。われわれ、つまりふざけるのが好きな連中、いかさま師、あらゆる種類の怠け者というわけだ。私は恥ずかしかった、思い直して、トマに合流した。

囚人の一団に監視人が張りつくように、看護人がひとりついていて、楽しい道中になった。いずれも劣らぬ、偏執狂の面々、異端の主唱者たちは、めいめいが鉄球を引きずり、黄色の高僧帽をかぶり、〈真なる十字架〉へと向かってゆくのだ。先頭には、重度の精神疾患を病む者たちが早足で歩き、他の者たちに比べてあまりにも進むのが速いのは、めざす目的地がどんどん遠くに見えなくなるので、先を急がねばと焦るからだった。彼らが吐く息が空中に消えて行った。曲がり角の先で彼らの姿が見えなくなり、森に入ると彼らの話し声は止んで、生き物たちの囀りが凍てつく大気のなかでもっと純粋になるのに同期した。それから鳥たちが飛び立ち、それからまた足を引きずって歩く集団の姿があり、愚かな悪口雑言、笑い声と人を驚かせる言葉が聞こえ、すると息を切らした看護人が、その集団をわれわれ本隊へと押し戻す。この惨めな行列のしんがりで、私はジャンとトマに挟まれて歩いた。一方には聖母の永遠の復活を奉じる気まぐれな狂信者、もう一方には天地創造の失敗を泥酔した神という大いなるパパのせいにする暗鬱なカタリ派がいるというわけで、そのあいだに身をおく永遠の息子たる私は、薄まった〈恩寵〉を求め、父はおらず、女たちには逃げられ、〈神の子〉の〈父なる神〉の胸元への永遠回帰、および被造物の胸元への血まみれになった永遠の拡散を讃えに赴くのだ。それもありだろう。いまほど寛容ではなかった別の時代なら、火刑台へとまっしぐらに向かう運命にある三人組だったのかもしれない。そのすべてが弱々しい笑い、冷たい銀色、一月の太陽のもとにあった。

われわれは目的地に近づいた。家々の屋根に光が反射し、谷間の村がわれわれの前に姿をあらわした。しだいに眺望がひらけ、鐘楼の鐘が小さく鳴っていた。C医師とトマが言ったのは本当のことだった。すなわち、鐘が快く悲しく響いても、ひとが供犠の悲しみや再生の快活さに参列することにはならない。広場にいる者にしても、教会の階段にいる者にしても来ようとはしない。一面の青のひろがりを鐘の音がむなしく揺り動かすなか、サン＝レミの鐘が毎週日曜日の朝に呼び寄せるのは教区民といっても、正体が曖昧なこの一群、小突きあい、しょっちゅう小石に躓(つまず)き、言葉に躓き、路地を重い足取りでくだり、気まぐれな駆け足を広場にとどろかせ、泣き言をわめきながら教会玄関に呑み込まれてゆく連中だけだった。空洞の銅鐘、輝くばかりの気高い銅鐘は、われわれ全員が扉をあけてなかに入るまで鳴り続けた。鐘の下では普段の祭服姿の神父が手に縄をもち、忙しそうに、真剣に、踊り、飛び跳ねていた。

　私たちは派手な物音を立てて席についた。鐘がなおも何度か鳴り、音が止んだ。神父はわれわれのためだけに縄を手にして踊り、われわれを迎える役目をこの神の声に負わせ、それが終わるとこれを鎮めたのだ。それにまた、身廊部の損傷はかなりひどいものだったので、深く響く鐘の揺らぎにさらすのは無神経というべきだった。内陣の上方には、剥き出しになった枠組みが見えるだけで、さらにその上から光が落ちていた。黒ずんだ大梁（おおばり）が無垢な天空に浮かんでいるようなありさまだった。漆喰が剥げ落ち、聖具室のドアがあかなくなっていた。そして祭壇の裏側には、大きな亀裂が生じ、心に染みる青空がそこから見えた。石膏の聖像は、穹窿の下にあっても森のなかにいるも同然の夜の湿気から保護するために、頭巾をかぶせられていた。祭壇には、古びた緑の分厚いテント地の防水布がかけられていた。神父は真剣に、悠々と、幾体かの聖像の頭巾を取り除いたが、そのなかには聖ロクス、すなわちラシャの上着と下履き姿の傷を癒す者なのだが、腿に炭疽病（たんそびょう）の傷ができて、牛や羊がこれを一緒に舐めている姿があり、それから聖レミ、すなわち司教にして、古きカロリング朝の人びとのための学識ある聴罪師や、その他の聖者像があった。神父は、たぶん慎みからだろう、微笑んでいるようにも見えた。どんな気分でいたのかはわからないが、吹きさらしのこの内陣に暖房装置を運び込もうと、むなしい努力をしていた。最後は、防水布の端をつかんで、列席者の方に目を向けると、毎週日曜日に新たに繰り返される儀式に応じる用意があったのか、ジャンが急いで近寄り、もう一方の端をつかみ、二人がかりで防水布をひろげた。かつてモーゼは、休息の際に、イスラエルの民のなかでもとくに卑しいラクダ引きをおなじく呼び寄せ、束の間の共謀者を得て、箱舟に相当するテントを設置したのだ。この荒廃した場に、幕舎が出現した。バンディは階段をのぼり、そして語り始めた。

遥か昔もやはりそうだった、私は魂を奪われて苦しい気分になった。驚きだったが、安心した。すべて沈没しかかっていたが、難破にはそれなりの品位があった。至高なる身ぶりと至高なる言葉の勢いは失われていた。滑舌の悪さは完成の域に達していた。すり減った言語は相手が何であれ、誰であれ心に届かなかった。生気のない言葉が残骸のなかで息をつまらせ、裂け目から漏れ出していた。デモステネスのように、バンディはある意味で、口に小石を詰められたのだが、ただし結果はまるで逆だった。ミサは、宗教会議で定められた典礼改革に則り、まちがいなくフランス語でおこなわれた。だが、かつてのバンディならば、彼の母語が、竜巻を思わせる運命的な朗誦のふるいにかけられることで、まるでヘブライ語のように響いた記憶があった。いまの彼はおなじくフランス語から中途半端で透明で機械的な語法を引き出すのがやっとで、それは方言以下のもの、ついぞお目にかかることのない存在の虚しくも変化に乏しい虚辞的な粉飾でしかなかった。何世紀にもわたって使用されたあげくに薄っぺらに伸びきってしまった型通りの慣用句がうんざりするほど続くだけだった。彼があげるミサは、誰もいない大きな部屋で擦り切れたレコードが回転しているように聞こえた、あるいは料理に満足したかどうかをしつこく尋ねる給仕長のようだったというほかかない。

全般を通じて、気取りもアイロニーもなく、謙譲の装いも物柔らかな調子もなく、怒れる慎みばかりだった。仮面は完璧だった。そしてこの仮面のほかに顔などないとする努力は悲愴だった。祭服に飾り立てられていても、頸懸帯（くびかけおび）の扱いに苦労しているのは明らかで、祭壇の覆い布に接吻する際のぎこちなさは、都会育ちの花嫁、お化粧をしてデコルテの服を着た花嫁にキスをする田舎育ちの花婿を思わせた。ミサに先立つ祈りの際に次々と召喚される聖人たちは、彩色された石膏像のようで、聖母は私の祖母が敬っていたわが家の像のようだった。三位一体の三つの位格への言及、奇妙な輪舞のなかの曖昧模糊たる関係への言及は、あまりにもあっさりしていて、同時にどこかやりにくそうだったのは、列席者をいたずらに疲れさせたことを詫びる意味不明の弁解も同じだった。側壁が吹き飛んだこの身廊にあって、顔見知りの聴衆のために、たまたま僧衣をまとうことになったひとりの田舎者がみずから言葉の盗人たることを意識し、なんとか取り繕って、努力を重ねて仕事に慣れることで、一人前にミサがあげられるようになったわけだが、いまはその彼がいたずらに身をすりへらし、自分を奮い立たせようとしていた。

頭のおかしい連中はおとなしく座ってはいなかった――それでも、奇妙なことに、みんなそれなりの作法で列席していたのだ。彼らはバンディの側にある何かに興味をもった。かぎりなく相対的なこのミサは、野原で飛び跳ねるバッタ、木々の意味不明なつぶやき、腐りかけた果物の周囲に集まる蝿ほどにも彼らを怖気づかせはしなかったということだ。彼らは恐る恐る内陣に近寄り、曖昧で貪欲な手つきで低い鉄柵の鍵をはずし、翅鞘（ししょう）が顫えるのをもっとよく見ようと、風が木の葉を吹き飛ばす音を聞きとろうとして首を伸ばす。なかのひとりは大胆にも、乾いた衣擦れの音を立てる祭服に触ろうとしたあとで、走って席に戻った。帽子の下の顔は笑っていた。自分の大胆さに怯えつつも偉いことをやったと自慢気だった。看護人はこれを面白がっていたが、大声で彼をたしなめた。哀れな男は得意満面の笑みを浮かべたが、それはクラスで最優秀にして素行不良なる者の笑いだった。

神父は動じることなく、言葉が破産の憂き目に会うなかで、どこからか不意にあらわれ、臆することのない専制君主のごとき者たちを祝福していた。

彼は落ち着き払って私たちに向き合った、あの雪の眼がわれわれに触れた、彼は説教を始めた。それは御公現の祝日のミサで、三王礼拝を讃えるお決まりのものだった。私はこれとは別に、バンディの言葉が、王たる威風を三倍に強め、ひとつの星を追いかけながら、お供を連れた王たちの危うい旅と彼らの道標となる夜空の星の光について、神の子となって姿をあらわす神の言葉の傲然たるありさまの虜となったあの没薬(ミルラ)を携えた王たちの思い上がりについて、自由自在に語ったのを覚えている。彼はもはや三王の話はしなかった。神の言葉の受肉を前にしたときの王たちの全面降伏は、バンディには、つまりあの黄金の言葉をもってしても、言葉すべての情け容赦ない分配者でありながらも語ることなき者の心を動かしえなかった彼には、もはや無縁も同然だった。彼が語ったのは、冬、霜にくるまれたものたち、教会にいるとき、そして道を歩くときに感じる寒さのことだった。朝、彼は凍えた一羽の鳥を後陣で拾い上げたという。そしてオールドミスや涙もろい退職者のように、氷結に襲われたスズメらを憐れみ、飢えに貪り食われ、雪も砂糖のように飢えをつのらせるばかりで、怯えて、苦しげに唸り声をあげる老イノシシへの憐れみを語るのだった。さらには星の導きを知らぬ者たちのさまよえる旅、カラスの鈍い飛翔、逃げ道を失ったウサギの果てしなき疾走、夜、干草小屋のなかでいつまでも巡礼行をやめない蜘蛛のことを語った。神については申し訳程度の言及があっただけで、むしろ反語的な響きがあったかもしれない。以前のスタイルはすっかり消え失せていた。完璧なまでにうつろな説教からは固有名がことごとく抜け落ちていた。ダヴィデも、トビーも、あの驚異的なメルキオールも出てこなかった。句読点なき文、俗なる言葉の数々、紋切型、隠れた意味、白いエクリチュールに恥じることなく訴えるおめでたい様子。彼は「自分の言葉のフライパンの上で」読者を踊らせようとむなしく試みた大作家のように、そうした読者を介して天にいる大いなる読者の評価を求めることなく、ごく平凡な日常の言葉と俗謡の主題をもって、何もかも奪われた棄民のもとにおもむき、尻込みして本など読むことがない連中を相手にしようとしたのだ。神は必ずしも気難しい読者というわけではない。神にあって聞く力は、愚か者の鈍い耳をモデルにして作られているかもしれない。たぶん神父は、アッシジのフランチェスコのように、ただひたすら鳥や狼を相手に話そうとしたのかもしれない。というのも、言葉をもたぬこうした生き物に彼の言葉が理解できたなら、彼は確信をえただろう。すなわち〈恩寵〉が彼に触れたのだと。

カラスとイノシシの話は狂える人間たちの心を動かした。彼らは思わず笑い声をあげた。神父の言葉を思い思いに摑み取り、声の調子はまちまちだが、おなじく彼らもまた唱え始めたのだ。看護人は彼らを強く叱った。このドタバタ騒ぎのなかで、分裂症の何人かはいつものように不在と謎という彼らの天使的な象徴(アトリビュート)にすっかりくるまれ、表情を変えずに静かに祈っていた。私のかたわらでは、残酷なまでに顔を輝かせたトマが、黒ずんだ大梁に引っかかった空の端っこを見つめていた。デューラーが描く三王礼拝図の天使が遠くから彼に襲いかかってくるところなのだ。あるいはスズメらが羽毛を逆立てて宙を飛ぶのに合わせて、聖アントワーヌを誘惑するおぞましい亡霊どもが襲いかかってきたのかもしれない。そのすべてに関して、どこか判然としない恥ずべきもの、口にしえないもの、最悪に近い何かがあった。神父はミサを再開した。彼がパンを聖別すると、神の子が姿をあらわし、狂った連中が騒いだ。教会の扉が大きな音をたてて開いたのだ。敷居のあたりに風がどっと吹きつけ、アステカの神と思しきものが〈真なる聖体〉を見つめていた。

看護人は飛んで行って、手心を加えずに、この汚れた者をその場から追い立てた。連れ戻されたジョジョは、我を忘れ、だが怯えていて、ぶたれる犬みたいに恨みがましい泣き声をあげていた。神父は後ろを振り返った。彼は微かに笑っていた。

一九七六年の蒸し暑い八月の終わり、私は小都市Gをたまたま訪れ、本を探していた。いかなる〈恩寵〉の訪れもなく、ありとあらゆる種類の〈書〉のページをむなしくめくり、そこに手がかりとなるものを探していた。私はラ・セレットの看護人とばったり顔を合わせた。彼はかつての仲間のことを話してくれた。ジョジョは死んだ。リュセット・スキュデリーも死んだという。ジャンはどうも死ぬまで施設を出られそうもない。トマは普通の生活に戻されることもあるが、周期的に木々の呼び声に反応し、火を放って木々を解放するので、また施設に連れ戻されたりするという。「それで神父は」。看護人は笑ったが、明るい笑いではなかった。そしてこう語ってくれた。その前の週の話だという。

土曜日、バンディは小麦の収穫を終えた農家の人びとと一緒に酒を飲んだ。ツーリスト・ホテルが店じまいをしたあとは、司祭館に場を移して酒宴が続いた。夜が明ける頃になって、ひどく酔っ払った一行はサン=レミで騒がしく解散した。日曜日の朝、いつものようにラ・セレットの一行が出発した。ピュイ・デ・トロワ=コルヌの木々が空に向かって高く伸びる一番奥のあたりで、施設の者たちは、角の生えた動物が描かれていた標識のところに神父のバイクがおかれているのに気がついた。ジャンは森に駆け込んでいった。看護人があとを追いかけた。すぐそばの林間の空き地の境のところに、ブナの木に寄りかかり誰かが座っているように見え、ブナの木の影に覆われて、白い棘と踏みにじられたツタのなかにひっくり返り、手でシダをつかみ、粗織りのコットンのシャツは前がはだけていて象牙色の胸が見えた。神父は目を大きくひらいて彼らを見つめていた。死んでいたのだ。

夜明けとともに、栄光の空にくっきりと、そして酔いどれの唄のように軽く、緑に覆われたル・ピュイが彼を呼び寄せた。彼は森に入り込んだ。ブーツのなかで足が匂っていた。緑の影が彼の額に触れた。彼は煙草を吸っていた。飲んだ酒が彼の体を揺さぶっていた。柔らかな葉が彼の体を撫でていた。彼は驚いて一言二言口にしたが、何を言ったのかは誰にもわからない。何かが彼に応答した。永遠に似た何かだった。鳥の偶然の囀りに似ていた。一頭の鹿がそばに近づいてきて、急に荒い鼻息が聞こえたが彼は驚かなかった。雌イノシシが静かに近づいてくるのも見た。太陽がのぼるにつれて理性的な唄の力が強まった。その唄に次々と彼は聞き入った。地平線が明るくなり、下草のところには、オーカー色に染まった淡い赤の花のような羽毛、注意深い嘴（くちばし）と生き生きしたまん丸の目のカケスがいた。彼はおとなしい小さな蛇を撫でてみた。彼は相変わらずひとりごとを口にしていた。煙草の吸い殻で指が火傷した。

彼は最後の一服を胸の奥まで吸い込んだ。最初の朝の光を受けて、彼はよろめき、生き物の皮、一握りのミントを手に摑んだ。女たちの肉体、子供らの視線、無垢なる者たちの錯乱の記憶が頭をよぎった。すべてが鳥たちの唄のなかにあった。あまねく世の隅々までひろがる〈神の言葉〉の驚異的な意味の生成にくるまれて、彼は膝から崩れ落ちた。彼は顔をあげ、〈誰かわからぬ相手〉に感謝した。ようやくすべては明確になったのだ。彼はまた倒れ込んで事切れた。

あるいはそれは本当の夜明けではなかったのかもしれない。鶏があっけにとられて啼(な)く、あたりに響くのが自分の声だけと気づいて驚き、またしても眠り込む。まだ夜は何とも暗い。正午はずっと先にある。ヒエログリフが完全な姿になり、そのかたちが最終的に定まり、もはや変更できなくなった人生を身にまとい、バンディ神父は口をつぐみ、巨大な森の緑の祭服を着たまま眠り込む、その森ではフィクションの大きな鹿が、ゆっくりと通り過ぎ、よく見ると、七歳鹿の角のあいだに一個の十字架が挟まっている。

クローデット

パリに行って、天を頼みに再度挑戦をこころみたが、うまくゆくと思っていたわけではなく、マリアンヌが去ったあとは心がボロボロになっていた。周囲にあたりちらすばかりの二年間であり、成果はゼロ、夢のなかで過ごしたようなものだ。私は大声で助けを求める一方、せっかく助けようとしてくれてもも自分勝手にこれを撥ねつけるばかりだった。ひとりならずか弱き者を苦しめたが彼女らを救う手立てはあったはず、そのせいで自分が味わう苦しみもひどくなったが、私の要求の度合がますにつれ彼女らの動揺も大きくなっていった。そんな哀れな女たちに引っ張られるまま、怒りをためこんだ私はどうにでもなれと思って、転居を繰り返した。ヴァノー通りに暮らしていたときは、夜更けにドアを破壊し、そのあとは管理人の前で震えていた。ドラゴン通りでは、私に似た気難しい女たちに見込みありと思われたのか、大麻常習者の深みにはまり、台所の流しの下で寝る羽目にもなった。モンルージュでは引きこもりの一冬を過ごしたが、その頃の私が邪慳(じゃけん)な態度で接したうら若き乙女は、インチキな処方箋をポケットに入れてパリ中をかけずり回り、バルビツール睡眠薬を大量に仕入れて持ち帰ってくれた。彼女の濃い緑色の寛容な目が私を見つめ、子供みたいな手でその暗鬱な糧がおずおずとさしだされると、すべてが揺らぎ始め、目が覚めていても眠っているのと同じだった。あまりにも手の顫(ふる)えがひどいので、そんな半覚醒の状態で書いた大量の原稿はほとんど読解不可能だった。天はなすべきことをしたのだ。あるとき、リラの花が咲いているのが窓越しに見えて、春が来たのがようやくわかった。通りの名は覚えていないが、冬に、郊外の瀟洒(しょうしゃ)な一角にあるモダンスタイルの一軒家の屋根裏のアトリエから夜逃げしたのか、追い出されたのか、転がり出たのを覚えている。冷たいツゲの植込みに取り囲まれた化粧漆喰(スタッコ)の壁が月の光に照らされ、大きく口を開けて嘲笑う動物たちの姿が見えた。私は誰かを罵り、怪我した手で、鉄格子の門を、傷口を、出口を探っていた。歩きに歩いて凍てつく寒さに身をさらしても、酔いは醒めなかった。こんなふうに荒み切った当時の私の意識、そしていまは色褪せた記憶になってしまったその残骸のなかに、サン＝マルタン運河の鉛色の水、バスティーユ界隈の陰気なビストロ、真昼(ア・ジョルノ)のように明るいネオンの光に照らし出された崩れた夜の女の顔が浮かびあがる。揺れる橋桁の上を通勤列車が走る音が夜明けを告げた。亡霊のごとく従順な人びとが群れをなして郊外から運ばれてきて、その踵に光があたっていた。私はオーステルリッツ河岸にいたが、どこに向かうでもなかった。

それでも私を作家と思い込んだ女の勘違いのせいで、花の都が誇る贅沢の数々を捨てて逃げ出すことになった。モンパルナス界隈のバーでボーイが揶揄（からか）うような目で白ワインをグラスに半分ほどついだ晩の出来事だった。私は気に入ってもらえるように涙ぐましい努力をした。相手の美女はレモネードを飲みながらこちらの話に耳を傾けていた。私が気に入ったのか、そのままお持ち帰りになったのだ。髪はみごとなブロンド、顔に険はなく、精神分析の信奉者だった。

　クローデットはノルマンディの女（ひと）だった、だから私はノルマンディに行ったのだ。つまり私の場合は、根拠なくとも異系交配の法則の縛りを重んじて居場所を変えることになるわけだ。カーン〔ノルマンディ地方カルバドス県の県庁所在地〕では、官舎の二階に住み着くことになった。そこには本がたくさんあり、窓の外には公園の樹木が揺れるのが見えた。大西洋岸の雨を浴びて太く育った樹木だった。そのうちの一本は、もちろん樫の木だが、おなじような驟雨を浴びてきたはずなのに、ほかの木々よりも雄弁だった。その木には過去の物語があり、それは名前と言葉をもつ独自のあり方でもあった。クローデットの話によれば、その昔、オージュ地方特有の湿った夜明けにこの木の下で、小さな肩掛け（フイシュ）を身につけたシャルロット・コルディが王の弑逆者（しぎゃくしゃ）を殺害すると心に誓い、憎き相手ばかりでなく自分の死をも覚悟し、ギロチンの刃と魂の救済へと向かう旅に出たというのだ。私はクローデットを引き寄せ、抱き締め、彼女の胸を触った、そうすることでシャルロットを頭に思い描いたわけだが、それは理性を失うとともに理路を追い、ハンカチに包めばそれですむようなわずかな荷物を手にした女の姿、冒瀆された王妃たち、九月の大虐殺、短刀と神の委任状などをひとまとめにした支離滅裂な物語の鈍い表皮を手にした女の鈍い姿だった。つまり、ひとりの作家として思い描いたのであり、それも自分が何を語っているのかわからず、誰のために語っているかもわからないのに臆面なく空疎な言葉を口にしつつ、独自の地位を求めて天に祈り、悲惨な死をもって人びとの記憶に名が刻まれるように天に祈る作家として思い描いたことになる。盲目の木は濡れてきらめいていた。

このように独自のモデルがあり、豊かに葉を茂らせる木が聞き手となっていたにもかかわらず、私は何も書かなかった。たぶん挑戦する心算から、そして派手な身ぶりが見せたくて、もしくはただ単に生まれ変わりたいという笑うべき幻想を抱いて、バルビツール睡眠薬の処方箋は最初の日に破り捨て、それまでの長い夢から私は抜け出そうとしていた。クローデットの気遣いもあって、目が届くところにボトルはなかった。それでも私は書き進めている気になっているだけだった。クローデットほどに聡くはない女友達がいともたやすく私を引きずり込んだアンフェタミン剤の饗宴が、そんなフィクションの醸成に一役買っていた。

この冷たい薬物の鋭いプリズムを通して見ると、私にとってのカーンはいかにも荒涼たる場所だった。私は光り輝く物体となり、私は尖った物体となり、私が近づくと、光り輝く尖った物体がいくつかの硬い角に沿って空間を分割するのだった。ニュアンスや深みとは無縁であり、しだいに濃くなる影が奇跡的な安らぎをもたらすこともなかった。さまざまな青と褐色、金色に染まった青がしだいに薄れてゆく影の部分、手に負えぬ空の光に向き合う物とつつましい反逆にとっての最終的な避難場所。古きシエナ派の絵師が描くようなとげとげしい立体が、街路を、その地平線とその風土を切り刻み、この凍りつく寒さのなかで、摑んでも摑みきれない大気は大きな冷たい多面体となって凝固していった。この氷原の上で心臓のあたりに凍える片方の手をおき、曇りなきガラスの眼、そして地獄の底にまで堕ちた者の鈍色の理解を頼りに私は舞い上がっていた。プルーストが慣れ親しんだのが、雨に湿った林と大気の光輪を通して聞こえてくるカーンの穏やかな鐘の響きだったとすれば、私の場合はそれには鈍感で、心に響くのは、荒々しい天に立ち向かう男子修道院の攻撃的な垂直性だけ、要するに私の心は完全に一握りの雪のなかに小さく固まり、化石のように硬い太陽の光をひたすら受け止め、変わることなく、夜の闇に消え入る望みもなく、明るく輝く建物の壁みたいになっていた。

夢のなかで、その建物の壁の上に書いた。

朝早くから仕事机に向かったが、クローデットは日を追うごとに疑わしい目で私を見るようになった。前に私はトイレに隠れて三倍か四倍かの分量の薬を嚥んだことがあり、そんなかくれんぼにあのブロンドの美女が騙されるはずもない、トイレから戻る私の目はにこやかでも両手がこわばっていたのは、たぶんうしろめたい気持ちもあったからだろうが、意気揚々としていて、悪びれる様子は表に出さなかった。彼女の方はつらそうな顔をして、社会保障の対象案件となる心を病む者たちが待つ仕事場に出かけて行ったが、自分の家に装飾品どころか、矯正の見込みのない重要案件を隠すようになってからは、仕事への情熱もしだいに薄れた様子で、これを私は意地悪い目で見ていた。毎日少量の白い粉末が大作家としての私の未来を約束してくれているのに、そんなくだらないことはどうでもよいはずだ。気分は高揚するが、何の成果も生まれはしない陰鬱な午前の時間、だがくどいようだが、それでも意気揚々とした午前がこうして始まるのだった。私は燃える焔であり、冷たい火だった、私は壊れる氷であり、氷片の放つ美しい光が万華鏡みたいにきらきらして見えた。いくつもの文章が頭のなかを通過していったが、先を急ぐばかりの、奔流のような、不吉なまでにきびきびしたものだった。文章は飛び跳ねる勢いをえて私の唇の上で花開き、唇から部屋の熱を帯びた空間へとひろがりだした。主題もなければ構成もない、めくるめく言葉のざわめきを抑え込む思想もない。部屋のあちらこちらに隠れていて、驚いたように目を見張り、聞き耳をたてて優しく見守る祖母のような女がしずかに私の上にかがみこみ、私の唇からじかに飲むことで、どんな些細なものであっても発せられる言葉を顫える黄金だと思って迎え入れてくれるのだった。そして黄金、つまりなけなしのわが言葉が耳に響き、頭のなかで力を強め、第二の黄金となって口から出てきても、労を惜しんで、ほんの少しでも紙に託そうとはしなかった。それでいて自分はすぐに立派に書けるようになる、とつぶやいてみるのだった。この驚異的な素材の百分の一でもペンにまかせればよいのではないか。残念ながら、そういうわけにゆかなかったのは、たとえ私自身の手であろうが、この驚異的な素材を扱いこなす主人は見当たらなかったし、向こうもまたあえて主人を受け入れようとしなかったのだ。うまいぐあいに書けても、紙の上に残るのは、薪の燃えかす、あるいは愛の行為の直後の女のように燃え尽きた灰でしかなかっただろう。どちらにせよ、まもなく確実に書けるようになるのだから、急ぐことなんかない。午後五時になると、音を立てて歯が震え始めた。万策尽きてそんな状態に陥ったわけだが、わが太陽の目は、宇宙を闇につつむ灰色の夜に隠れて暗くなっていった。テーブルに積み重ねられ手付かずのままの白紙の山を見つめるほかなかった。物音ひとつせず、口から出るには出てもやはり成果なく終わった仕事を祝うこだまが響くはずもなかった。そんなふうに時間が過ぎてゆき、窓越しに見えるあの木が歴史を知っているにせよ、これを覆う葉が日を追うごとにますますざわめきを強めるなかで、その昔突然訪れた決意からやがては命を落とすことになったひとりの女のとめどない言葉には結びつかなかった。

　アンフェタミン剤を服用した結果、私はやぶれかぶれになった。ただし、別れたあとで昔の女を思うように、心苦しさと後悔にさいなまれながらも、そのおかげで、たとえ一瞬ではあれ、このうえなく純粋な幸福、いわば文学的な幸福といってよいものを知ることができたというのがいまの考えだ。アンフェタミン剤の服用によって私は完璧にひとりぼっちになった。私は言葉という民の王にして、その奴隷であり、その臣下だった。私はそこにありありと存在し、そのとき世界は消え失せ、概念が暗く飛び交いすべてを覆っていた。そして、無数の太陽がきらめく雲母（きらら）の廃墟の上、見かけ倒しの私の文章が、表にはあらわれないまでも至高性をおび、亡霊的でありながらも唯一の生存者として宙にただよい、深く沈みこみ、次から次へと包帯の布をたぐりだし、私はそれでもって世界の遺骸をくるむのである。そして私はこの墓を見降ろし、あくことなく墓碑銘体の詩文を朗誦し、文字を記した無限の巻物（フィラクテリア）をくりだす口そのものになって、勝ち誇った気分になるのだ。私は主人の側に、強者の側に、死の側に身を移した。幸福といっても魂の力とは無関係だったはずだが、このうえなく人間らしい幸福だといってもよかった。獣の悦びが、彼らが属する自然そのものとの一致から生じるのとおなじく、私自身の悦びは、いわば人間にとっての自然とぴったり一致することになった。すなわち言葉と時間というわけである、時間へとむなしく投げつけられた言葉、とくにどうということのない言葉、偽物と本物、本当の感覚と無感覚、金と鉛、損失をともなう沈殿物であり、つねに全体を回復し、満ち足りることなく、口をひらいたままの静かな流れのなかに沈殿する損失をともなう何か。

　私はクローデットが毒薬を補充してくれるのを期待していたが、そうはならなかった。相手の気持ちなどおかまいなしに、彼女を抱こうとしたのは、言葉以上にその肉体が不定形の従順なものであってほしいと思っていたからだ。とんでもない話だ。彼女は生きた人間であり、私などいなくても生きてゆける、するかどうか自分で決めると言って抵抗したので、彼女を悦ばすことで復讐した。少なくとも快楽の叫びを引き出す力が私にあり、その叫びは無理に口にさせた言葉だと思えた。私がなんとなくはぐらかしたり、午前中は仕事をするふりをしても、何も書いていないことは彼女にはお見通しだった。モンパルナスで拾った偽作家は、実際は薬物中毒のろくでなし、白紙を前に座り込むだけの偏執狂だったのだ。彼女が知人から得た求人情報を持ち帰ると、私は機嫌をそこね、口汚い言葉で罵って撥ねつけた。要するに彼女に養ってもらっていたのである。俗っぽいもの、あるいは俗っぽいと私が思い込んでいたものへのささやかな執着、つまりテニス、ピアノ、精神分析、チャーター便など、それなりのイメージをもたらしてくれると彼女が考えていたものへの執着を私は滑稽だといって嘲笑ったので、彼女は絶望していた。

　それでも彼女は気位が高かった。ある冬の日の海岸、そこで見た彼女の目の表情を覚えている。彼女の思い込みはその大半が消えてしまっても、完全に希望を失くしたわけではなかった。たしかにあなたは作家じゃないかもしれない。怠け者だし、どうも嘘つきのところがある。それでもかまわない、一緒にうまくやってゆけるかもしれない。自分にできる精一杯のことをやってみる、でもお願いだから、許してほしい、あなたが世界と無関係に生きるのを認めてあげる代わりに、自分がこの世界で生きてゆけるように考えてほしい。私を見つめる目がすべてを表現していた。強い言葉も涙もなく、毅然としていて、そこには愛があった。彼女は手編みの小さな毛糸帽をかぶり、黄色のゴム長を履いていた。物悲しい砂浜に明るく子供っぽい姿が浮き上がった。寒さのせいで顔が赤くなり、急に聞こえてきたカモメの啼き声が彼女の悲しみに加わった。私は目をそらして、冬のせいで灰色の暴力、嘆き、相も変わらぬ朦朧とした雰囲気が強まる砂浜の巨大な地平線をぐるりと見回した。砂丘のあたりに白のフォルクスワーゲンが停まっているのが見えた、重くのしかかる空に、鉄板の灰色、白鉛色のグアッシュの勢いのあるタッチが加わり、すると海が苛立って膨れあがり、やるべき仕事などなく、ということは不可侵でも無益でもない世界を知らぬままに、ひときわ大きな爬行を描くのが見えた。そしてクローデットはその光景のなかで、砂浜の上にもうすっかり小さくなり、黄色い靴および善意とともに私の記憶にしばし立ち止まるのだが、健気にまた歩き出し、あの緑とあの灰色のなかに入り込むと姿が薄れはじめる。あと何歩か前に進み、少しばかり黄色がまた強まったところで、波しぶきが彼女を運び去り、完全に姿が消える。

私はクローデットを裏切ってしまった、そんな生易しい言い方では到底すまず、最後に彼女が抱いた感情、最後に私を見つめたときの目の表情は嫌悪感をむきだしにした反撥だったといってもよい。そこに怖れと哀れみが混じっていた。何もかも奪おうとする相手から彼女は逃げた。そしておそらく、ごく自然な流れで自分を取り戻したのだ。彼女はきっと大学の先生、スポーツ選手、自由な考えをもつ知的な人間のうちの誰かと結婚するだろう、あるいは有名になるかもしれない。彼女がゴルフ場のグリーンの上を動きまわり、テニス・スカートを履いて日陰と日向を行き来して跳ねまわってボールを打つ心地よい音が聞こえてくる。彼女の柔らかな腿の動きがとまり、また動き出し、腰のあたりに柔らかな布が舞い踊る。彼女は博士論文を書き終え、審査員の褒め言葉を聞いて顔を赤らめるだろう。明るい海に出た彼女は、小さな帆の下で笑い声をあげ、男の手が彼女を抱くと息を切らせる、無限の世界を成り立たせている何キロにもおよぶ距離、高く聳える回教寺院、果てしなくつづく砂浜に身をかがめて歓喜に身を震わせるフローラ、航空機の発着時刻表と忙しく動きまわる男たち、夏の庭で夜会服を着ているセレブたち、思いのままにふるまい、彫像のように落ち着き払い、長老のように威厳にみち、若者のように熱気にあふれ、そして彼女に言い寄る男たちが存在している。彼女の果てしない分析には思いがけない反動もたくさん含まれていて、新たな生活に踏み出せぬままでいることもありうる。あるいは死んでしまったのだとしたら、もっとページ数の多い〈小さきひとの肖像〉が捧げられるべきだっただろう。

私は恥ずべき状態でカーンを離れた。駅でクローデットと別れたが、ふたりとも疲れ果て、手持ち無沙汰で、何の解決も見えないその場におそるおそる座り込んでいた。ある晩、おなじ場所で彼女が私を待っていたのを思い出した。ロングドレスを着て派手な化粧をした彼女を見つめていたのは鉄道工夫ら、卑猥な視線と貪欲な目付き、黒ずんだ飢えた手をして、遠く離れた土地での仕事で身も心も疲れ切り、その代償として、皺くちゃの紙幣と酔っ払った兵士を背景にみずみずしい美女、デコルテ姿の女の姿が浮かび上がるのは挑発だと感じる男らの一団だった。私はまたしてもそんな男たちのひとりになっていた。下着を脱がすこともないだろう。彼女は逃げ去ったのだから。晩夏の夜が、きらめく鉄路の上を走っていた。燃えあがる列車が光にきらめいていた。目的地をどこに定めるべきかわからず、ぼんやり考えていた。悪戯心だったのか、どっちに転んでもよいと思ったのか、すべてをサイコロの目の偶然にゆだねて乗り込む列車が決まった。あとは転轍機(てんてつき)におまかせ、到着地点はオクサンジュだった。

そこでローレット・ド・リュイに出会った。

幼くして死んだ娘

話を終わらせなければならない。冬のことだった。時刻は正午、空全体が急に低くたなびく黒い雲で覆われた。すぐそばで、犬が一匹、少し間をおいて繰り返し吠えている。じつに気色の悪い法螺貝のような吠え方で、死ぬまで続ける気配があった。ひょっとして雪になるかもしれない。おなじく犬が何匹か、夕方になると家畜の群れを追って、灯りが点在するあたりまで連れ戻そうと高揚して威勢よく吠えていた夏を思い出す。私は幼かった。おなじく光だって幼かったのだ。ひょっとするといたずらに身をすり減らしているのかもしれない。心がえぐられるように感じたのは、何かが逃げていったからなのか、何かが入り込んできたからなのか、どうもはっきりしない。これから述べようとする通りのことが現実にあったと仮定しよう。

幼い頃を思い出してみると、病気になることがよくあった。彼女は自分の部屋に私を連れてゆき、ずっとそばにいてくれた。みんな献身的に私の面倒をみてくれるのだった。校庭からは現実とは思えない子供たちの喚声が聞こえ、声は空を飛ぶツバメの隊列のなかに渦を巻いて消えていった。薪が暖炉に投げ込まれ、炎がいっせいにパチパチと弾けた。あるいは火はほとんど消えかかっていたのかもしれないが、その最後の焔が赤々と燃えると、まずはお芝居のような亡霊がおぼろげに姿をあらわし、これは遊び相手になりそうだと思えるのだった。それがしだいに立体感をまし、何なのかはっきり正体を見きわめられないまま、最後は無名の亡霊となり、子供の肩にのしかかる闇のようにひとつのかたまりになった。またしても明るさが戻り、火が赤くなり始め、そこにかがむエリーズの黒っぽいスカートから焔が舞い上がる、彼女は熾火に上手に空気を送り込み、焔の色が赤みをましてくると、こちらを振り向いてにっこり微笑んでみせるのだった。私もまた彼女に向かって微笑んでみせたのだろうか、そうならばよいのだが。彼女は私をひとりにして部屋から出て行った。それで大発見が生まれたのだ。窓の外の世界、セルーに向かう街道に沿ってずっと遠くまで重たい空があり、おなじくセルー市街に重くのしかかる大きな空がひろがり、市街そのものは見えないが、まさにこの時間、地平線の森の暗い影の向こうに家々があり人びとがいて、ささやかな欲望がそれを頑固に支えているのがわかった。私は目に見えない土地を名前だけでもと思って口にしてみるのだった。本もいろいろあったし、華やかな空のスカートに隠れるようにして本の世界に身を埋めることができるのがわかった。空でも本でも苦痛をもたらし誘惑する力があることを知った。ありきたりの遊戯から遠く離れたところで、世界を模倣せずにいられる、そしてまた世界に介入せず、世界が作られ壊されるありさまを横目で見ながら、快楽と一体となった苦痛を感じながらも関係しないでいられるのを知った。外界と書物が交叉する地点で体はじっと動かずにいて、それがなおも自分の体であることにはちがいなかったが、本で読んで知ったことを、目に見える世界のめまいと一致させようという途方もない願望を秘めたまま、いつまでも顫えているのだった。空間とおなじく、過去の事物もめまいを誘った。その痕跡を記憶のなかに探っても、言葉とおなじく見当たらないことが多かった。自分にも記憶があることがわかった。

どうでもよいことだ。あの頃はまだ大げさな言い回しにそれほど毒されてはいなかった。私がもっていた貯金箱は、よくあるピンク色の豚のかたちをしたもので、懐かしいけど滑稽でもあり、これを手にして毛布に寝そべり、夢中になって、そして警戒するように遊んで、長い時間を過ごした。誰が入れてくれたのか、百スー硬貨が何枚か入っていた。外からは見えないが、かなりのお宝であり、たとえ暗黙の了解事項だとしても、ともかく私へのプレゼントであったことはまちがいなく、といっても実際に硬貨を使うわけではないので、陶器の横腹にぶつけてがちゃがちゃ言わせるだけだが、それがどうも滑稽であり、たぶん野蛮に思えたのはなぜなのか。これよりもずっと立派な貯金箱も戸棚にあって、とてもみごとなものだっただけに、触っちゃいけないと言われるのがひどく口惜しかった。こちらは、スレートもしくはアイリスと形容すべき濃紺の小さな魚をかたどったもので、それも泳いでいる最中に躍りあがる敏捷な姿であり、人目を盗んでこれに触ると、指先には盛り上がった鱗のありありとした感触が残った。『千夜一夜物語』には、なかなか抜け目がなく手に負えぬ魚だが、言葉をしゃべるうえに、黄金に変身し、その触鬚（しょくしゅ）をもって数々の魔法をもたらすやつが登場する。ごわごわしたシーツの暗がりのあたりから、小声で貯金箱の魚が誘いかけてくるのは、これとは別にペルシアン・ブルーの海を舞台として精霊たちが波間に溺れ、小石に打たれるところに姿をあらわすもう一匹の魚が、日焼けした漁師に誘いかけるのに似ていた。この貯金箱に触っては駄目だと言われていた。それは姉のものだったのだ。姉はもうこの世にはいなかった。

あるとき――いつもより私のぐあいが悪かったのか、言葉巧みに丸め込んだのか、しきりにせがんだのか、母の方が根負けしたのか――、そのどれが原因だったのかはわからないが、彼女はその魚を私に渡す気になり、一緒に遊んでもいいと言ってくれたのだ。貯金箱をもらって、最初のうちは嬉しかったが、徐々に心が落ち着かなくなっていったのは、この貯金箱が私のものとは違っていたからだ。私の姉はすでに小さな天使となっていたわけだが、それは私をこの世に、ほとんど用途なきこの世界に早々と置き去りにしたにひとしい。どう見ても取り柄のない写真、そこに頬をつめたくふくらませる幼児像（プット）のような姉の姿、かろうじて心の動きが感じられるのは唇だけというその姿がある。私はといえば、その先ずっとやってゆかねばならなかった。外を見ると、澄み切った空が君臨していた。ふと意識が薄れて、片方の手がゆるんだ。小さな魚は床に落ちて砕けた。母は泣きながら、箒でブルーの陶器のかけらを始末し、壊れる前の元のかたちは彼女の記憶、そして私の記憶にしか残っていない。

もっと後になって、これもまた舞台は母の部屋、またしても病気になったとき、今度はまちがいなく冬であり、そろそろランプを点した方がよいのではないか、このまま続けるのか、そろそろやめにして、また別の日にするのかと心のなかで思い始めるそのときアルチュール・ランボーのことを知ったのだ。なんとも気恥ずかしい思いになるが、フェリックスが毎年買っていた『アルマナック・ヴェルモット』の掲載記事を通じてのことだった。『アルマナック・ヴェルモット』には、例のトレードマークとなっていたユーモアたっぷりの質素な飾りロゴのもとに、文学や政治や地理など、その後まもなく教養文化と呼ばれるようになる雑多な話題を扱う気まぐれな記事が掲載される伝統があった。記事に合わせて、子供時代の終わりにさしかかったランボーの写真も掲載されていて、ほかでも見られるような不機嫌そうなその顔は、粗末な画質の写真だと、より頑なに自分の殻に閉じこもり、鈍く、手の施しようがなく、妙な恰好をしていて規範外に見えるところは、記念写真に映る学友たちの姿と似たようなものだといえる。彼らはレシャモーやサラジーヌなど遠方の寒村の夜が明けて朝になると重い足取りで学校にくるのだが、彼らが住む村々は、驚くばかりに廃村めいていて、手の施しようもない暗い雰囲気に沈み込み、空間全体が空虚で、凍えて赤くなって、かじかむ手にさらに痛いほどの霜がまといつく、そんな場所だった。あの白痴じみた穏やかさとあの暗い特徴の数々は馴染みがあるもので、ランボーにしてもわれわれにしても同じ椅子に座っていたのだ。見出しにも惹かれた。「永遠に彷徨える人」だったのを、誤って「ランボー、永遠の子供」と思い込んでいた。間違いに気づいて直したのは、ずっとあとになってのことだが、それはどうでもよい。あの不満を溜め込んだ肉体を知らないわけではない、それは書き手のジャーナリストが脚色を加えたアルデンヌ生まれの不器用な人間の子供時代にしても同じことなのだ。私の場合も、窓の外には別種のアルデンヌがひろがり、私の父は大尉ではなかったが、フレデリック・ランボー大尉とおなじく行方不明になっていた。五月になると、私はムーズ川の水車よりもさらに深く地に埋もれたムリウーの水車にか細い船を放った。たぶん、私自身の人生をすでに投げ捨てたのかもしれない。動かぬ大気が強引に私の涙を誘い出した。私は姉妹とも言うべき強い感情、すなわち哀れみと恥に囚われていた。例の記事には当惑を感じる部分があったが、突然のごとく目の前に出現した生硬なモデルに匹敵する者になるのだと心に決め、やがてある日その謎を解く機会が訪れると思うと気分が高揚した。学校で毎朝暖房の火が入れられるとすぐに始まる詩句の朗誦とはまったく異なる獰猛なる詩、その詩のためには、いくら痛手をこうむろうとも構わないと思って家を捨て、世界を捨て、最後は自分自身をも捨てる気にさせ、さらには詩への愛のために詩そのものも捨て、みずからは死者同然のものになるとともに、最強の生者として生まれ変わるきっかけになった詩とは、そもそもいかなるものだったのだろうか。おまけにランボーには妹がひとりいて、なによりもこの妹を愛していた。シャルルヴィルから遠く離れた地にあって、最期を迎えるまで、そして最後の最後まで反抗をつらぬく兄のため、文字通り夜を徹してつきそった妹だったが、それでも天使というべきなのは、彼の方、彼自身の方だった。無署名の記事を書いたジャーナリストは、このとっておきの天使的という形容を、彼だけに、つまり一切合切を奪われた者に与えていたが、それは幼くして死んだ者――幼くして死んだ娘――のため、セピア色の古びた写真、あのシャトリュスの土に眠り、花々の慰めを受ける悲痛で恐ろしい何かのためにとっておかれるべき表現だと私には思われたのだった。

だから、死者たちが愛されるようにして愛されるには、いつかは天使にならなければならない。これに時間がかかりすぎれば、私を愛してくれる者などいなくなるのではないか。泣きながら私は焔を見つめ、母を呼び、祖父母が死んだりはしないと彼女に誓わせた。彼らはすでに亡骸となり、シャトリュスから少し下がったあたりで小さな棺に入った天使のかたわらに静かに横たわるようになってから長い時間が過ぎ、私に翼が生えたのかどうかたしかめようとこちらに目を向けることもできない。花をたずさえて私が墓参りに行くことも滅多になく、年老いた彼らの骨が朽ちるにともなう季節のめぐりは、心のなかで立てたあの誓いを鈍らせるばかり、小学校の朗誦の題材を書き写し、ある冬の晩、いまは思い出が薄くかすれる部屋で、彼らもまた読んだはずの『アルマナック・ヴェルモット』をひらいて、そのわずかばかりのページを読んで、みずから罠をしかけたわけだが、その仕掛けがいま作動して刃が動いてきつく締まる。

子供でも死ぬんだということは、子供の私にもわかっていた。でも自分が生まれる前にみごとに飛び去ってしまった伝説的存在ばかりではなく、別の子供たちがいる。彼らと肩をならべて生きていたことがあったし、われわれが同じ材料でできているのもわかっていた。でも大人が言うように、死んだら完全な翼がある天使になれるとはどうも思えなかった。それでも彼らが死ぬとはっきり決まったときには、接し方は一変した。今日か明日かという事態の切迫のなか、生死を分ける決定的な何かが訪れようとするとき、噂話に身を震わせながら聞こえてくるのは、彼らがそれでも生きているということだった。エリーズとアンドレが嘆きを押し殺した声で話しているのはどうも彼らのことのようであり、私は遊んでいるふりをしながら様子を窺っていた。昨日はそんなことはなかったのに、なぜ急に彼らが特別な気遣いの対象になったのだろうか。それ以前にも、身持ちの悪い女たち、返済不能の借金、軽薄で罪深い父の話がなされていたときがそうだったが、私が近づくと声をひそめるのはなぜなのか。そして近所の人が台所に、普段よりもゆっくりと芝居がかった様子で入ってきた。その目を見れば疑う余地はなかった。あるいはフェリックスが束の間の威厳を漂わせ、最後の知らせを居酒屋から持ち帰った。冬はもっと長く、夏はもっと青くなる、その子は死んでしまって、もういないのだ。リラの花の青い顫動（せんどう）のなか、奇跡のように何もないところから落ちてくる雪のなかに、私は誰にも止めることができない魂の飛翔を見ようとしていた。

　サラジーヌに住んでる少年が喉頭炎で死んだ。もの静かな古風な赤毛の男の子、サラジーヌという土地の名どおりに田舎じみた眠りそのままの少年だったが、不幸にも私からビンタを喰らったことのある間抜けなその子が、そんなふうに体が空気のように軽くなり、翼をもつあの一団に仲間入りしてしまったのだ。幼くして騙されていたうえに、死によってそれが決定的なものになれば、飛び立つ条件がそろったことになるのだろうか。レ・フォルジェットに住むいとこのベルナデットも難病を患っていた。大きな森に臨む家に住むその姉妹とは、広大な農場の境にあった大木の下でよく一緒に遊び、青々と茂るその木の葉から、彼女らの途方に暮れたような顔と淡い色の服に小さな光の輪が落ちて踊っていたのを覚えている。そして記憶という贋金は、その彼女らを、笑顔になったり厳しい顔になったり、まるでかくれんぼをしているみたいに走って逃げてゆく『狭き門』のいとこ姉妹に似た姿をもって、いまの私に送り返してくる。もはや夏の木陰があの娘の心を慰めることはない。彼女は出血し、苦しいと訴え、自分が死ぬとわかっていた。エリーズはその娘の最期を看取るために長い道のりを歩き、怯えたまなざしの娘の訴えを耐え忍び、まだ幼いというのにあっけなく無同然になってしまったその手が、この世から消え去ろうというときに、年老いた者の手を摑もうとするときもじっと堪えて、明け方になると心は重く諦めきって押し黙ったまま家に戻ってくるのだった。死のほかに出口はなく、あの娘は耐え忍びがたい傷となり、沈黙に送り返さざるをえなかったのだ。夕方になると、台所を出てすぐに寝るようエリーズに言われた、彼女には、しなければならない仕事があった。つまり彼女は、いつの時代から続いているのか、女たちの止血をしたり、天から雷が落ち干草を伝って走るときはこれを鎮め、ツノの生えた神々が牛を十頭ひとまとめになぎ倒したり、雌羊を死に追いやろうとするときは王手をかけて阻止し、避けがたい運命を先送りにする、つまり最後の瀬戸際にあって、もはや万策尽きても、何らかの手段を講じる古来の魔術的な戦いに臨むすべを知っていたのだ。何世紀ものあいだ女たちの手で代々受け継がれてきたものであるが、エリーズは賢明にもその全部を後の世代に伝えたわけではなく、素朴で役に立たぬ祈りに、ルルドの泉水の散布とごく単純な黙劇の所作を加えるだけにして、といってもそれを私が目撃したわけではないのだが、この所作のうちに、体は折れ曲がり、頑なで、壊れそうで、迷信とは無縁のエリーズの真摯な姿を見るように思う。出血を止めるには、おそらくは見よう見まねだったはずの処方だと大量の水が必要だったはずであり、祖母は水流の調節をもって血流が思い通りになるかどうかは確信がもてぬままにこれに臨んでいたのであり、義務の遂行のようにして、果敢にも水の隠喩を追求していたのだ。こうしてその晩、彼女は台所の蛇口とフォルミカ張りの食卓のあいだを行ったり来たりして、役に立たぬのろまな聖者たちへの神秘的な献水に忙しくたちはたらいた。そんな話に白血病は騙されはしない、相手は魔女ではないとエリーズにもわかっていた。その一方フォルジェットでは、朝になってその娘が死んだ。大きな嘆きの声があがり、朝の光が正面壁一面に踊った。天使になったのだ、その娘は。やはり彼女もそうなった、あるいはサン＝パルドゥーの墓に入り、ついに口を閉ざし動かなくなったのだ。墓地のあたりは一面金色に染まり、夏のヒトツバエニシダの茂みが燃えたった。

それから誰もが彼女のことを「気の毒な娘」と呼ぶようになったが、それ以前の「おまえの可哀想な姉妹」という言い方とどこか似たところがあった。実際ムリウーにあって、本書におのずと姿が浮き上がる慎ましき人びとのあいだでは、たぶんもっと一般的な現象として、死者、故人、亡き人などの言い方は嫌われていた。故という言い方も滅多にしない。死者は誰でも、どこにいるのかわからぬが寒さに震え、得体の知れぬ飢えに震え、このうえない孤独に震える「気の毒なひと」となるのが常だった。その「気の毒な死者たち」は、浮浪者よりも素寒貧で、愚か者よりもさらにまごつき、すっかり気が動顛したまま、口をきけずに悪夢から抜け出せずにいて、穏やかで優しく、暗闇のなかに迷える親指太郎みたいな姿になり、どん底のなかのどん底、小さき者のなかの小さき者となるのだ。そのあたりのことは簡単に見当がついた。シャトリュスの墓地で女たちが悲嘆にくれる姿を見れば、また鳥打ち帽をぬぐフエリックスの救われぬ重苦しい様子からも、誰か苦しむ者が土のなかにいるのがわかった。できればみんなと一緒にいたかったのに、そうできずにいたこと、何かが意地悪く邪魔をしていたことがわかったのだが、邪魔するという点では、ちょうど遠くに住む従兄弟らが毎年のようにまた会いたいと書いてよこしても、長旅や旅費が苦になり、またしだいに生活の重荷も加わりおっくうになって、最後は恥ずかしくなったのか何も言ってこなくなり、音信不通に陥るのに似ている。しなければならないことがたくさんあった。花にやるための水を汲んで運び、花瓶には手触りのよい土をいれ、菊にこっそり顔を近づけ変わらぬ花の香りをかぐ、それは冬のことが多かった。墓地の高い丘に教会は高く聳え、私の心のなかで鐘楼と空はおなじく灰色になって抱き合っていた。そして谷の光景は何と豊かだったことか、そこを目指して駆けてゆくんだと思うだけで何と生き生きとした感じがしたことか。小枝を踏みつけると小枝の叫びがはっきり聞こえ、目にする世界が水たまりに映ると増殖して笑って見える、そこには何と力強いものがあったことか。私は生きていて本当によかったという気持ちになれた。それでも晴れ着の半ズボンに水をこぼさぬように気をつけ、腕を伸ばしたまま水差しを持ち帰ったとき、私を迎えるのは、かつて生命があったもの、すでに消え去ったものであり、一羽のカラスのうるさい啼き声がするなかで、ゆっくりとした手が花を飾るのは砂利を敷いた区画、死せる都の上に撒かれたような一握りの塩、そしてあそこの下の方、闇の沈んだ者に安らぎをあたえる塩や花々よりもずっと下の方からたちのぼる、物言わぬ幼い娘、暗闇に沈む者、埋葬された者、すなわち私の姉の悲しげな声が私を葬儀に引き戻すのである。でも何ということだろう、あれもまた天使だったのか。そうなのだ、天使の生はこの不運だった。奇蹟とは不運のことだった。

　立ち去りがたい思いを胸に、われわれは墓と墓のあいだを歩き、急な坂道を降（くだ）った。下の方に村全体が見え始め、美しいシャトリュスの街並みが斜面一帯にひろがり、古びた大きな家々、静かな木陰、苔までがくっきりと見えた。でもそのシャトリュスは騙し絵のようなものだった。本物はわれわれの背後にあった。つまりフェリックスがムリウーで疲れ果てて無聊をかこつなかで、いくぶん裏切られた思いになって「この次シャトリュスにゆくときは」という言葉を口にするときに、願いをこめて呼び求めるものこそが本物だった。私は彼の手をとり、その厚ぼったいビロードの匂いをかぐと心が落ち着いた。そして彼が体をかがめると、荒い息が私の頰にかかるのを感じた。母、祖母はここに来るたびに、自分たちが読み書きを習った学校はあそこだと指さすのだった。思い出がよみがえり、言葉がよみがえり、そして言葉とともに死んだ人びとがよみがえる、母と祖母がおさげを編んでやったことのある幼くして死んだ娘たち、おなじく死せる者となったが、かつて彼女らに言い寄った気の良い男たち、あんなに生き生きしていて死んだのが不思議に思える人びとの姿がよみがえるのだった。あの人たちもまたわれわれの背後で暗闇に沈んでしまった。私たちは墓参りのついでにレ・カールまで足を伸ばすことがよくあった。そして天気がよければ、秋になって尖って見える栗の木の林を、あるいは夏の日の燦然と輝く光のなかを通り抜け、小鳥たちが啼きかわす小径を歩くのだった。こうして思いがけず、より聖なる土地、みんなが愛情をこめて、そしてかすかな憐れみに似たものも加えて、いつか私のものになると言っていたレ・カールのあたりが目の前にあらわれ、するとフェリックスは感きわまって私に力説するのだ。そこには独特の風格がそなわっていて、エニシダの輝きもずっと強烈だし、草むらもずっと手ごわい。そして私のなかで生き生きとした音楽が踊り始め、私自身の影に酔いしれていると、木立の合間に、リラの花々に取り囲まれ、あの昔話のなかの家が姿をあらわすのだった、収穫なき無益な季節がゆっくりと折り重なり、すでに埋もれかかり、それにまた空虚な壁に封じ込められていたのは、あたりを蝕む時間だけだった。でもかまいはしなかった。大人になったら、稼いで家を直せばいいだけの話じゃないか。フジは剪定すれば見栄えがよくなる。イバラが繁茂して困るとエリーズが嘆く小さな庭で、みんなはニオイアラセイトウやアジサイの花を見ては未来の私の姿を思い描いた。子供たちがここで遊ぶようになるだろうと思えば未来は明るいものになった。休暇にはここに戻ってくるだろうし、ここに来れば先祖を喜ばすこともできて自分でもよかったと思えるだろう。フェリックスは嘘を言ったわけではなかった。彼はたしかにシャトリュスにいるも同然だった。セジューに向かう街道の曲がり角まで来れば、眠り込んだ寒村が見え、ゲヨドン家のあたりは草むらもやわで、こちらの特徴だったものが全部なくなってしまう。レ・カールの土地が二束三文で売りに出されたのは、私という箸にも棒にもかからない者の生活の足しになればという考えからだった。家は私に残された。この家を愛する気持ちは薄れなかった。息絶えたフジはそこで落胆している。嵐もさることながら私の怠慢のせいで、すべてが荒廃してしまった。その昔フェリックスが私のために植えた珍しい種類の樹木は次々と枯れてゆき納屋を覆うようにして倒れ込んだ。罅（ひび）が入る音がいきなり聞こえ、それから浸食がゆっくり進行する。強い風に煽られた屋根瓦が、狂ったようにマロニエの横腹めがけて飛んでゆく、人びとが眠っている場所にも澱んだ水が入り込んでくる。肖像写真が倒れ、戸棚の奥にしまわれたほかの品々は、暗がりのなかで、それをすっぽりと包む忘却に笑いかける。ネズミは一匹がくたばっても別のやつがあらわれる。すべてがおとなしく朽ちてゆく。さあ気にすることはない。すべてうまくゆく。慈悲深い天使たちが、スレートが舞い上がるなかを通り、青い大気のなかでいったんは散り散りになるが、それからまた生き返る。天使たちは夜になると蜘蛛の巣を払い除け、壊れた窓のあたりから毎夜、先祖らの写真を見つめ、彼らの名は知らなくとも、たがいにやさしく囁きあい、おそらく笑い声を立てたりもするのだ。天使らは夜のように青く深い、星のように透明で輝いている。私が遺産として受け継ぐことになるもはや誰も住めないその場を楽しむがよい。奇蹟が起きたのだ。

姉は一九四一年に生まれた。秋のことだったと思う。出生地は、父と母の勤務地マルサックだった。マルサックにはちっぽけな鉄道駅と大きな水車があり、アルドゥール川がムリウーへと向かって流れていた。その川沿いに、シャトンドー家、セネジュー家、ジャックマン家の人びとが暮らしていた。リンゴを贈ってくれるその人たちは小さな果樹園の面倒をみながら老いていった。私は小さい頃に母と一緒に自転車に乗ってそこに行ったことがある。母はまだ若くて、私の記憶に残っているのはたぶんある日の朝のこと、夏の盛りの黄金色の光の斑点のなかを、明るい色の服を着て静かにペダルをこいでいる姿だ――そして母はひとりで、やたらスピードを出して自転車をこぎたがるあのおしゃべりな息子と一緒に暮らしていた。というわけでこのマルサックの地で子供ができたわけだが、夫の方は、義眼で、年がら年中誤りをしでかすような質(たち)で、自分でもそんな人間だとわかっている、いまとなってはどんな集団から誘われその片目の首領になったのかはわからない、たぶんいまもどこかで生きている、あるいはもう生きていないのかもしれない、それすらもわからないような男だった、そして妻の方は、レ・カール生まれの田舎育ちで、夫とは別だがこれまた誤りをしでかすことが多く、自分の力がどこかに届くとは思えずにいる、控えめで、ほがらかで、これまでもずっと、これから先もずっと子供のままでいるような女だった。戦争中の話で、街道の先を怖い顔をした馬鹿正直なドイツ兵の隊列がゆっくり進むのを周辺の村人が見つめていた頃の話だが、何とその目は、大昔の先祖にあたる騙されやすく作り話をしたがる人びとがエドワード黒太子ひきいる大軍勢の騎馬行進を眺めていたときのあの目と完全に同じものだった。若き亡霊たちからなる地下組織(マキ)が森を徘徊し、線路の転轍機(てんてつき)を破壊し、手榴弾で隊列を攻撃し、警鐘が鳴らぬように細工をし、マルサックあたりまで夜が揺れ動いた。そんな不条理でけたたましい戦争、誰が嘘をついているのか見極めがつかないその戦争とは別の気掛かりが母にはあった。つまり片目の首領はあちこちで女に手を出し、嘘ばかりついていて、たぶん妻を愛していたのだろうが、酒に溺れていた。彼女はそれほど子供が欲しいという様子でもなかったが、それでも最初の子供を腹に宿し、刈り入れの時期レ・カールに暮らす自分は相変わらず子供のままだと思い、日常の言葉のやりとり、生活の実体を織りなす他愛ない事柄に動揺したり、笑ったりしていた。たとえば元気な子供の顔に炭で髭を描けば、もう誰だかわからなくなり、夏にひろびろとした野原に出かけ、小川のほとりでピクニックをすれば、ココアだってずっとおいしく感じられるといった事柄、あるいは外反足で疲れを知らぬ雌馬が、定期市で酔っ払った主人の祖父レオナールを乗せてもどってくるとき、羊の毛の裏皮つきコートを着て千鳥足で歩く祖父の姿はなんと滑稽なんだろうと思ったというような話はいくらでもある。出産の時期が迫り、レ・カールの家の古びた敷居から老女が棒を手にして出てきて、森の近道を抜け、途中のル・シャタンで立ち寄った家ではすっかり年老いて満面の笑みを浮かべるアントワーヌの姪がイワシの缶詰をふるまってくれ、そのあとはサン＝グソーと木々が影をおとすアレーヌの斜面を通り抜けるのだが、彼女のサックには例のお守り、プリュシェ家代々の揺るぎない遺品、つまり一家の無力をしめす重荷でもある出産のグリグリが入っている。そして季節は秋だったので、エリーズは新たに芽生えたヒースや、背が高く、紫色で、杖をもっているように見えるところが司祭を思わせるジギタリスを踏みしめ、そして彼女は根が陽気で現実的だったから、穏やかな微笑みを浮かべていた。エリーズとお守りと昔ながらのフランスの村医者に見守られ、マルサックの学校で子供が生まれた。この子はマドレーヌと名づけられた。

彼女は濃いブルーの大きな目をしていて――もちろん旧姓ジュモーのクララ・ミションから受け継いだもの――、その頃の周囲の話題は、いつの時代もそうだが、将来美人になるだろうということだった。マルサックで誰かが彼女を抱きかかえて果樹園にゆくと、そのリンゴ林にスイートピーが彩りを添えていて、通り過ぎる蒸気機関車が吐き出す煙の輪に彼女はハッとするが、その手はただ遠くを指さすだけで、近くにあるものは摑めなかった。彼女は抱えられてレ・カールの家に連れてゆかれ、マロニエの木陰の暗い影にすっぽりと覆われたまま、古びた敷居のあたりに一瞬降ろされると、意味のわからぬ方言が頭上を飛び交い、空の光のなかでフジと混じり合い、驚く彼女に天使の言葉をもたらし、遠くにはセザンヌが描くような午後五時のまだ明るい森の澄み切った影があり、さまざまな呼び声を含んだその影が天使の言葉のこだまとなって響くのだった。みごとな調和が彼女をそっと取り囲み、いわゆる原光景なるものがそれを乱しに入り込む隙などなかった。たぶん彼女は少なくとも一度はムリウーにも行ったのだろう。でも彼女はバスのなかで眠り込んでいたのか、あるいはその小さな頬を母の頬にぴったり寄せていたのか、先が鋭くとがった鐘楼、金色に染まる看板の数々、昔から変わらぬ菩提樹はもとより、ついに彼女が知ることがなかった弟というライバルの贖（あがな）われない子供時代がここに埋もれるのを見ることもなかった。フェリックスの手はあまりにも大きく無骨で、彼女には怖かったが、顔にあの大いなる愛情の息がかかる。同じようにウジェーヌの息がかかり、その手を見るとやはり厚ぼったかった。エメは彼女を抱き上げ、片目は笑っているが、もう一方の目は暗く沈んで遠方に向けられ、冷酷で、この世のものとは思われなかった。彼女には、気づくのに必要な時間がたぶんあったかもしれない、つまり男たちは無能で、腕力はあっても、手で掴もうとするのは、おしめではなく、遠くにあるもの、名前だということ、そして男たちは赤ん坊の体を扱うのには馴れていないが、それでいて動きをやめない自分を横目で窺い、素直に愛そうとしてみても、目の前にあるものを自分らの夢の尺度にあわせて見てしまう罠にはまってしまい、やがて夢から覚めざるをえなくなり、すると幼児は泣き始め、母親の苛立ちが増して、彼らは外に出てゆかざるをえなくなり、そっとドアをあけて敷居のあたりで頭を冷やし、貧しい言葉、オリュンポスの言葉、意味のない言葉をつぶやくだけで、空と森を見つめるのはこれだけが思い通りになるからであり、またしても天使となって飛び立ち、酒を飲みに出かけることなどに気づくに足るだけの時間が。彼らが家に戻ってくると、子供はもう眠っている。

彼女は自分の名はもとより、名という欠陥だらけの怪物を知らず、それにまた世界は彼女自身のイメージによって奪われてしまう以前のものとしてあった。一方われわれの世界はすでに服を着るようにして自分たちのイメージを探すための衣装戸棚のようなものになってしまっているのだ。彼女は体調がおかしいことがわからず、しかもそれを周囲に伝えるすべを知らなかった。つまり苦痛を感じても、それはあまねくひろがる調和とまったく変わらぬものであり、かぎりなく青い空とおなじく、姿をあらわす母とか真っ暗な夜のように、自分もまたその調和を構成する要素のひとつだと思われ、要するに違いは震えがもっと激しく、水の流れがもっと急で押し止めたいというところにあり、その流れの近くにいる乳飲み子が熱を出して、意識が朦朧としてきても、言葉がしゃべれず熱い涙にむせぶばかりなので、周囲の者には何が起きたのか永遠にわからず、主の玉座を取り囲む合唱隊の最終列とおなじく、なかに入れてもらえないばかりか、たぶん奇蹟的だともいえるものになってしまう。六月のひどい蒸し暑さのなかで、あの時代によく見かけた幌がついたオープンカーがベネヴァンから到着し、ジャン・ドゥセ医師が車から降りた。コンビの靴をはき、淡い色の服を着て、神父のように役立たずで、しかも立派な姿だった。家父長的で昔ながらの古きフランスを思わせる蝶ネクタイ姿のそのひとは、ゆりかごに身をかがめ、激しく震えるその体をただちに触診したが、正体不明の冷淡な仇敵が応答するだけで、ほかに何もなかった。彼は型通りの処方を与えた。母の心は悲しみに沈み、明るく輝く自動車は中庭の砂利道をUターンして勢いよく走り出した。あれほど長くつづいた小康状態はいきなり終わりをむかえた。発作で喉をつまらせるか、それとも死んで目を剥いたりしたかもしれない。陶酔のなかで、あるいは、いかなる思考にも無縁の想像不可能な恐怖のなかで、夏からその肉体が消え去り、何かがもっと親密に夏と手を結んだ。マドレーヌが死んだのは一九四二年六月二十四日、マルサックが酷暑に見舞われる聖ジャンの祝日の朝であり、そのとき雄鶏の喉を支配する純然たる霊気（エーテル）は、光り輝く涙のなかに飛び散り、百合の金色の花芯に入り込んで勢いをさらに強め、そこから三度ばかり聖なる太陽めがけてほとばしり出る。

そして改めてレ・カールの老夫婦が、そしてほかにマジラの老夫婦も、前者は二輪車を馬に牽かせ、後者はシトロエンのロザリーに乗って馳せ参じるのだ。そして彼らはおそらく心のなかでつぶやくことになる、黒い血のようなものがあそこで反乱を起こしたのか、正当な根拠がある復讐がこの小さな体を一気に呑み込んでしまったのか、片田舎のアトレウスの娘がどうして食べられてしまったのか、と。ヴィルモニーの急斜面にさしかかったあたりで、黒い帽子をかぶり手綱を握りしめたフェリックスは身をこわばらせて馬に罵声をあびせ、ついにゲヨドンの家系が途絶え、それとともに彼独自の軽薄さ、竜騎兵あがりが好む派手な見てくれ、栗毛の馬、革装具、バラの花はもとより、すでにレ・カールを荒廃させつつあった風変わりな農耕法もまた消えて無くなると考えた。これに対してムリコー家の祖先はエリーズのうちに生きながらえ、始祖レオナールが暗がりから姿をあらわし、金色に輝く蠅の群れに復讐の言葉をつぶやいたかと思うと馬車の揺れのなかに姿を消すのだが、それはかつてこつこつと金をためてレ・カールの土地を買った朴念仁（ぼくねんじん）の始祖、残された唯一の写真では札入れを手にして、辛抱強いイグアナのように椅子に座り、ポール＝アレクシとマリー・カンシアン、つまり威厳のある唯一無二の僭主を祝うかのような微笑みを浮かべつつ、自信なさげに立っているのがぼやけた姿で写っている息子と妻の二人に挟まれている男、黄金と雌馬を愛し人間嫌いだったあのレオナールなのだ。そしてまた別の暗がりから、忽然と日の光のなかに躍り出るのは、放蕩息子とならずものたち、物言わぬデュフルノー、父親殺しのプリュシェの二人が聖ヨハネ像のように髪を逆立て、墓の彼方にいる彼らの髪めがけて下草の緑色の復讐の女神（エリニュス）たちが風を吹きつける。これとは別に、遠く離れたところで、私の記憶にもある乗合自動車がすでに壊れかかったエンジン音を立てながらシャンボンに向かう途中で、ちっぽけなハープを手にする黙示録の老人たちの質素な彫像があるポーチをくぐり抜けるとき、クララには、ジュモー老人、つまり雇人を路頭に迷わせ、自分もまた破産の憂き目にあったコマントリの鍛冶屋の暴君、黙示録と鋳造の徴（しるし）のもとに暮らすその老人が、すでに奪われた息子の片方の目だけでなく、この幼き屍（しかばね）を将来の負債として受け取り、四半世紀前から喚きちらすばかりだった地獄の生活をなおさら暗黒なものに変えたと知ったのだ。そして涙を流し、驚きをひときわあらわにしたウジェーヌについては、いったい何を考えていたのかは不明だ。要するに、彼以前に存在したミションなる姓をおなじく名乗るはかなき人びとについては、みんな貧しく、忙しく働き、夢遊病の女たちが家事をやり、家に帰れば夫婦喧嘩になり、無能な男どもは結局のところ威張りちらすだけで居酒屋に逃げ込む、何はともあれ逃げる連中だということを別にすれば、何も知らないにひとしい。だからウジェーヌは、酒に酔い、相変わらず物静かで、ガラス窓を通して麦畑が黄色になるのを目にし、彼の家は、草むらのなかで死んでいたあの男を呼び寄せるほど豊かな時期があったと思い出し、あらためてその記憶を噛みしめるのだった。こうしてアダムの血統につらなる年老いた息子らはこぞってマルサックに赴いたのである。そしてたぶん時をおなじくして、ビロードの服をたがいに寄せ合い、悲しみに沈むフェリックスの濡れたブルーの小さな目とクララの焔のような乾いたブルーの目がしっかりと抱き合い、おぼつかない足取りの二人の無骨な靴底が熱せられた中庭の砂利を踏む音がしたかと思うと、すでに彼らの姿が戸口にあらわれ、ドアがしまると、死んだ子のそばでなすすべもない使者、道化役（プルチネルラ）たる彼らの秘密、彼らの不器用な苦悩がすべて視界から消える。夏は菩提樹のなかで笑い、閉じたドアに影が斜めにさしかかり、すべてが静かに変化する。

それからあのユリの季節になって、小学校の生徒たちがその花で王冠を編み、そして夏とおなじく洗いざらしの白い香りがマルサックの教会内にたちこめ、花の萼（がく）がオルガンの堂々たるうねりのように、よそよそしくも甘美であって、古びた壁にはびこる黴（かび）に混ざって教会特有の匂いとなる。小さな棺がこの音の波（ウンダ・マリス）〔パイプオルガンのストップのひとつ〕に揺られて前に進み、片目の首領の腕に抱きとめられているのは、いまにも崩れ落ちそうな若き田舎女だ。エリーズの背中は完全に曲がっている。儀式をとりおこなう司祭にリモージュ大根を食べる参会者、すべてこれまで語ったとおりだ。そして幼き亡霊は花で飾り立てられ、またもや二輪馬車に乗せられて、凸凹道をたどって親族のもとへと旅立つ。夏が彼女に微笑みかけ、金色の蠅の群れが彼女に代わってうなり声をあげ、暗い木陰を通ってアレーヌ、サン＝グソーに向かう途中、またしても開祖たち、怠け者たち、かつては肉体を酷使して働いた者たち、が勢揃いする生垣にさしかかり、ラヴォーの樫の木の下に静かに座るレオナールなどは計算をしているのか、うつむいたまま目も上げず、プリュシェ夫妻は生きていた頃もシャタンの十字架の石同然だったが、もう完全に石と化し、レ・カールの小綺麗な家の前でフジの青い影のもとに、ほかの人びとも含めてみなが一堂に会し、その終着点となるのはシャトリュスだ。

とにかくレオナールの名を書いておくことにするが、どういうわけか、羊革のコートのなかで財布が躍るのもかまわず、ラヴォーの樫の木からプランシャの谷間にかけて夜道を走り抜けたり、廃墟となったレ・カールを徘徊する〈無情の者たち〉、何もかも知っていて、歌はもちろんのことすべてを味わいつくす者たちと交流があったり、その彼らにいま私が書いているこの一節を投げ与えるのとまるで同じように、レオナールが彼らにルイ金貨を投げ与えると、それが家の敷居の上に落ちる音が聞こえるといったことがあったかもしれず、家系の物語がそうと信じ込ませるように、彼が私のなかである程度は生き長らえているとするならば、その後の展開だってお見通しのはずだ。夥しい数のユリが用いられたときから数えて三年後にアンドレとエメのあいだに生まれた子供が私だった。それから二年後、海賊のような片目の首領は家出した。そしてそれ以後は長らく不在のままであっても、私のうつろな人生にあってこの男は「シャトリュスで」破産の憂き目にあう人びとから遠く離れたどこかにいる天上人のように、またみごとなまでに家父長的な姿で、『宝島』でのっぽのジョン・シルヴァーが偽装船の甲板を片足で歩きまわるように足音を響かせ一方的に君臨したのである。一九四八年、レ・カールの家のドアは閉ざされ、フェリックスはすべてを失い、老いたる船の崩壊が始まり、かすかな声で囁くものたちがそこに棲みついた。エリーズとフェリックスは一九七〇年ごろに亡くなり、その結果シャトリュスの墓は満員になった。苔むす墓石がひらくのは、もはや最後の審判の日だけだ。そして若きエリーズが、背中が曲がったあの姿ではなく、まだ若く腕に幼女を抱いた姿で墓から出てくると思いたい。たぶんその同じ時刻にサン＝グソーで、パラード家、プリュシェ家の人びと、そのほかの名もなき亡霊たちに混じって、過去に遡って目をさます私は、むなしく大言壮語をくりひろげるだけではなく、生きているうちに少しは本当のことが書けるようにするにはどうすればよいのかを知ることになるだろう。さしあたっていまの私にわかるのは、言葉を覚える前に死んだ子供の体験に似たようなものである。つまり私には天使との交流はないのだ。

それでも私は彼女の姿を見た、一九六三年七月、パレゾーでのことだった。ちょうどイギリスに向かって出発しようとしていたところで、イギリスにいる友人や、夢にあらわれるようなとびきりの女など、海の向こうには遥かにバラ色の展望がありそうに思えていた。遠い親戚のいとこが家に迎え入れてくれた。ほがらかで、ストイックな人たちで、高速道路とオルリー空港のあいだのどこかに行って、発着する飛行機の爆音をものともせずにピクニックをしようと誘ってくれた。私には希望があり、私はすべてを抱きしめたかった。ある日の午後、小さな庭にひとりでいた私の心は明るく輝くものに酔っていた。つまり青春が始まったところ、この先どうなるかまだ見当がつかず、その効果を知ったばかりのワインがあり女たちがいて、私の欲望を受け止めて夏の空がひろがり、欲望と同じく熱く燃えあがり、そしてその欲望が向かう先にあるものは、私が手でむしろこの郊外の花々とおなじく、本物で、香りが良く、豊かに咲き乱れ、そして萎びる運命にあった。できれば空全体をその端から手でつかんで、自分のほうに引き寄せたい、空に浮かぶみずみずしい花々、建物の蜃気楼、たえず変化する青、遥か高く頭上を飛ぶ飛行機と、日が傾くなかで人間の目には遊んでいるとも見える飛行機が残したやわらかな雲、マシーの丘からイヴェット方面で暮れなずむまで、その空を羊皮紙を扱うように巻き込んでしまいたいと思い、それはすべてが書き記されたときには世界の営みが終わりを告げ、誰もがおのれの所業をもって裁かれ、本の虫たる裁きの天使がその手で巻子本（かんすぼん）を巻き終え元通りにするありさまにも似ていたわけで、要するにすべてを味わいつくすだけでなく、すべてを書き記す、それが私の望みだったわけだ。ツバメが飛び去った。この陶酔感のうちに舞い上がる私の目の動きがとまった。そう、隣の庭に、手を伸ばせば触れることができると思えるほど近くに立つ彼女がほんの一瞬この世に生きる許しをえて、こちらにまっすぐ目を向け、注意深く、落ち着いて私を見つめていたのであり、シャトリュスからは遥か遠くにあっても、それはやはりニオイアラセイトウとスイートピーのあいだにある動かぬ影のすぐそばだった。まぎれもなく彼女だった。「薔薇の茂みの陰にいる、幼くして死んだ娘だ」。彼女はすぐそこ、私の目の前にいた。彼女は屈託なくそこに立ち、思うままに陽の光を浴びていた。現世の年齢では十歳、大きくなっていたが私よりも成長の速度は遅かった。でも死者には、遅れても平気な時間的余裕があるのだ。末期へと向かう狂おしい欲望が彼らを先へ先へと駆り立てたりはしない。私は懸命に彼女の姿を目に焼きつけようとした。彼女は一瞬私を見つめ、それからくるりと向きを変え、小さな服が明るい光のなかで踊り、そこから静かに離れ、小さな子供の足取り、でも確かな足取りでベランダのある家に向かっていった。子供の真剣な足が小径の砂を勢いよく踏み締めたが、離陸の際のボーイング機の爆音のせいでサンダルの音はかき消され、すぐに姿が見えなくなった。飛行機の下では空気が一斉に大きく揺れ動き、その機体は、銀色の腹を夏に抱えられ、天空が仕掛ける不可視の熱い糸に引かれて、集合住宅の彼方、天高く曖昧な楽園へと飛び去っていった。その轟音のなかで、彼女はドアを閉めて姿を消したのだ。燃え上がる薔薇の茂みは微動だにしなかった。

私はマンチェスターに向けて飛び立った。そこでとびきりの何かが見つかったわけではなかった。私は一冊目のノートをひらいて書き始め、そこで語られることになるのがこの出来事である。青春期に大風呂敷はつきものだが、たとえ大風呂敷でも、それとは少しちがう。私の姉、たしかにそうなのだ、あの娘を目にした瞬間、そこにいたのはまぎれもない彼女だった。すぐに彼女だとわかり、足元のニオイアラセイトウや周囲の明るい光がそうであるのとおなじくらい確実に、あれは彼女だったと断言できる。そして、あの瞬間の私に疑いようのない事実として見えたものに、郊外に住む労働者階級の夏服を着た少女が、いかなる倒錯を経て、この世から完全に消え去った者たちの系列に肉体を付与することになったのかは私にも説明できない。説明できないのは、死者がいて濃密になる大気中に、死を惜しんで悲しむ心に、そしてまた本のページにときおり彼らが姿をあらわすことも同じであり、本のページの場合は、死者たちが翼をはばたかせ、ドアをたたいて入り込んで居場所を見つけるのだが、笑ったり、息をひそめたりして、身を震わせながらそこに書かれている文章を逐一追いかけ、その先には自分の肉体があるはずと思っても、そこでも彼らの翼はあまりにも軽いので重たい形容詞に畏(おそ)れをなし、ぞっとしないリズムに興醒めし、すっかり怖気づいて、果てしなく落下してゆき、どこにもその姿は見えなくなるのであり、あまりにもたびたび亡霊として戻ると本当に死んでしまうのだから、死者たちは悄然と土のなかに戻って自分の手で自分を埋葬することになり、あとは、生命なき、物以下の存在、無になるほかない。

それにふさわしい文体を見つけ出して死者の崩落を遅らせることができれば、たぶん私の崩落にしても、もっと進行が遅くなるだろう。自分の手で、死者たちが大気のなかで、私の緊張だけが生み出したかたちと自由に合体していたらと望むだけだ。生きているあいだは何者でもなく、その後はあるかなきかのものに戻った人びとが、われわれが生きる世界よりも高いところで、もっと明るい光のなかで、私を脅かして生きたということであってほしい。そしてたぶん、彼らの姿が、驚きのままにあらわれたということであってほしい。奇蹟ほど、私の心を奪うものはない。

そんな文体が実際に獲得できたのだろうか。確かにそのとおり、というのも、擬古趣味への傾斜、もはや文体がそれを担えないときに生じるあの感傷的な弥縫策の数々、あの時代遅れの耳あたりのよい響きなど、死者たちが翼をえて、彼らが純粋な言葉と光のなかに回帰するとき、自分をそんなふうに表現するわけはない。彼らをさらなる闇へと転落させてしまうのではないかと惧れて私は震える。〈暗闇の王〉は、周知のように、大気の〈権力の王〉でもあり、天使にするのも彼の役目だ。ならば、ある日また別のやり方を試みることにしよう。ふたたび死者を追い求めるならば、たぶん彼らがこの死せる言葉に自分の姿を認めることはないのだから、やり直さなければならない。

そうであっても、死者を追い求めるなかで、沈黙ではなく、彼らとの言葉のやりとりに私は歓びを見出すことができた。そしてたぶん、それは彼らの歓びでもあったはずだ。死者の蘇生が流産に終わるとしても、私の方は、ほぼ誕生のすぐ手前までいった感触が何度もあり、彼らと一緒に死ぬのだろうかと思う局面もあった。このめまいの瞬間の高み、この微かな顫え、歓喜もしくは想像を超える恐怖を原点として、言葉を知らぬまま死んでゆく子供、夏に溶けてしまう子供のように書くことができればと思った。まず言葉にはしえないと思われるほど、感情が際限なく膨れあがる状態を私は体験した。結局のところ何もなしとげられなかったと決めつける力をもつ人間はどこにもいないだろう。私の感情の高まりが彼らの心のなかに場を移して破裂することがなかったと決めつける力をもつ人間はどこにもいないだろう。最後の日の朝、酒に酔ったバンディを笑いの発作が襲うとき、フィクションの雄鹿らがいきなり踊り出して彼を連れ去るとき、その場に居合わせたのはまちがいなくこの私だったのであり、だとすれば、こうして書かれたページが永遠に埋もれてしまうにせよ、今度は逆にバンディが、祈りとともにこの本でさしだされる聖体のパンのうちに、オートバイにまたがる前に僧衣をたくしあげ、悲しげであっても微笑みながら、陽の光を浴び、街道の強い風を受け、エンジン音をとどろかせる決定的なその身ぶりのうちに繰り返し自分の姿を認めることがないとは言い切れないはずだ。雪のように白く懐かしい菩提樹はまったく口をきかなくなったフーコー老人の最後の一瞥のうちに身をかがめたように思う。私はそうにちがいないと思い、そしてたぶん彼もそうならよいと思っているはずだ。マルサックで、ひとりの女の子がまた生まれればよい。デュフルノーの死は、エリーズの記憶にあるか、それとも彼女の捏造なのだから、まだ確実に死んだと決めてほしくはない。そしてエリーズの死は、私がここに書き連ねた文によって少しは慰めのあるものとなってほしい。私が作り上げた夏に包まれて、彼らの冬が後退（あとずさ）

りすればうれしい。レ・カールの家で、そうありえたかもしれない世界の廃墟の上でひらかれる翼ある教皇選挙会議(コンクラーヴェ)にみんな集ってほしい。

訳者あとがき

本書は Pierre Michon, *Vies minuscules*, Editions Gallimard, 1984 の全訳である。翻訳に際しては、おなじくガリマール社から一九九六年に刊行されたフォリオ叢書版もあわせて参照した。著者ピエール・ミションは一九四五年三月二十六日、フランスのリムザン地方クルーズ県に生まれた作家であり、日本における知名度はかならずしも高くないが、一九九六年に作品全体に対してパリ市大賞が贈られ、その後の豊富な受賞歴にも示されるように、フランスでは高い評価をえている。本書は文字通りピエール・ミションの出世作であり、刊行後四十年が経過したいまもなお代表作と目されているものである。

『フランス二十世紀小説』（三ツ堀広一郎訳、白水社クセジュ文庫）の著者ドミニク・ラバテはヌーヴォー・ロマン以後のフランス文学の流れを概観するにあたって、「伝記（自伝）の空間」と題する一章をもうけ、アニー・エルノー、パスカル・キニャール、ジェラール・マセなどの作品とともに本書をとりあげて論じている。この場合の「伝記」も「自伝」もそのまま素直に受け取ることができない意味を孕んでいるが、ヌーヴォー・ロマン以降の新たなナラティヴの模索を象徴する代表例とする見方はすでにひろく共有されているように思われる。

*

原書のタイトルは簡潔ながらも印象的だ。まず冒頭におかれたVies という複数形名詞は古来「列伝」と訳されてきたものであり、簡潔な形容詞をこれに加えて書名とする例を、古典文学および英文学からの仏訳も含めてあげると、古くはプルタルコス(『英雄伝(*Vies des hommes illustrés*)』もしくは『対比列伝(*Vies parallèles*)』)、十七世紀英国のジョン・オーブリー(『名士列伝(*Vies brèves*)』)、十九世紀末フランスのマルセル・シュオッブ(『架空の伝記(*Vies des hommes imaginaires*)』)などがあり、近年になってもジェラール・マセ(*Vies antérieures*)をはじめとする例がある。ミションは「極小」を意味する形容詞を選んだわけだが、プルタルコスの『英雄伝』のような「名高い人びと」の対極にある「ごく小さき人びと」の生死を見つめ、おさえがたい独自の欲望とパトスをそこにさぐりあてようとする。ミション自身は本書のタイトルの由来を語るなかで、ミシェル・フーコーが大革命以前に施療院に監禁されていた人びとに関する資料集の刊行に向けて書いた「汚名に塗(まみ)れた人びとの生(*La Vie des hommes infâmes*)」に大いなる刺激を受けたと告白している。その影響は本書のジョルジュ・バンディと題された章の後半にあらわれているのかもしれない。

原書にはタイトルに加えて récit という一語が添えられているが、こちらの方は単数形になっており、本書が列伝の寄せ集めではなく、個々のエピソードを縫い合わせて語ろうとする者が背後に控えていることを暗に示しているとも考えられる。本書冒頭には、母親の腕に抱かれた幼児がすでに未来の「伝記作者」として姿をあらわし、これに続く章は基本的に十九世紀後半の話なのだから、あくまでも架空の目撃者というわけだが、ニワトコの木の陰に身をひそめる話者を登場させている。章が進むにつれ、この話者もしくは書き手の姿は舞台前面へと進み出て、作家たることをめざす「身の程知らずの思い」につらぬかれたアクの強い存在へと変貌をとげる。デュフルノーもエリーズもトゥーサンもフィエフィエもバクルート兄弟も、そしてバンディもまた、そのような話者と鏡像関係にあるようだ。多かれ少なかれフィクションの創作に情熱をかたむけ、それと同時に支配的言語の位階秩序から転落せざるをえない人びとがここにいる。

＊

「ジョルジュ・バンディ」と題された章にはルイ゠ルネ・デ・フォレへの献辞が記されている。名高い小説家であるとともに、長年ガリマール社で原稿審査にあたってきた人物である。『レ・カイエ・ド・

エルヌ』のミション特集号（二〇一七年）にはこの二人のあいだに交わされた書簡が掲載されており、出版への道のりが困難なものだったことが窺える。献辞には謝辞という意味も含まれているのだろうが、それだけではあるまい。これはやはり『おしゃべり』（清水徹訳、水声社）の著者デ・フォレへのオマージュと受け取るべきではないか。一人称の語りだけで成り立っているあの特異な小説にただよう雰囲気、なぜか叩きのめされるところも似ているあの語り手の屈折したあり方が、本書にも紛れ込んでいるように思われるのである（「空はひとりのきわめて偉大な人間である」にあっても話者はおなじように叩きのめされるのだが、これではいくら命があっても足りないのではないかと心配になる）。すでに述べたように「伝記」とか「自伝」という言葉をそのまま素直に受け取るわけにはいかない、と先に述べたのはそのような側面があるからである。

本書は全八章から成り立っており、「ウジェーヌとクララ」および「バクルート兄弟」の章を除けば、章ごとにひとりの人間をとりあげる体裁をとっているようにもみえるが、実際に読んでみると、数多くの人びとが関係していて、その折々の肖像がくっきりと浮かびあがるしかけになっている。本書にはグルーズ、ファン・ゴッホ、レンブラント、ブリューゲル、ベラスケスなどの画家についての言及もあり、またフォークナーの肖像写真が引き合いに出されたりもしているわけで、意識的に「肖像」を描こうとしているのはたしかだろう。邦題には原題にはない「折々の肖像」という表現を副題として加えたのもそのような理由による。

人びとを生の決定的瞬間のうちにとらえようとするのが「肖像」だとしても、フィエフィエやジョルジュ・バンディの例に見られるように、むしろ死が決定的瞬間となることもあるわけだ。野に倒れた二人の姿を描く箇所は、まるでスローモーション映像のようであり、またランボーの初期詩篇「谷間に眠る者」における若き兵士の死を反復し拡大しているようにも見える。

*

ミションはこれまで日本でほとんど紹介がなされてこなかったこともあるので、主要作品一覧および簡単な内容紹介を付することにする。邦題名はあくまで仮の訳である。

Vie de Joseph Roulin, Verdier, 1988.（『ジョセフ・ルーラン伝』——ゴッホのモデルとなった郵便配達夫を虚焦点として、呪われた画家の姿を浮かび上がらせる）

Maîtres et serviteurs, Verdier, 1990.（『巨匠と従者たち』——ゴヤ、ワットー、ピエロ・デラ・フランチェスカの三人の画家を描く列伝）

Rimbaud le fils, Gallimard, 1991.（『息子ランボー』——詩人ランボーとその母の生涯を主題とする伝記エッセイ）

Corps du roi, Verdier, 2002.（『王の身体』——ベケット、フローベール、フォークナーなどの作家をめぐるエッセイ集。最終章「空はひとりのきわめて偉大な人間である」には拙訳あり［雑誌『みすず』二

〇〇三年六月号」）

Abbés, Verdier, 2002.（『僧院長たち』――紀元千年頃、ベネディクト派修道院を樹立した三人の僧侶たちを描く）

Le Roi vient quand il veut, Albin Michel, 2007.（『王は気が向いたときにやってくる』――インタビュー集。タイトルにある「王」は「文学」のことであり、また「読者」のことでもある）

Les Onze, Verdier, 2009.（『十一人衆』――ロベスピエールをはじめとする革命政府を樹立した十一人のメンバーを描く架空の肖像画を出発点として、歴史的事実とフィクションを織り交ぜた作品）

*

ピエール・ミションが二〇〇三年に来日したとき早稲田大学でも話をしてもらった。ユーゴーの「眠るボアズ」およびヴィヨンの「絞首罪人のバラード」の朗読を交えた自由な話だったが、朗読といっても、その範疇を超えて、ほとんど彼自身の作品理解の鍵ともいえる「言葉の受肉」のシーンに立ち会うような強烈な印象を受けた。このときのやりとりから、ランボーもフローベールも、頭脳という以上に完全に肉体のなかに入り込んでいることがわかった。

本書にも数多くの文学的引用があり、とくにランボー、そしてフローベールの読者ならば本書を読みつつテクスト的記憶が喚起される瞬間が何度もあるだろう。「バクルート兄弟」の締めくくりの言葉は

『ヨブ記』からの引用であるが、旧約聖書以上に、メルヴィルの『白鯨』が関係していることは前後からも明らかで、引用もジャン・ジオノらによる『白鯨』の仏訳によっているという。ただし引用に関して下手に説明してしまうと、テクストを平板なものにしてしまう危険もある。またミションの場合、どこで引用がなされているのかをつきとめるのはほとんど不可能に近い。注に類するものを最小限にとどめた理由もそこにある。

ほかにも翻訳者泣かせの要素は数多くある。いわゆる処女作独自の意気込みもあったのだろうが、ここでのミションは複雑な構成の長文を好み、そのほか矛盾語法、列挙法など修辞が多用されている。フランス語文法が破綻する寸前まで負荷をかけるような無頼漢の手つきが感じられる瞬間もある。少なくともそのあたりの気合いが少しでも読者に伝われば翻訳者としては救われた思いになる。

*

二〇〇三年の来日にあわせて、心当たりの出版社にミションの翻訳の可能性を打診したが、実現にはいたらなかった。それからほぼ二十年が過ぎて、思いがけず、水声社の井戸亮さんから翻訳の依頼があり、不思議なめぐりあわせもあるものだと思った。訳し終えるまで時間がかかったが、ようやく任を果たすことができてほっとしている。孤独な翻訳者にとって、ジョジアーヌ・ピノンおよびオディール・デュスッドの旧友二人とのやりとりは心の支えとなった。何しろオディールは二十年前にピエール・ミションの招聘に尽力した盟友ともいえる存在である。さらにまた英訳（Pierre Michon, *Small Lives*, translated by Jody Gladding and Elizabeth Deshays, Archipelago Books, 2008）も貴重だった。そこは違っているのではないかと思うこともないわけではなかったが、教えられることの方が多かった。何よりも解釈をめぐって自由に議論を交わしながら訳文の推敲にあたる気分になれたのは幸いだった。そして最後になるが、本書の価値を信じて疑わず、熱意をもって辛抱強くつきあってくださった井戸亮さんも含めて、さまざまなかたちで力添えをいただいたみなさんに感謝の念をあらわしたい。

千葉文夫

二〇二三年七月

著者／訳者について――

ピエール・ミション（Pierre Michon）　一九四五年、フランスのクルーズ県に生まれる。作家。クレルモン゠フェランで文学研究、舞台俳優をしたのち作家活動に入る。主な作品には、『十一人衆（*Les Onze*）』（二〇〇九年、アカデミー・フランセーズ賞）、『僧院長たち（*Abbés*）』（二〇〇二年）、『息子ランボー（*Rimbaud le fils*）』（一九九一年）、『巨匠と従者たち（*Maîtres et serviteurs*）』（一九九〇年）、『ジョセフ・ルーラン伝（*Vie de Joseph Roulin*）』（一九八八年）、主なエッセイには、『王の身体（*Corps du roi*）』（二〇〇二年）などがある。代表作である本書は、フランス・キュルチュール賞を受賞している。

＊

千葉文夫（ちばふみお）　一九四九年生まれ。パリ第一大学にて博士号を取得。早稲田大学名誉教授。専攻、フランス文学、美学。主な著書には、『ミシェル・レリスの肖像』（みすず書房、二〇一九年、読売文学賞）、『ファントマ幻想』（青土社、一九九八年）、主な訳書には、パスカル・キニャール『死に出会う思惟』（水声社、二〇二一年）、ミシェル・レリス『ゲームの規則Ⅲ　縫糸』（平凡社、二〇一八年）、『ミシェル・レリス日記　1〜2』（みすず書房、二〇〇一〜二〇〇二年）、ジェラール・マセ『最後のエジプト人』（白水社、一九九五年）などがある。

Cet ouvrage a bénéficié du soutien des Programmes d'aide à la publication de l'Institut français.
本作品は、アンスティチュ・フランセ・パリ本部の翻訳助成金を受給しております。

小さき人びと――折々の肖像

二〇二三年九月二〇日第一版第一刷印刷　二〇二三年九月三〇日第一版第一刷発行

著者――ピエール・ミション

訳者――千葉文夫

装幀者――宗利淳一

発行者――鈴木宏

発行所――株式会社水声社

東京都文京区小石川二―七―五　郵便番号一一二―〇〇〇二
電話〇三―三八一八―六〇四〇　ＦＡＸ〇三―三八一八―二四三七
［**編集部**］横浜市港北区新吉田東一―七七―一七　郵便番号二二三―〇〇五八
電話〇四五―七一七―五三五六　ＦＡＸ〇四五―七一七―五三五七
郵便振替〇〇一八〇―四―六五四一〇〇
URL : http://www.suiseisha.net

印刷・製本――モリモト印刷

ISBN978-4-8010-0753-6